悄吟文丛（第二辑）

古耜 主编

折叠世界

王雪茜 著

中国言实出版社

图书在版编目（CIP）数据

折叠世界 / 王雪茜著 . -- 北京：中国言实出版社，
2020.12

（悄吟文丛 / 古耜主编 . 第二辑）

ISBN 978-7-5171-3631-6

Ⅰ . ①折… Ⅱ . ①王… Ⅲ . ①散文集－中国－当代

Ⅳ . ① I267

中国版本图书馆 CIP 数据核字（2020）第 252676 号

出 版 人　王昕朋
责任编辑　张　朕
责任校对　赵　歌

出版发行　**中国言实出版社**
地　址：北京市朝阳区北苑路 180 号加利大厦 5 号楼 105 室
邮　编：100101
编辑部：北京市海淀区花园路 6 号院 B 座 6 层
邮　编：100088
电　话：64924853（总编室）　64924716（发行部）
网　址：www.zgyscbs.cn
E-mail：zgyscbs@263.net

经　　销　新华书店
印　　刷　北京中科印刷有限公司
版　　次　2021 年 1 月第 1 版　　2021 年 1 月第 1 次印刷
规　　格　787 毫米 ×1092 毫米　1/32　10.375 印张
字　　数　200 千字
定　　价　59.00 元　　ISBN 978-7-5171-3631-6

目录

第三辑　让狼群过去

第一辑

如是我闻

如是我闻

一束光

傍晚，201 国道。车窗外隐约几粒灯火，在蒙蒙细雨中跌落沉淀。

路宽，车少。初夏的暑热，从覆盖地表的大气里消失得干干净净。我们的 SUV 像闪着银灰色雪花点的电视机，消磨着喧嚣后的时光。

那辆帕萨特仿佛是突然出现的，映入眼帘时，它歪在前方五六百米的路边，如一条开膛破肚的黑鱼，散在案板上，驾驶室像绽出血肉的伤口，车门如翻开的硬痂。一个年轻的男人，不知是从轿车里甩出来的，还是从车里被抬出来的，仰面朝天贴在柏油路上，看起来毫无声息。两三名交警在有条不紊处理事故。

"太惨了。"绕过车祸现场时，坐在副驾驶的 H 说。这句话像遥控器迅疾摁灭了电视机的雪花点，车里一片沉寂。

雾蒙蒙的细雨似乎大起来了，雨刷器像个晚归的醉汉，麻木地晃来晃去。

雨雾中的柏油路吐着灰白的光，沉在灰白里的年轻人，半袖衫卷在胸口，破损的遗容被来来往往的过客目睹着，又被雨淋着……

去年正月十五，我的一名家在农村的高中同学不幸落入家门前的冰窟窿里溺亡。同学群里一片唏嘘，很快就有人在群里发了他被打捞出来的视频和照片，这一举动霎时引爆了众怒，发视频的同学遭到了"群灭"。

我们活着时用力维护的尊严，极有可能在猝然发生的灾难面前玻璃一样破碎。毋庸讳言，尊严本身即是文明。毛姆所说的"我愿为维护我的尊严而放弃我所拥有的一切，包括我的生命"与我们文化传统中的"士可杀不可辱""宁为玉碎，不为瓦全"的士人理想殊途同归。当尊严没有办法自己选择的时候，局外人决定着文明的程度。

从我家到我工作的学校，只需经过十字路口，事故就发生于此。车祸发生时，正逢学校秋季运动会，一名高二女生要穿过人行横道去买汽水，不幸被东向而来的汽车撞飞，当场死去。我经过时，已围了一圈人。我们的学生穿着校服，白色运动鞋的鞋带散着，头脸及上半身被蓝色的风衣遮着，只露出一截校服裤腿。脱下风衣盖在学生身上的是位年轻母亲，她站在死去的学生身边，阻止周围拿出手机想要拍视频、拍照片的人，"请不要传播，给孩子最后一点尊严吧。"

小时候，邻居阿姨患了间歇性精神病，病情发作时，常会到处乱跑，严重时连自己儿女也不认识。某次竟光着身子在市场上冲陌生人傻笑，认识她的人试图拿衣服裹住她，被她一把扯掉。儿女们因自己的疯母亲在小镇抬不起头来。这件事让我姥姥大受刺激，她常对我妈唠叨，死不可怕，疯了才可怕。我妈回道，好死不如赖活着。

渐渐却觉得，赖活着毋宁死。灵魂缺乏依靠、不快乐的生存并不算真正活着。奥地利作家茨威格出身名门，才华横溢。希特勒上台前，茨威格几乎忘记了自己犹太人的身份。然而，希特勒粉碎了犹太人渴望融入欧洲社会的梦想。茨威格被法西斯抄家，他撰写的书籍被焚毁。看透法西斯本质的茨威格侨居英国和巴西，躲开了厄运，但作为去国离家，四海飘零的流亡者，他内心备受折磨。对于思想敏锐、心灵敏感、感情细腻的作家而言，精神上的折磨往往甚于肉体上的酷刑。茨威格选择带着尊严离开。自杀当天，他写道，"我的力量却因长年无家可归、浪迹天涯而消耗殆尽。所以我认为还不如及时不失尊严地结束我的生命为好。对我来说，脑力劳动是最纯粹的快乐，个人自由是这个世界上最崇高的财富。我向我所有的朋友致意！愿他们经过这漫漫长夜还能看到旭日东升！而我这个过于性急的人要先他们而去了！"

人性的本质是尊严。自由是最大的尊严，故而人不自由时会觉得生不如死。如果不能嘹亮地活下去，不吝将刀锋对准自己的人并不鲜见。只是，许多人对尊严的理解并非贯穿生死，生无尊严已然让他们顾不上死之尊严。而死的尊严与活的尊严同等重要，甚至死的尊严尤为重要。

电影《色戒》被讨论得沸沸扬扬时，我找出所有关于电影主角王佳芝原型郑苹如的资料来读，有一段郑苹如被押赴刑场的描写令我久久难忘：1940年2月，汪伪政权下达了对郑苹如秘密执行枪决的命令。在一个星月无光的晚上，由林之江担任行刑官，押着她到沪西中山路附近的荒郊旷地上执行。押着她上车时，讹骗她是解赴南京，不久即可开释。等抵达中山路附近的荒郊要她下车时，郑苹如已经知道这里将是她的殒命之地。她依然态度从容，下了车，仰着头，向碧空痴痴地望着，叹了一口气，对林之江说，"白日青天，红颜薄命。你我有数日相聚之情，今若同去，亦不为晚。君若无意，则有死而已。唯勿枪击我面，坏我容貌。"林之江闻此，竟至手颤心悸，下不了毒手。还有另一版本，说临刑前，郑用沪语对执行者说了最后一句话：帮帮忙，打得准一点，别把我弄得一塌糊涂。

对即将到来的死亡毫无畏惧，却请求刽子手，不要毁坏了她自己一向十分珍惜的容颜。"不做沾泥絮，不做溷坠花，只凭得玉碎香消。"这种诗人式的完美主义猝然击中过我。死亡是一门艺术，谁也无法保证自己死得漂亮。

2017年2月，台湾作家林奕含出版长篇小说《房思琪的初恋乐园》，故事依据作者少女时期遭受补习班老师诱奸的经历写成。小说出版后，林奕含于4月底自杀离世。这部小说的后记中，林奕含写道，"因为一种幼稚的自尊，竟如此遥远，如此渺茫。后来，长大了，我第二次自杀，吞了一百颗普拿疼，插鼻胃管，灌活性炭洗胃。活性炭像沥青一样。不能自已地排便，整个病床上都是吐物、屎尿。……自尊？自尊是什么？自尊不过是护理师把围帘拉起来，便盆塞到底下，而我可以准确无误地拉在里面。"对视个人尊严大于生命的人来说，她无法蜷缩在万物中间，以一个灵魂被毁损者的肉体过快乐的普通人生活。

今年，我妈觉得自己记忆力大不如前，毕竟已年过古稀。我劝她说，人老了脑子退化些很正常。她却说，并非怕死，怕老年痴呆，怕没有尊严地活着。我妈年轻时十分聪明，在上千人的大厂中业务笔试曾考过第一名。现在竟至晚饭吃过没有也记不清，降压药吃过几遍也不记得。我带她去医院查了甘油三酯等指标，七项里面有五项稍微偏离正常值，遵医嘱给她拿了药，叮嘱我爸每天按时提醒她吃药。她有时会用怀疑的眼神试探我，"你觉得我有没有变傻？""要是突发脑出血之类的病，千万不要抢救我，我不想过不能自理的生活。"她对变傻变瘫痪这种事非常惧怕。人之将老，大概都会有同样的忧虑吧！

台湾知名主播傅达仁饱受胰腺癌之苦，2018 年 6 月 2 日飞往瑞士尊严机构寻求安乐死。此前，他坦言自己真实的身体状况，每天都要经历剧烈的腹痛，十分难受。他在 6 日的帖文中表明："我要求尊严。"瑞士时间 6 月 7 日下午，85

岁的傅达仁在五位亲朋好友的搀扶下走进蓝色铁皮屋，留下遗言："年轻时奋斗向前，年老时喜乐再见。"

自然界中，不少动物有预知自己死期的本领。据说狮子若患上重病，会带着准备好的食物，躲进一个平时未涉足的陌生洞穴里，安静等待死亡的来临，食物吃完之日，便是狮子死亡之时。猫和大象预知己身之死亡亦会走到无迹之处。刚果高原有一种黄毛狼，它们充当自己的掘墓人。在临死前，会自己挖好墓穴，一旦它们跳进墓穴，不出半日便会自然死亡。科学研究认为，动物能预知自己死期并不神秘，这是由它们的生理变化引起的。动物生了重病，生理就会发生变化，动物能根据这种变化的强烈程度，推测自己的死期。我为之感动的并非动物预知死亡的神秘能力，而是，即便是动物也会为死亡留有尊严。

一周前，去海边游玩回来的路上，发现一只猫被碾死在宽阔的马路中央，它或许只想横穿到对面灌木丛，找同伴玩耍；或许它在马路上发现了好玩的东西，没意识到危险的来临；又或许它只是觉得天色已晚，急着寻处憩息之地。总之，它孤独地躺在黄昏的余烬里，像佝偻在重症监护室病床上的婴儿。车来车往，对它视若无睹。天色很快会暗下来，它必将遭受轮番碾压，骨血无存。犹豫的间隙，我们的车已然风一般刮过它身边。跟同伴低声请求，不如返回去，把它挪到路边埋掉可好？同伴不吱声，前行一两分钟后调转了车头。远远看见一名独行的骑客将自行车靠在路边，从行囊中取出几张报纸，戴着手套，奔向那只猫。全副武装看不清面容和性别的骑者，小心翼翼把猫裹在报纸里，捧着向路边灌木丛走去。同伴默默打开了车前大灯，将骑者笼在一束光里。

一路平安

四月，我从苏州旅行回来，在楼下碰上了我隔壁老夫妻的小儿媳，她一脸疲惫，拉过我说，她大伯哥心脏病猝然发作去世了，刚出完殡。叮嘱我要对老夫妻保密。

老夫妻均年过八十，前几年还总是成双出入，或一前一后去买菜，或一人一个马扎坐在楼前晒太阳。他们有两个儿子，小儿子住在老夫妻楼上，大儿子以前是副市长，刚刚退休，虽不住我们小区，也算是孝子，每周必会大包小裹回来探望老两口。

近一年来，原本比老太太硬朗的老先生一天天萎靡下去，之前还见他被保姆搀扶着出来溜达，最近一个月一次也没碰见，甚至连老太太也极少出楼。我猜想也许是老夫妻终究获知了儿子的死讯，老年失子，不胜其悲，想必已然病倒床榻，心痛无着。

几天前，下班转过楼角，远远看见老太太坐在楼前樱桃树下，手里拿着一缕韭菜，跟隔壁单元的周伯伯不知聊着什么，见到我，笑呵呵迎上目光。我几乎可以断定她并不知情。以往，我见到她必会寒暄一两句。那一刻，一股说不出的复杂情绪涌上心头，我一个字也说不出来，像个真正怀揣心事的人似的只微微点下头就奔向楼里，全不顾身后探寻的目光。

老太太聪明敏感，去年我犯了胃痉挛，疼得死去活来，眼泪控制不住爬了满脸。从医院打完针回来，恰好在楼梯口碰到了她，她一眼看出了我的异常，问我怎么眼睛都哭红了，是不是被谁欺负了。

周末，在市场看见老夫妻的小儿媳正在菜摊挑黄瓜，说起她婆婆，皱起眉头，语气犹疑，老太太很是反常，大伯哥去世的第二周，老太太问小儿子，哥哥怎么没回来，小儿子说哥哥出国旅游了。后来几周也不见大儿子回来，老太太又问过几次，小儿子支支吾吾敷衍过去。小儿媳说，老太太现在竟然再也不问了，闭口不言大儿子，难道大儿子连一个电话都不打来她也不感到奇怪吗？"到底是老了，糊涂了。"小儿媳叹息道。

天渐渐暖了，下班回来常见老太太坐在楼下，要么跟邻居唠嗑，要么摘着一手菜，仍旧一副笑呵呵的模样。

我有时不免困惑，即便是死亡带来的悲痛，不也总好过蒙在鼓里的笑容吗？以孝之名剥夺父母对子女生死的知情权，是否是另一种意义上的不孝？这种约定俗成的公序良俗何以形成？换言之，这种普遍存在的为人子女者的自我道德提醒究竟滥觞于何时何因？

有天傍晚去公园散步，碰见我一个远房小姑，我问她我五奶奶（她的母亲）近况，小姑说老太太小脑萎缩有点严重了，忽而清醒忽而糊涂，倒是最近从精神病院开的药很是见效，脑子完全正常了。

我问她，五奶奶有没有问过小叔叔？她摇了摇头，"人越老，就会变得越自私，只顾自己，子女反倒不放在心上了。"

我的远房小叔叔前几年在青岛的远洋轮船上做船员，工作很忙，又放心不下老娘，便与五奶奶商定，每晚七点准时通电话，几年来雷打不动。即使他跟朋友在一起吃饭聊天相谈甚欢，到约定时间必打他的母子专线，他说，老娘到点就会守在电话旁，不能让她等着，不能让她担心。谁知小叔叔不知怎么掉到海里，人就没了。他出事时，五奶奶刚过完米寿，儿女们约定瞒着她办丧事。约定而已，并没有什么把握可以瞒得住，其实很难瞒得住，只是按照公序良俗似乎必得如此操作才算孝顺，老亲故旧亦心照不宣，最终不过是想等着老人在煎熬的等待和猜疑中自己慢慢发现残酷的真相。家里亲戚来来往往，闲杂人等出出进进，有心脆的拉着五奶奶的手面露悲容，有嘴快的观察五奶奶的神情欲语还休。一个历经沧桑的老者不可能没有生活积淀下来的经验和预感，老太太却对家里显而易见的反常情况视若无睹，对怀着各种莫名心绪打算试探或安慰她的人不咸不淡不冷不热，脸上始终挂着慈祥平和的微笑，一句多余的话也不问，一句多余的话也不说。

上个月，五奶奶无疾而终，直到生命最后一刻她也没提我的小叔叔。她不问，小叔叔就永远活着。

或者，五奶奶不过是配合子女演完了她扮演的角色，蒙在鼓里的反而是活着的人也说不定呢。不管蒙在鼓里的是谁，蒙在鼓里自有蒙在鼓里的好处。青年时期，学习智慧；老年时期，运用智慧。而智慧也当因人而异，因时而异，因事而异吧，我们无法轻易用"自欺欺人""老年痴呆"之类的词语来定义白发人的苍凉，现实并非如此简单直接。我想，这也算一种人生策略与生活智慧。看似糊涂，却也是混杂清醒与理智的糊涂。

英国境内有一种类似松鼠的又小又害羞的哺乳动物叫睡鼠，顾名思义，睡鼠以贪睡得名。除了夏天，一年中有九个月它都处于冬眠状态。冬眠中它们不吃不动，呼吸几乎停止，身体变得僵硬，外界的任何声音都不能吵醒它们。

动物为了适应不良的生存环境，有很多自保措施。带刺类比如豪猪、刺猬，以硬刺拒人于千里之外；带壳类比如蜗牛、河蚌，以龟缩于壳内躲避伤害；变色类比如变色龙、蚱蜢，以改变体色迷惑对手。壁虎、螃蟹会自切身体，臭鼬、甲虫会放臭气，不管主动被动，在心理学上，都属于一种自我保护机制。

唯独最聪明的人类，在身体功能上却缺少了保护自己的盔甲。有时我想，那些受了巨大刺激突然疯掉或失忆的人也许是大脑潜意识开启了自卫模式，只不过最痛的意外，最迅猛的哀伤，导致最惨烈的保护。很多人在面对无法接受的事情时都会自动生成这种逃避性心理。他们会在实情即将毕露的临界点戛然失智，关闭心门拒绝真相。没有一种生活哲学能放之四海而通用。"自我屏蔽"是人的一种本能，人性太脆弱了，似乎经不起直面伤痛。

那么，不妨不与现实正面交锋，以人性的懦弱于危崖边拉扯出缝隙，以模糊不清的现状给继续前行提供机会，将一切确切的信息关闭在记忆的暗门中，唯留一瞬之光指引活下去的勇气。让真相，如雨后的远山淡影，或遥远的海市蜃楼，永远模糊难辨，也永远不可能被还原。给心理以暗示，给暗示以强化，给强化以反复，等待时光的橡皮擦将脑海中渐次萌发的焦虑与怀疑轻轻擦去。即使最终真相浮现，经历时间过滤的迟来的悲伤，杀伤力已如强弩之末。

我妈兄弟姊妹七人，只有大姨远嫁在牡丹江，几十年间只回来过三次。也许思念的深度与距离的长度成正比，姥姥最惦记大姨，每年都会亲自晾晒各种鱼干让舅舅寄给她。七十多岁时，姥姥在大舅陪同下出了人生第一次也是唯一一次远门，也是她唯一一次出县城坐火车，到牡丹江去看望她的大女儿。十几年前，大姨得了脑血栓，姥姥那时已经八十岁了，她再也没有能力千里迢迢去看她的女儿了。我陪着我妈和小姨去了牡丹江，大姨最后一次见到娘家人。不久，她就去世了。她走了不到一年，身体还算健康的姥姥突然病重，很快就进入了弥留状态。因离得远，不常联系，我们一直以为姥姥并不知大姨去世，担心她会耗着一口气等大姨赶回来而最终难以瞑目。

姥姥去世当晚，有过短暂的清醒，长辈们说是回光返照。她要求小姨把大姨的照片放在她身边，让大家放心，说去那边自会有大姨照顾她，就算喝了孟婆汤靠照片也比较容易找到她的大女儿。小姨微微点头，一句话也没说，只轻轻把大姨的照片贴近姥姥的手心里。

汽车在遇到碰撞时，传感器会自动感受汽车碰撞强度，并将感受到的信号传送到控制器，控制器接收传感器的信号并进行处理，当它判断有必要打开气囊时，立即发出点火信号以触发气体发生器，气体发生器接收到点火信号后，迅速点火并产生大量气体给气囊充气。人会因惯性"扑在气垫上"，从而缓和受到的冲击并吸收碰撞能量，减轻伤害程度。

人的大脑或许也有一个隐藏的"安全气囊"吧？

当然，汽车的安全气囊不是自动生成的，它归功于设计师的智脑妙手。人生就是一段旅程，每个开车上路的司机都希望这段旅程以开心起，以喜乐终，一路平安，方不辜负车窗外的花红柳绿草长莺飞。设计师及时捕捉到了司机的心理需求并产生了同理心，安全气囊便应运而生。安全气囊被创造被激活的前提是被需要。

在大自然视域内，尽管个体生命的猝然降临或离去，如同雪落无声，但"生命的真相是体温"。稽古揆今，接近人生旅程终点的老者如果还有什么愿望的话，只能是希冀给人生旅程画上一个圆满的句号。虚虚实实有意无意间他们将此愿望传导扩散给亲密之人，亲密之人心领神悟。一方不说，一方不问。毫厘之验，继继存存，所谓约定俗成与公序良俗之形成，大概如此吧。

　　这一切是如此生动和不可避免，如同落日与霞光相互熔金，无有边际，唯有归于一片模糊。

去远方

古道门楣

骑着马，在拉市海的茶马古道徐行，被路两边的建筑和墙绘绊住了脚。

白族建筑迥异于北方呆板划一的红砖瓦房。简朴的凸花青砖，石灰砌成的飞檐串角，木质的瓦檐裙板和门楣花饰，影壁及围墙上各式彩画，闲坐聊天的白族阿妈，躺在墙角的老土狗，在细腻的阳光下，像一首合辙押韵的律诗，排在眼前。恍惚中生出不真实感，仿佛所有建筑的律动之美，一切来自生命的喜悦都汇聚于此。

之前在大研古城住了三天，庭院深深处，遇见汉字就难免流连。天擦黑时，一家家店看过去，单是店名就惹人驻足："时光留影""常乐居""闻荷轩""留缘""听心""逸园"……大门两侧挂着写着"客栈"两字的红果灯笼，映衬着黑木牌匾上的金字，透出青石板似的古朴，总觉得店主应是看透世事、厌倦繁华，"听雨僧庐下，鬓已星星也"的老者，寻了僻静处植荷听香，追忆流年。

马入山路，窄而不平，两旁杂树交错，遮住了光线，不必刻意蒙着头巾了。墙绘消失，只有淙淙流水。偶尔会有一块写着"茶马古道"的石头立在路边，大小不一，大约是路标吧。马帮脚步踏过处，怎么也该有一家客栈，店名叫"那柯里"或"德拉姆"之类的，但一家也没有。

若是东北，长途货道上必会搭上几间"大车店"。北方开店讲究大气，店名生怕不够响亮。我家是边陲小镇，镇上店名却起得气势磅礴："国宴""国宾""东亚大酒店""凯撒皇宫"……极少有让人一见触心的店名。

五年前去广州，被住在番禺的姐姐带去吃广东传统美食九大簋，食店名叫"众人划桨"，所有装饰材料均是旧船料，饭厅是船舱模样，四五十桌食客井然有序，船舱中间设一矮台，矮台上一架钢琴，一名白衫男子慢吞吞弹着曲子，弹倦了就随意另换一曲。在几百人同时就餐的中餐馆设一架钢琴，北方人是想也不敢想的。依弗洛伊德的理论推测，北方人生活在一种无力改变的粗糙之中，就会转而爱上这种粗糙。有爱的能力与机缘，总归是幸事。

终于远远见到一座门楼，猜测是马帮驿站或交易场所的遗址。细看，又疑心是后搭的仿建。简单的木质飞檐上，挂着四个斗笠状铃铛似的物件，一块土黄色彩板横在门楣上，上面画着几个象形字，只认得"马"和"路"，两扇敞开的镂花木门上分别贴着两幅猛兽图。门楼下面拉着几线五颜六色的方形或三角形的跑马幡。若没有这些文化符号的点缀，路途该多么单调。

初为人师时去大连培训，教授照本宣科，勉强听了半小时，老师讲一千个读者有一千个哈姆雷特时，我正在看治疗贫血的菜谱，洋参甲鱼汤可以补肾健脾，治疗气阴两虚性贫血。韭菜炒青虾能调经补血，健脑益智。那老头讲到印象派时，把戴望舒讲成了徐志摩，徐志摩打着油纸伞，徘徊在悠长又悠长的雨巷。我正想着米酒蒸螃蟹的味道，菠菜猪肝汤，木耳肉片汤，桂圆肉粥，猪蹄花生大枣汤都是补血的好菜。"妆罢低声问夫婿，画眉深浅入时无？"一首干谒诗，他竟然能讲得唾沫横飞、香艳无比，我还不如在想象里挥舞刀铲，炒一盘葱炖猪蹄，或者煮一盘南瓜，桃仁墨鱼和胡萝卜炖猪肉也都是补血的佳肴啊。

果断逃课。从学院到锦辉商城，沿路有许多我喜欢的店铺。"剪爱""顶尖一族"是理发店，"望莓止渴"是卖冰激凌的，小吃店叫"食为天"，服饰店起名为"爱情密码"……彼时觉得到底是大城市，店名洋气又浪漫。

去年暑假去成都，曾刻意留心过宽窄巷子里的店名，那完全是另一番意蕴。轻轻巧巧，玲珑曼妙，宛如一首首婉约小令。"子非""荷欢""听香""点醉""滴意""九拍""碎碟""花间"……疑心店主是日日捧读《诗经》或是被唐诗宋词浸染至灵魂，"听雨歌楼上，红烛昏罗帐"的清新女子，婉转柔美心境下猝然看见灰白砖墙上嵌着"白夜"两字，禁不住惊呼一声，它是小令中一阕"虞美人"。隐约知晓它隐于成都，置身小巷时竟完全忘掉了。在"白夜"酒吧门前来回逡巡，没有见到进进出出的文人雅客，壮着胆子从半开的木门斜穿进去，狭窄的门厅被一面展示板占去了大半，木板上一张张大小不一的字纸被图钉固定，细看，是一首首即兴的新诗。酾酒赋诗正合情境，自然不计较字迹，看了半天，大多潦草莫辨。杜康解忧，一时慷慨都定格在一张薄薄的纸上。午后的酒吧不存一客，只三两店员在清扫卫生。怯怯问一句，翟永明在吗？店员头也不抬，只回，今天不在。没有巧遇到那个长着一双深潭般大眼睛的名诗人，恰留有"只在此巷中，人深不知处"的神秘，心下反倒松了一口气。

赶马的年轻人面庞黝黑，问他前路是否有客栈或者店铺之类的，他装作听不懂的样子，懒得接话，他关心的大约只是一天可以赶几趟马。

不同于宽窄巷子的整齐中矩，大研古城的小巷毫无阵法。最喜欢黄昏时无目的闲逛。转过两条胡同，便已迷路。正好不必刻意记路，只寻着看各家店前提示板上形形色色的原创。有家客栈提示板上写，"有床有房，只缺老板娘"，也有不用提示板的，比如一家服装店的墙头上伸出一片四四方方的白色麻布，上面是手写的毛笔字，"衣服都是半成品，你的体温赋予它完整"，字迹娟秀，令人浮想。

地形虽错综，但总会转到酒吧一条街，各式木板小桥被茂盛的细草覆盖，连接一座座木质老楼，杨柳俯身在潺潺流水里，玉水河上有几个伴郎打扮的小伙子蹲在桥下的青石板上放河灯，几盏莲花灯像睡着在水面上，半天也不流走。

夜晚的酒吧街藏不住热爱。有一对金花坐在河对岸"樱花屋"酒吧屋檐上探着身子晃着腿大声喊歌，真是疯狂得醉人。特意溜进去拍"樱花屋金语录"，一张张随意悬挂的白麻布上，简繁相间，中英混杂的黑体字很是惹眼。第一眼看到一句"不懂的装懂，懂的装不懂"，嗬，有些粗糙。"有些同志对艳遇有偏见，在我们看来，艳是主观的，遇才是客观和不可强求的""时间多了，就不会生活了；会生活了，时间就不多了"，符合辩证法。及至看到"一切美女都是纸老虎""泡的伟大，装的光荣""人总是要醉的，但醉的意义有不同"，不禁捧腹，店主显然是"语录体"狂热爱好者。

无意中瞥见"千里走单骑"几个金字横跨在一座三四米的小木桥上，贴合心境，索性就进去喝一杯。

盼金妹（纳西族服务员）并不漂亮，看着让人安心。三个若基（纳西族小伙子）唱着一首我完全听不懂的歌，蜂拥的酒客拍手高呼"呀呀嗦"，声音震天。一名来自杭州的少女端着酒杯给其中一个刚唱完歌的小伙子敬酒，她的同伴们起哄让两人唱首情歌。两人选了《一瞬间》，配合默契，眉眼间就有些投合的味道了。

"头脑可以接受劝告，但心却不能，而爱，因为没学地理，所以不识边界"，年轻人乐于接受卡波特似的说教，少顾虑，多行动。若是这时候有人背诵一句塞林格的"莱斯特小姐，但你知道我是怎么想的吗，我觉得爱是想触碰又收回手"，一定是会惹来哄堂大笑的。

清早的古城像山村的夜一样寂静，猜墙上东巴象形字，各家门前对联看半天，都觉得意趣无穷。顺着万寿桥去普贤寺，胡同里一面低矮得几近倾圮的土墙上，褪色的白粉上"左岸一号火塘"几个粗黑大字映入眼帘，粗木篱笆门上插着门闩，一张白底写着各色象形字的布门帘拉在一边，门楣上涂了几个字"吧主云游去也"。据说这是古城唯一留存的原始火塘酒吧，只能容纳十人席地围坐，喝吧主自酿的美酒，弹唱自创的歌曲，肆意放浪之欢何其畅快。但它实在是太不起眼了，大部分游客在它面前走一百遍也看不到它，想必是无缘罢了。

茶马古道山路并不太长，我骑着一匹无人愿选的灰色老马，脚力慢，正合我意。七扭八拐到了一山脚下，路边孤零零一家，大门紧闭。一把锁懒懒的挂在门环上。白色门楣上是三个墨色繁体字：一德门。影壁上一幅水墨画配着几个象形字，我只能认出简单的"鱼""桥""鹿""草"，一片三角梅笼住了飞檐和大半墙体，仿佛刻意要跟门外的流水隔着距离。

不同之处在对联。褪色的白底上的黑字像被汹涌的泪水洗过，只余悲伤过后的平静："守孝不知红日落，思亲常望白云飞"，横批不是想象中的"吾门素风""慈容宛在"

或"厚德高品",不过是简单平易四个字：一年之期。

一阵风吹，梨花簌落。我看着，竟呆愣了很久。

大研的桥

老桥是大研古城的眉眼。在玉水河边一个人踟蹰，最牵我眼神的，无疑是桥。

天擦黑时，从我住的木府客栈去酒吧一条街，便要踏过众桥之首"大石桥"，虽冠一"大"字，旁又立着刻有"大石桥"三字的石碑加以强调，仍旧显得局促。目测它的长度也就十米左右，宽亦不足四米。在大研古城，两三米长的老桥触目皆是，最小的无疑是水锁人家的古橡栗木跨门桥，几步之长；最古老的当属石拱桥，几百年历史。小而朴拙是这些老桥的宿命。它们无法选择自己的外形、规模，也无法选择自己的邻居和栖身的环境。

既不去仰观宇宙之大，亦不去俯察品类之盛，古镇的老桥们安于平凡的出身，不嫉妒不攀比不抱怨，它们坦然于时间之手在自己身上勾、皴、染、点、擦，深浅阴凸、润涩厚薄左右不了它们的悲欣。

而那些出身高贵的名桥们就不一样了。它们为外貌纠结，是选择梁桥、拱桥、斜拉桥还是悬索桥、高架桥、组合体系桥？是用木、用竹、用石还是用铁、用钢、用汉白玉？当然，它们也为达到某项之最而绞尽脑汁你追我赶。即便是取名，名桥们也绝不含糊和将就，旧金山有世界最长的悬挂桥——金门大桥，伦敦有人类公认的最好看的桥——塔桥，悉尼有天下跨度最大的桥——海港大桥，香港有全球最长的行车铁路双用悬索式吊桥——青马大桥……名桥们岂能容忍岁月的刀砍斧削，稍有瑕疵便要修葺如新。它们高傲而冷酷，决不允许任何东西挡住自己的视线，它们不需要邻居和朋友，更不能容忍任何事物亲近自己，攀附自己。

酒吧街顺水延绵，几乎步步见桥，跨门桥千姿百态，多为栗木、橡木或石板，辅以独创性的装饰，或翠鸟，或鲜花，或葫芦，或水瓶，或瓶盖，或叫不出名字的小物件。共同处在于跨门桥都没有名字。古城的老桥有数百个，有名字的不多。老桥取名无定法，有的好似旧时一般人家随意给小孩子取的贱名，二丫、铁蛋、狗娃之类，不费斟酌，信口便来，卖鸡豌豆桥、卖鸭蛋桥、大小石桥即是此类。

"写景抒情"类的桥名也不鲜见，顺酒吧街一路逛到古城入口处，有座双石桥，它还有个颇有古风的名字，叫玉龙桥。明王世贞有诗，"玉龙桥下水纵横，迭鼓回帆断续声。城头一片昆山月，多少人疑子晋笙。"玉水河边虽不见昆山月，不闻子晋笙，但"咕哒咕哒"的老水车和"叮叮当当"的东巴许愿铃就是古城玉龙桥最浪漫的打开方式。大石桥也有另一个富有诗意的名字"映雪桥"，河水中自是再难见到玉龙雪山的倒影，可"眼明能展锺王帖，绝胜前人映雪看""对檐疑燕起，映雪似花飞""衔霜当路发，映雪拟寒开"……"映雪"二字天然的雅气不容小觑。

老桥们与野草野花苔藓们融为一体。很多个清晨，我独坐小石桥边，晚睡的古城尚未醒来，如织的游人尚未攘攘，静静看桥下苔藓的颜色，阴影干净，擦拭着石头的悲欢，它们不抬头，不看断云在地上弄出阴晴，也不看野蜂在浓草间扇动翅膀，一任水花如碎雪，从身旁一路蹦跳，仿佛轻易忘却了日常的空洞与繁复。

石桥下河水两边的青石台阶正适宜"席阶而坐"，天未亮透或暮色四合时，不乏如我一般的看桥人。曲水仍在，羽觞不可得。现代文人们难有列坐僻静处，一觞一咏，畅叙幽情的雅兴，何况茂林修竹无踪，不曾扫的花径难寻。

小时候住在下放到山村的姥姥家。溪水绵延处，鲜有像模像样的桥。自然倒塌的树木、信手搬来的落石构成了河道天然的桥梁。对小孩子来说，此岸到彼岸，永远充满了未知，充满了危险的诱惑，没人在意桥承载的故事与秘密，任由它们随流水远去、湮没、隐遁，更没人在意表面润泽的石头下面，那些默默蓬勃在石身与溪水之间匍匐卑微的藓类。

"我曾试着在自己身上寻找相同比例的明暗尺度"。总觉得，生了野草、苔藓，被野花、野蜂眷顾过的石头、墙壁与老桥们才更真实自然，也才有了呼吸和生命。它们被时光之手反复触摸，了然人世悲欢，看穿风云变幻，不畏惧，不卑微，将那些被风吹裂被雨打湿的伤痕渐渐凝成了筋骨。

我喜欢幽微老旧的事物，喜欢一切不彻底的琐细之美。

我怀念那些让人舒服的苔藓，它们是桥渐渐老去的阵痛，是桥柔软而隐秘的叹息，也是桥暗夜里孤独发出的成片声响。确定中的不定，灰暗中生存的勇气和真理，足以让浅显者满足，让深刻者警醒。而人类内心深处的个人生活，如老桥一样，永远超越自身的真相。在重复机械的日常生活中麻木久了，我内心亦有柔软却布满凉意的角落，"我身上至少有两个女人的影子，一个绝望迷惘，感觉自己在沉没；另一个只想给人们带来美丽、优雅、活力。"而那种逼仄、阴暗、潮湿甚至绝望并不遥远，它曾将我的灵魂从身体中猛拉出来，狠狠摔在地上，而我得以有机会不断杀死旧我，而后不断重生。那些无声尖叫的黑色之根变成了我的秘密，与梦想中的生活一路随行。

多年前看《魂断蓝桥》《廊桥遗梦》，并未深究导演为何将滑铁卢桥和罗斯曼桥作为男女主角一见钟情与魂断梦碎的背景，只被凄美的爱情感动得涕泪横流。细细想来，桥勾连了人内心的隐秘部分，被赋予了本同末异的象征——桥是人生的岔路口，是勇气也是磨难，是与未知的另一个世界邂逅的地方，也是另一个世界本身。在蓝桥背后，我们看到的是战争的残酷无情，是人性的幽微难测、命运的鬼魅多折。而廊桥留给我们的，是梦想的萌芽与破灭、爱情的彷徨与舍弃。桥能连接世界，也能割断世界，是过渡也是终结，它凝聚了那么多的温暖、浪漫、感伤、无奈、希望、悲欣交集与千钧一发……

　　桥不仅仅连接了空间和时间，也跨越了空间和时间。甚至天上与人间、今生与来世，都需借助一座桥方能抵达。"伤心桥下春波绿，曾是惊鸿照影来"。乞巧楼前双星伴月，鹊桥的对岸是重逢，是喜悦；三生石畔彼岸花开，奈何桥的那端是忘却，是重生。桥早已从一个物象变成了集诸多情感因素于一体的寄托。

　　在古城，很容易就走了回头路，从酒吧街转回四方街，便会看见一座有故事的桥——万子桥。古城的每座桥都有自己的脉搏，就像每朵花都有自己的香气。顺着河水远远望去，它像极了一头正在饮水的老牛。牛角无疑是桥身，桥身下近尺长的野草密密地层聚着，或旁逸斜出，或低眉垂手，或挺直腰身，恣肆又井然。春夏之际，挨挨挤挤的浓草拓延处，是层层叠叠的各色野花，从河岸两边一直延伸出去，有些花朵被挤到河水中央，本就不宽的河道倒像个天然花塘。冬至时节，桥下至桥的两端，黄发与青丝共存，仿佛真的是老桥繁衍出的万千子孙。砂岩斑驳，给这座桥平添了上百年岁月赐予的敦厚与朴拙。桥墩位于桥身正下方，上宽下窄；千万颗砂粒胶结而成的老石墩，如一张饱经沧桑的脸。

　　相传明代一对纳西族夫妇居住在桥边，那儿原为楸木之地，生长着成片开花不结果的楸木。正如楸木一般，这对夫妇结婚多年却无一男半女。在无后为大不孝的时代，断子意味着绝孙，没有男子就无法继承和世袭财产爵位，就无法延续一个家族的香火，血脉就得不到传承。这对夫妇便拿出毕生积蓄修桥以求积德。遥想当年，有多少孤独的人彷徨桥上，踽步祈祷，愿慷慨积善，早得子嗣。万子桥是否圆了所求之人的梦想已不可知，只是，世易时移，情随事迁，"古人踽踽何所取，天下滔滔昔已非"，今人更注重自己当下的感受，多子未必多福，况家里又没有"皇位"要继承，万子桥的原始寄托寓意渐渐消失。跟当地人闲聊，得知纳西人把这座桥叫"茨母笮"（楸木纳西话叫"茨母"），大石桥叫"培其笮"，卖豌豆桥叫"茨初启笮"，卖鸭蛋桥叫"阿古启笮"，世界上最古老的东巴文字自带的陌生化和神秘感竟让人觉得莫名喜欢。

前几天为查资料在微信相册翻找旧照片，无意中翻到我多年前拍的一组大研古城石桥照片。其中有张拍的是一个不知名的小石桥，照片上部只露出一侧石头桥栏的灰黑色底栏，主体部分是石桥的橡木桥面，木板已色旧斑驳，板缝间陈灰如墨，唯五行字依稀可辨：我愿化身为桥，受那五百年风吹，五百年日晒，五百年雨打，只求你从桥上走过。

佛陀阿难的典故已不可考，桥却实实在在地立在那里，静默无言。

无 相

1

魏姨是我家以前的邻居。

她有两个跟我年龄相仿的儿子，长得都很健壮。可是命运变幻莫测。首先出事的是大儿子，十八岁那年，突然就得了一种不知名的病，辗转北京，上海也没治好，钱花了很多，但仍无济于事，那孩子后来瘦得皮包骨一样，不久就死去了。仅仅过了一年，二儿子也十八岁了，却在某一天跟人在船上打架，不知怎么就掉到了海里，再没上来。尸首很久以后才打捞上来。连失两个活蹦乱跳的儿子，大家都担心魏姨活不下去或者疯掉，毕竟，这种打击足以致命。

有天傍晚，散步的时候，遇到了魏姨，她远远地招呼我，说要去打太极，像以前一样摸着我的头说我漂亮了，问我母亲身体如何。倒是我讷讷地说不出话来，急匆匆地逃掉了。回家跟我妈说，魏姨竟然胖了。我妈说，她啊，命硬，寡情。

我外婆去世的时候，是冬天。我亲眼看着她被烧成一把灰，亲手给她挑选了骨灰盒，又亲手把她的骨殖一根根移入骨灰盒。那年的冷风，一点点侵入骨缝里，使我顾不得号啕大哭。即使多年后的今天仍感觉到那种彻骨的冷。

小时候寄住在外婆家，她特别疼爱我。而直到今天，我仍然没有记住她的生日，不知道她去世时候的确切年龄，八十或是八十一，八十二？外婆去世后的几天，我总能闻到一种奇怪的味道，头发、衣服像是都在那种味道里浸过一样。那一阵子，我每天都要长时间地洗澡，仍然感觉到那种味道深入骨髓。我尽力克服生理上的不适，同时又感觉到深深的羞惭和自责。仿佛每洗一遍澡，就洗去了一遍外婆对我的恩情。想到外婆的丧礼上，我竟然因为冷得哆嗦而没有大哭一场，就觉得自己也是一个寡情的白眼狼。

直到我读了加缪的《局外人》。

主人公默尔索的母亲在养老院去世，去奔丧的他搞不清母亲是哪天死的，对殡仪馆的人回答不出母亲去世时候到底多少岁，并且，在为母亲守灵时竟然打瞌睡，还吸了一支烟，喝了一杯奶。母亲去世的第二天竟然还跟女友去看电影，亲热。这些生活细节在他日后犯下命案时，都成了他"毫无人性""判离社会"等判语的根据，他也因此被判处了死刑。那么，默尔索真的是一个麻木不仁、冷漠无情的人吗？其实不然，他并非不爱他的母亲，只是，如默尔索所言，

"生理上的需要常常干扰我的感情"（这句话像箭一样射中了我），如此，就不难理解，参加母亲葬礼时，被阳光暴晒得头晕目眩的默尔索在车开进阿尔及尔闹市区，想到上床睡上十二个钟头时所感受到的那种喜悦。

明天还是要生活下去。但今天，必须悲伤，这是我们习惯了的同质世界。我们习惯了逝者亲属收放自如的哭声，习惯了蜂拥而至"消费"逝者的文字。尽管洞悉了这个世界的真相与本质，我们还是不能平静与诚实。

世界的荒诞也正在于此。生理上的需求是天赋本能，不违自然，合乎情理。而当生理需求干扰了正在进行的情感时，情感势必显得粗糙。异质的成分或情境，违逆了大部分人的情感经验，潜意识的倾向判断被激活，生理需求被淘汰出局。美国心理学家马斯洛在其著作《动机论》中提出，人的需要分为五个层次：生理的需要、安全的需要、归属和爱的需要、尊重的需要和自我实现的需要。而生理需要是人类最原始、最基本的需要。

承认这一点，并不羞耻。

2

我有很多条丝巾。但使用率很低。一则嫌麻烦，不会系出花样；二则常随处乱放，想用哪条的时候偏找不到。虽如此，每次在异地游逛，最先吸引我目光的还是它。丝巾好像带着天然的柔软密码，甚而在文野之分的作用上，不逊于阳春白雪。

《罗马假日》中的奥黛丽·赫本，短发、长裙、白衬衫，黑白条的丝巾在风中飘逸。时间虽反复清场，但她优雅的天使形象，已然刻录于不老的尘世间。她说，"当我戴上丝巾的时候，我从没有那样明确地感受到我是一个女人，美丽的女人。"丝巾成了优雅的代名词。同是女神的伊丽莎白·泰勒也是丝巾狂，她认为不系丝巾的女人是最没有前途的女人。我对丝巾的爱虽肤浅得多，却不乏同理心。

去年冬天，在广西遇龙河乘坐竹筏，两边茂密的高竹探身水道，形成一道天然的竹子游廊，我突然就喜欢上了绿色，买了一件浅绿色的鸡心领短毛衣，一条绿底方巾，上面是黑色和白色的苹果图案。丝巾仍然并不常系，更多的时候是寂寞地躺在衣橱的某个抽屉里。有一天，突然想起这条绿色的丝巾，却遍寻不着。本是可有可无的寻常之物，因为丢失的缘故突然变得很珍贵，以致没有心思做别的事，一心想找到它。生活中许多事大抵如丢失丝巾，视力能及处并不觉无它不可，不甚珍惜。一旦旁落他手，或目力不至，则心生怅惘，若有不甘。

一天，偶然在小姑子的脖子上看到了一条一模一样的丝巾，我当然笃定是我丢失的那条无疑。回想起来，必是去看望婆婆的时候，落在了婆婆家，被婆婆转送给了小姑子。心里便有隐隐的不快，但又不想因一条丝巾的缘故显出自己的小气。但小姑子却仿佛刻意一般，偏郑重告诉我说，我这条丝巾可不是你那条哦，看你的丝巾好看，我很喜欢，特意去买了条一样的哦。我不禁哑然，一条丝巾而已，撒谎大可不必。我装作随意地说，我那条忘了放哪儿了，怎么也找不到了。没想到在广西买的丝巾咱们这里也有。小姑子听了，表情有些错愕。

很久之后，我收拾衣橱，在一个不太常用的抽屉里，意外发现了我的那条绿丝巾，它沉默地躺在那里，像当初在橱窗里我第一眼看到它时那样，绿得平和而沉静，只是，我再无欣喜，心底涌上难以言说的滋味。

假如，我并没有找到我的丝巾，我丢失的仅仅是丝巾么？就如韩松落在《老灵魂》一书中所说的，"我们似乎总会在某一年，爆发性地长大，爆发性地觉悟，爆发性地知道某个真相，让原本没有什么意义的时间的刻度，成了一道分界线。"

而又有多少真相，湮没在时间的深渊中，使我们永失觉悟的机会？

3

冬月的晚上。照顾完生病的奶奶，最后一趟班车似乎错过了。没有站点的路边，孤零零一座桥，行人稀少。

别无他路，打车。但，并不容易。偶尔出现一辆出租车，载着一个或是两三个客人，然而，都没有搭理我的意思。天黑得越发快，手机没电，除了呼啸的车流声，只有寂静。没有溜达的闲人，路边只有我一个。有一瞬间，孤独感铺天盖地，仿佛我成了一个被白天遗弃的影子，找不到自己的形体。那么，索性站在路中间？挥手拦辆顺风车？

想起一女同学，在乡村办了个养鸡场，每天晚上忙完，都是拦辆顺风车回城。她的经验是，不搭破车旧车，豪车最好。有理。正如王尔德所言，"惟浅薄之人才不以外表来判断。世界之隐秘是可见之物，而非不可见之物"。可每次听她谈搭车经历，佩服之余，我心里总替她隐隐担着心。

我是车盲，对车标极其不敏感，又没戴近视镜，看不清车的新旧，也看不清司机的性别。看清又如何呢？桥头是一家小饭店，透出暗黄的光，窗边隐隐有两个男人隔桌对饮。有意无意间，瞥过来一眼。我决定孤注一掷，拦辆私家车。

巧合吗？对。一辆黑色的奥迪（那四个环，是我所认识的为数不多的车标之一）贴着我身边停下，一张看起来人畜无害的脸从车窗探出来，带着熟人般的寻常语气，"回家？""是啊。""上来吧。""好啊！"没有犹豫，上车。

在此之前，我得承认，我是一个谨慎的人。这种信任冲动或许是源于我极少受骗的积极人生经验，但这种被激活的个体信任在一个低信任文化氛围的社会又能持续多久呢？

恐惧是在上车之后油然而生的。毫无疑问，这不是一辆出租车（也不难判断，它不是黑出租）。车窗外没有灯火，是一段我并不陌生的乡路。无穷尽的黑影向后退去，所有景状变得模糊而陌生。我是一个路盲，很快失去了方向感。司机并不跟我搭话，他全神贯注。我则开始了各种想象，恐怖片里的情节一一在我脑子里演了一遍，我只觉得热血上涌，心里暗暗做好了随时跳车逃生的准备。手心里很快攥出了汗。我因为觉得他可信才付诸信任（感性的信任），但我又无法完全确定他是否可信（理性的怀疑），这是信任的可信性悖论。而潜在的结论却是，我首先对我自己失去了信任。

十几分钟后，车终于进入市区，街灯像温暖的亲人，迎面扑来。

"在前面十字路口那停车吧。"在相对热闹的地方下车，总归会安全些。

"你家不是在电视台对面吗？前边下车离你家有点远啊。"

我一怔。"没关系，我买点东西，这已经非常感谢了。"我竭力把谎话说得很诚恳。

急于打开车门的我，动作却并不诚恳。我扣住的不是车门把手，而是车门上的烟灰缸。烟灰缸因我的手力过大被扳断了。司机发觉了我的窘迫，回过身来，替我打开车门，"没关系，那本来就是坏的。"

为了掩饰我没有认出对方的尴尬，我决定按照我的惯例，只说谢谢，不问他姓甚名谁。

古罗马政治家加图有个著名的悖论，"如果你太信任别人，你会受欺骗；但如果你对别人太不信任，你将活得非常痛苦。"而一个更有趣的悖论是，我们似乎只能在信任的人中间建立信任，但当我们信任陌生人时，信任更有可能带来惊喜。

我到现在也没有想起来这个司机是谁，何时认识的。

4

我习惯在固定摊位买菜，就像习惯了去固定发廊美发，固定浴池洗澡一样。

她三十多岁，圆脸薄唇，一双笑眼。从市场北门进去，很容易看到她。她的目光辐射面极广，即使手头忙碌不停，眼睛却可随时跟进来的人打招呼。你还未走到她摊位前，她早已扯开了一只塑料袋，眼睛眯成了一条缝，"姐，今天吃点什么？"无论是称呼姐还是哥，姨还是叔，她都喊得十分自然真诚，让买菜的人心里熨帖。不就买个菜么，在谁家不是买？况价钱又差不多，谁会打笑脸人呢！

以前我家有个邻居，我叫她李婶，她待人极为热情，每次跟我妈聊天，提到她女儿燕子，开场语总是"你家燕子啊……"，提到我时则换成"我家茜儿啊……"我妈很受用，认为这称呼不生分，显得亲近。但我对她这种刻意颠倒你我的矫情称谓很是不以为然。后来参加工作，有个同事口头禅是"咱"，听熟了"咱家""咱爸""咱妈"，倒也渐渐习惯了，甚而觉得很顺耳。

卖菜的女子嘴甜手快，笼络了很多熟客，下班高峰时段，她摊位前呼啦啦围满了人，即使旁边摊位顾客稀少，人们也宁愿在她这挨着时间。有那么一两次，我刚挪脚想去旁边摊位，她就用笑盈盈的目光把我拽回来。

但后来我到底还是换了摊位，原因说起来很小，就像指甲里斜出一根倒刺，想忽略反时时在意。一般情形下，买完菜找回的零钱我略瞅一眼就放包里，极少细看。有一次找回零钱时偏认真数了一下，竟少找我十块钱，心里对她的印象就别扭起来，联想起之前买的西红柿里有明显烂掉的，买一斤菜她常给称一斤半，多出来的部分常常吃不完要浪费掉，便恼恨起来，觉得她满是心计，没准以前少找过很多次零钱也说不定呢，再看她的笑脸就看出丑来。

于是，不再理会她迎上来的笑眼，直奔她旁边的摊位。理论上说，所谓过犹不及，言语的漫溢，情感的漫溢，我们已司空见惯。太用力，反而嗅不到花香。总之我那时就对她反感起来。隔壁摊主是一名四十岁左右的男子，木讷少言，不会主动招呼人，似乎也不会笑，让他称两根黄瓜他就称两根，绝不多一根。有一次我取笑他，"让你称两根的意思就是大约称一些，两根是虚指。"他反较起真来，生气地说，"两根不就是两根？谁知道'大约'是多少？"他反驳得无懈可击，不过是买个菜罢了，也就不计较他的无趣。

那以后很长时间，我一直在他的摊位买菜。意外的是，邻摊的女人并不十分介意，每次照常送上笑脸，只是问候变成了"姐，下班了？"倒是我，做了亏心事一般，碰上她的问候只快速点点头。有一天，我路过她摊位，听到一个买菜的姑娘对她说，"你又多找给我五块钱，再这样你要赔死了。"她仍是一副笑脸，"我就是算账不行，差不了事，我就怕我少找给人家钱。"

我几乎可以确定，我误解了她。很多时候，如果你没有翻到生活这本书的下一页，也许你就永远猜不到下一个拼出真相碎片的人是谁。

生活有时真的莫不可测。某一天，我买菜的摊位易主了，接摊的是一对年轻活泼的夫妻。无意中听说，原来那个男摊主抑郁加重跳楼自杀了。

皮 囊

1

　　我记得那里的一排排座椅，冷硬，冰凉。再暖的体温坐在上面，也很快会被吸走热气。省肿瘤医院这个叫作加强 CT 的检查室大厅，没有人交头接耳，互相交换病情讯息；也不像医院的各处走廊，声音堆堆叠叠，脚步声如失律的鼓点。被同一种担忧统一到这个门口的人，无论曾有过怎样的辉煌，曾有过怎样的欢乐，此刻都像雾气一样蒸发到空气里，然后等待命运以自己完全无法掌控的概率变成雨点砸下来。

　　在肿瘤医院，病人们仿佛是一件阴谋的同谋者，没有谁会对光着头的妇女多看一眼，也没有谁会在拿着诊断单呆若木鸡的人身边停下匆匆的脚步。

　　我来省城之前，我们市的大夫已经对我右肾发现的不明阴影做了模糊但不难得出清晰结论的判断（我第一次觉悟到大夫的诊断逻辑是多么严谨）。"倾向于……但也不排除……"。我妈倒是充分理解了"倾向于"的含义，提前预支了她的悲伤。那几天早晨，我刚从床上爬起来，脸还没洗，她就敲响了我家的门，然后一声不吭坐到沙发上，一边看我擦地板，一边默默掉眼泪。我内心其实是巴不得她赶紧返回她自己家，但又不好表现出特别不耐烦的样子，只能擦完地板继续找东西擦，连半只眼睛也不去看她。她有时候坐一会就借口去市场买菜走掉了，有时候忍不住连悲带怒嘟囔一句，你怎么还有心思擦地板？

不然呢？抱头痛哭么？即使切掉一个肾，也不会很快死掉啊。

省城的大夫是不屑于看小地方拍出的 CT 片子的，CT 自然是要重新做，为了判断准确，后来又做了几次加强 CT。关系是不敢不找的，万一给我看病的是一个初出茅庐的愣头青或是虽年长但医技不佳的庸医？好在托关系找到了泌尿科的一名据说是德高望重的教授。那花白胡子的教授很认真地研究了片子，又找来了 CT 科的主任，俩人嘀咕了好一阵子。

因之前已辗转了好几个医院，从医生们的只言片语中，我约略知道了我右肾的阴影在肾囊肿和囊性肾瘤之间难以确定，而之前医生们的分歧点也在于此。那名老教授先把我爱人叫进医生办公室，后又招呼我进去，指着墙上的肾脏解剖图对我说："你长的东西靠近输尿管，形状不规则且分隔明显，血管较丰富，不像是囊肿，为除后患，必须要把右肾切除。"

"切除右肾"四字，使我猛地想起了"梁启超被协和医院割错腰子"一事，1926 年 3 月 8 日，梁启超因尿血症入住当时中国医疗水平最高的协和医院，协和医师通过透视发现其右肾有一黑点，诊断为瘤，建议手术摘除。手术后，经解剖，右肾的肿块并非恶性肿瘤，后查明这是一桩严重的医疗事故，医生切掉了梁启超健全的右肾，却留下了病变的左肾。面对汹涌的挞伐西医的言论，梁启超却发文申明："我盼望社会上，别要借我这回病为口实，生出一种反动的怪论，为中国医学前途进步之障碍。"手术后三年，五十六岁的梁启超因左肾失去了排毒功能，溘然长逝。

我是断然不可能有梁启超那样博大的胸怀。我自然懂得病人应该相信大夫，但一丝隐忧如青春痘还是不由地就冒了出来。大夫看我低头不语，加重了语气，"前几天一名幼儿园园长肾上的肿块长得比你的形状规则多了，人家都切掉了肾，你不必犹豫，不切掉就等于在身体里埋着一个地雷。"似乎有道理。

他不再理我，转头交代我爱人需要回地方做的检查项目，以及，回家准备手术费用。我爱人很自然地问了一句，手术需要多少钱？这句本是寻常的问话在彼时的我听来，却是十分刺耳。回去的车上，我一言不发，像有一次在游泳馆突然溺水的时候涌上来的那种听天由命的平静。

但我不能听天由命。我后来又去了医科大学附属医院，听从了最后一个大夫的建议：每两个月做一次彩超，一年后如果大小不变，改为半年做一次检查。如是恶性肿瘤，会快速增大。两年内大小不变的话，可以确定是囊肿，不必理会它了。他说，肾脏的恶性肿瘤一般不会扩散到其他器官，确定是肿瘤再切肾也为时不晚。

好多个两年过去了，我的右肾幸运地安然无恙。前几天看新闻，一家医院误切了一个病人的右肾，经法院多次调解双方已达成和解，院方赔偿患者 9.9 万元。嗬，真是笑谈。

2

尘埃落定，我成了一根卡在她嗓子里的刺。

她是我高中同学。大学时她念的是大连外国语大学英语专业，我则在本市师范学校读汉语言文学。每周一封信，延续着我俩高中时期开始的友谊。她长得小巧柔弱，字却写得潦草有劲，用力过猛的钢笔常划破信纸。读她的信，圈出她信里的错别字，回信里揶揄一番，两人都乐此不疲。那时候她刚学会编织，买了纯白的毛线，织了一条很长的围巾送我。

大学毕业，她进了外企，我当了老师。我妈不太喜欢她，说她眼珠过于灵活，擅察言长观色，爱慕虚荣又城府太深。我很不以为然。哪个年轻女孩不爱慕虚荣呢？有心眼总好过口无遮拦。大体上，她善解人意又热情善良，虚荣心也并不过分。她有一个对她十分严厉的母亲，时不时叱骂责打她和妹妹，电影中温馨和美的画面从未在她家庭出现，她的一颦一笑都写着谨慎，对人过于热情点又如何呢？她不过是渴望一点暖意。

同城有个闺蜜的好处渐渐凸显出来。初为人师，饮食不规律使我得了规律性胃痉挛，常在三更半夜病情发作，疼痛难捱时给她打电话，她总第一时间赶来送我去医院，陪我度过无数个痛不欲生的夜晚。

日子潮水一样汹涌，年轻时积攒的友情如同她一针一线织就的围巾，温暖着此后那些寻常而忙碌的日子。

她嫁给了一个小有成就、长得帅气且家庭条件优越的公务员（公公是副市长，婆婆是财政局局长），丈夫年纪轻轻就已做了科长。她很满足，不再奢望生活给予她更多的报酬和宠爱，眼前的幸福已使她飘飘然，直到那个晚上，直到那个秘密的泄露。

那晚，我正在一场梦中跋涉，相同的梦境重现：考场阒寂肃穆，监考眼神凛冽，盯着考卷的我脑子空白。急出一身冷汗时，被尖锐的铃声惊醒，手机那端是她焦急而疲惫的嗓音，通话里疑似玻璃破碎的声音以及嘈杂的人声使我惶恐。

果然，她家里一片狼藉，像地震后的废墟。鱼缸摔碎在地板上，三两条金鱼在残片上奄奄一息，放在门边插着鸡毛掸子的一只景德镇花瓶应该充当了凶器，碎片尖锐地分杵在客厅茶几和地板上，她坐在沙发上悲怒交集。

一夜未眠。她时而倾诉时而哽咽，她不能释怀的并不是丈夫出轨，而是出轨的对象。"我妹，我对她那么好，我给她交大学四年的学费，给她买衣服鞋子，帮她找工作，可她……"她愤怒地低诉，却并不看我，眼睛茫然地投向黑漆漆的窗外，她的声音仿佛撞在看不见的墙上，徒然支离又气泡一样破碎。我说不出话，无比心疼却找不到合适的词语安慰，想表示愤怒又显得火上浇油，我控制着自己的面部表情，斟酌着一词一句，生怕流露出哪怕一丝一毫同情或不屑。作为一出家庭丑剧的知情者，我尴尬无措。

那以后，我俩的关系微妙起来，一种说不清道不明的裂痕在我们之间弥散，我和她心照不宣。她在朋友圈秀恩爱的频率明显增加，我点赞也不是，不点赞也不是，愈发无所适从。她对我越来越客气，有意无意暗示我不要老盯着别人家的锅盖看，家家的锅底都是黑的。谁能保证自家的丈夫没有出过轨嫖过娼呢？比不上她丈夫的人多了去了。潜意识里，我觉得她在渐渐疏远我，她因让我看到了她家锅底的灰而十分沮丧和后悔。

一个周末，她约我喝咖啡，那夜的不堪像是一场深眠中的梦，一部下架的影片，早已消弭在空气中。她坦然而平静。然而，出乎我意料，她郑重却毫无缘由送了我一条巴宝莉围巾。那一刻，突然涌出的委屈和隐忧像两条冰凉的蛇纠结在一起，紧紧地缠住了我。我以为我无需对她信誓旦旦地表白，我当然会守口如瓶。事实却是，她并不信任我。不能否认，直觉是一种难以言说的内心体验，我和她，内心都不再平静。

她的爆发在一年之后。突然的质问让我措手不及，电话中的她歇斯底里，不容我解释和争辩，断定是我将她丈夫出轨她妹妹的事泄露给了同学，她说她是要面子的人，绝对不能容忍别人说一个"不"字，而我，偏要将她的隐私公之于众，居心何在？分明是见不得别人幸福，不是嫉妒就是恶毒。一阵凉气从我心底升起，她所谓的幸福只是在别人眼里看起来幸福而已，阻碍她幸福让她发疯的不是她丈夫，而是知晓她丈夫不堪的我。她丈夫可以被原谅，我不可原谅。

我没有再跟她解释，她已不再信任我，毕竟，知道这个秘密的人也许真的只有我一个。当假象看起来比真相还像真相时，我的任何辩解都显得苍白无力。这件事的后遗症是从此后我惧怕听到"秘密"两个字，惧怕任何人对我说，我告诉你个秘密。

万物皆有裂痕，可以挤进光，也可以插进匕首。我和她，如林夕的歌里所写，所有细微光亮的最后下落，都成了一场"忽灭忽明的传说"。

3

住在公公临床的男人六十岁左右，脑出血十毫升，左侧肢体暂时性瘫痪，好在语言功能没有受损。妻子在旅游途中，一时指望不上，便雇了个临时护工，一天一宿380块钱。护工四十岁上下，眉眼扁平，柔声细气，看起来很有耐心。

除了喂饭、翻身，护工也跟他唠家常，上下午都要用热水给他擦胳膊腿，第一天，他很不适应，每次护工温柔地拉着他的手，轻轻擦拭时，他都十分扭捏，擦到大腿时，更是紧张得脸都变成了紫色。

第二天，情况陡变。我推开门的时候护工正给他擦手擦脸，他神色泰然，眯着眼睛对护工边笑边说着他发病的经历，护工低声慢语，嗔笑说，"一点地边地角的事，何必太较真呢，退一步海阔天空，你也太犟了些！"他回道，"我就是咽不下这口气，他是大队会计就可以弄虚作假么？我就是要告，中院都判我赢了，他狗急跳墙打我。"护工大概并不在意谁是谁非，附和说，"你肯定是有理的，农村干部不懂法呗！"

对他而言，一个更敏感更现实的问题尤为窘迫，他无论如何不让护工给他接尿。起初病房里的男家属们帮他解决，但他觉得终归不是长久之计，便执意要求插了导尿管。

第三天，他媳妇赶到医院，护工自然是被辞退了。媳妇长得人高马大，五官大大咧咧，说话像炒豆一样脆而响。她坐在床边，给他念手机上的段子，但他显然对段子不感兴趣，他跟媳妇汇报护工如何细心懂事，他媳妇并不驳他，放下手机，倒了一盆热水给他擦身。他趁机把话题又引到护工身上，说护工说话温柔中听，善解人意，又尽职尽责，一天要擦好几次身。他媳妇有点气恼，"花了那么多钱，擦身算什么？我这不花钱的保姆伺候你吃喝这么多年没见你说一句感激话。"他偏固执不化，"她就是会伺候人，不是钱的问题。"他媳妇终忍不住，把毛巾捽进脸盆里，"你俩是不是互留电话了？我看你是看上她了吧，你找护工伺候你好了。"气哼哼扭身走了。发觉同屋人用不屑的眼神瞅他，他终于讪讪地闭上了嘴。

两天以后，他撤了导尿管，新的问题出现了。插管导致膀胱失去收缩功能，他无法自主排尿。他媳妇用尽各种办法：反复用杯子倒腾水，吹口哨……但他就是不行。痛起来在床上翻来覆去地打滚，常一丝不挂，再也不顾忌形象。他媳妇拽条被单盖他身上，他一把就扯掉，他媳妇恨恨地说，当初要是让护工接尿，就不会遭这罪，这十几年，除了打官司，你就没干点别的事。你这是典型的自作自受。

他再也没心思接他媳妇的话茬。

4

去大理的旅游大巴上共有二十六名游客。导游把没有同伴的我跟一对来自杭州的老夫妻分在一组，便于互相照顾。老夫妻走路并不笨拙，每到一个景点都手牵着手紧跟在我身后，这种短暂的信赖关系，彼此都觉得很受用。

一路闲聊，老夫妻均是退休教授，有个在外企工作的孝顺儿子，每年给父母报一个无购物旅行团，俩人已经去过山东、湖南，也去过港澳，还去过桂林与九寨，旅游经验很是丰富。老太太特别叮嘱我，"防火防盗防导游"，老头跟着补充一句，"相信人民相信党，相信导游会上当"，真是一对合我脾性的投缘之人。

在大理古城，全程自由活动，导游规定了集合时间与地点，就自顾自休息去了。老夫妻跟在我身后寸步不离，我试衣服，他俩就自动当评委，我买了两件棉麻裙，他俩也给孙女买了同款，说孙女身材与我相仿。

逛到一处药材商店，看见有玛卡，想买点送朋友，征求老夫妻意见，他俩说先询价，价钱合适他俩也买一点。之前在机场特意看了玛卡售价，七八百块一斤，明显虚高。

这是一家看起来很正规的店，玛卡要价两百一斤，算正常。正欲砍价，旁边一背着旅行包，戴着眼镜，看起来像资深驴友的中年男人插话说："不要只考虑价钱，白色、黄色和红色这几种玛卡的价值明显低于黑玛卡，要尝尝味道，越辛辣的越好。产地不同功效也有区别。"又对老夫妻说："玛卡其实没有那么神奇，炒起来的罢了。"也许是看老两口有眼缘，他滔滔不绝起来，说："最好的保健药材其实是石斛，九大仙草之首，最适合老年人保健。他祖上是清末的名医，叫张寿颐，祖上认为皮色深绿，嚼时粘粘，有甘甜味的铁皮石斛为最上品。"古代医书的句子被他信手拈来，一看就是行家。他随手从店家的药袋里拿出一块，掰了给老太太品尝，教她怎样辨别野生石斛与种植石斛。

店家并不插言，置气似的拽过一只写着"霍山石斛"的袋子，堵在男子眼前，男子瞅了一眼，不再搭理老夫妻，低声询价去了，店家不耐，"你这么懂行，我也不说谎价，三十五元。"男子偷瞥了老夫妻一眼，摆了个"便宜"的口型，自己抓了满满一只塑料袋。老夫妻便要买同袋里的石斛。店家边往塑料袋装边问够不够，老太太看店家手头极快，赶紧说："够了够了。"待我觉出似乎有什么不对时，店家已把他们引到里间，说免费磨粉上秤。

等了大约十几分钟，老夫妻拎着一袋石斛粉出来。刚出店门，老太太便拽过我，嗓子哆嗦，"上当了，说是三十五元一钱，刷卡付了七千块钱才出来。"我接过老太太的刷卡对账单，小票上开具的是一个陌生的店名（我猜是一个并不存在的店名）。"那个男人呢？""在店里。""他刷了多少钱？""一万多。"

那个懂行的男人无疑是个"托儿"。觉悟过来的老夫妻失魂落魄。我胆子小，不敢贸然进去理论。只好让他俩站在店门口别动，我拨了报警电话，大致说了事情原委，电话那头说十分钟内赶到。手机还在耳朵上，余光扫到店家和托儿直从店里奔出来。虽是盛夏，我却突然出了一身冷汗。

店家直视我，像训斥犯错的学生，"不想要可以退，报警做什么？"那个托儿帮腔，"价钱又不贵，惹事。"老夫妻讪讪不敢吱声。我只好说，"不想要，给退了吧。"老太太扯住我手不放，我壮着胆子陪她进去刷回了钱。

不敢逗留，我们三个再没心思闲逛，早早出了古城。

说给月亮听

　　医院的住院部永远是让人厌弃的地方。无论白天夜晚，病人总是睡思昏沉。就如韩松落形容的，这是"赤裸的、干燥的、火星表面一样静止的时间"。

　　病房里除了我还有两个病人。1号床是个七十多岁的乡下老太太，得了皮肤癌，靠额角的地方做了植皮手术，头发被剃得只剩下中间稀疏的一缕，脸上遍布溃破的老年斑。陪床的是她的患了股骨头坏死有点跛脚的小儿媳。老太太小时候拾柴被石头砸了脑袋，昏迷了8天才醒过来，此后脑子就不灵光了。我进来的时候她已经做完手术一个多星期了。

　　4号床是个患了糖尿病、白内障和肺癌的86岁的老太太，她有8个孩子，每天轮流来照顾她。2号床一直空着。

　　住院的第一天晚上就被雷声惊醒，1床的老太太在哭着找她的鞋子，她的媳妇把鞋子拿到她的手上，说，"没人会穿走你的鞋，在这里呢。"隔了两分钟，老太太又低头找她的鞋子，她的媳妇拍着她肩膀，说，"鞋子还在呢。"迷迷糊糊中，老太太一直在找她的鞋子，我则在大雨中睡去又醒来。在医院，想睡个安稳的觉几乎是不可能的。

等待手术的空闲里，我靠在床边看有图片的《黄帝内经》，生病的时候看养生的书似乎很合时宜，但当我很茫然地盯着那些经脉图揣摩阴阳六气的时候，我发觉我在这方面的确没有什么悟性。

有一天大清早，1号床的儿媳妇正在喂老太太吃饭，老太太不想吃，儿媳妇就哄着她说，吃了饭伤口才愈合得快。老太太就听话地吃了半碗粥，儿媳妇扶她躺下，然后靠在窗台边默默地把婆婆吃剩下的粥吃完。

这时候4床的三女儿进来了，她的妹妹立即从床边站起来对着她姐姐尖声叫起来，为什么你们来替换的时候都是这么磨磨蹭蹭的？走的时候倒是急三火四的，难道咱妈只有我一个女儿吗？她的姐姐也不看她，一边拿手提包一边回道，只有你没工作，有时间啊，还嚷嚷什么呢？边说边出去了。老太太一边摸索着下床一边小声嘟囔，让我死了吧，死了就不拖累人了，死了就清静了。三女儿撇了撇嘴，你说死就能死啊？那还得看阎王爷收不收你呢？发觉我在打量她，她扭过头去，搀着她的母亲去厕所了。

在这样的地方，除了发呆，也没有什么好做。《黄帝内经》也实在是看不下去，幸好手机里下载了吴念真的《这些人，那些事》。以前总觉得有句话说到心坎里——每天都微笑吧，世间除了生死，其他都是小事。

看吴念真的文章，生死在他的笔下却也不是轰轰烈烈，竟然能如溪水般缓缓道来，质朴到让人不会号啕大哭，而只会默默含泪。《遗书》中那个始终走不出哥哥光环笼罩下而自杀的弟弟，写遗书说"你要照顾家里，辛苦你了，不过，当你的弟弟妹妹，也很辛苦"。《母难月》中患骨癌死去的母亲，曾在吴念真的婚礼上，穿着一辈子没穿过几次的旗袍和高跟鞋坚持跪拜一百下，以谢神明保佑"像我这样的妈妈，也可以养出一个大学毕业的孩子"。还有《茄子》中，他去捡拾撞火车自杀的士官长的尸体，尸体散落在两三百米，他赶走野狗，看守了一天，又跟着收尸人一点一点寻捡尸块，天气炎热，尸体变臭，晚上回到驻地，看到茄子大吐起来，此后35年没有吃过茄子。苦难悲伤的细节娓娓道来，轻轻的，细细的，又重重的，狠狠的。

这书的自序中引用了一句话，回忆是奇美的，因为有微笑的抚慰，也有泪水的滋润。读一本书也是这样，好书总会让人一读再读。

1床的老太太没几天就出院了，大夫说没有做化疗的价值了。4床的老太太也很快出院了，她的儿女说年纪太大又是糖尿病不敢再做白内障手术了。我的舌下腺切除手术只是个小手术而已，自然也很快出院了。

跌倒又爬起 / 夜风撼动树林 / 四周一片沉寂。活着，就是跌倒又爬起的过程吧。

嵛山岛寻芳记

抵达嵛山岛时已近正午，迎接我们的是三角梅。

在南方，三角梅几乎像北方的柳树一样随处可见。记得多年前去大研古城，第一次见到露地栽培的爬藤状三角梅，遮住大半楼檐，泼墨般的怒放之姿让我们这些北方人啧啧不已。初入福州，发现车窗外一闪而过的天桥上缠满了粉红色的三角梅，蝴蝶样的花朵蜿蜒就势，使得普通的石桥宛如新娘般光彩夺目。那种突如其来的熟悉又陌生的美感立即撞得我眼睛冒出星星。

之前一个人在三坊七巷里闲逛，斑驳的木门外，倾圮的断墙边，也时有粉色或红色的三角梅探出身子，寻旧石板上回荡的故人脚步声。但廊院深深处，三角梅的等待终显得落寞与单调。令人想起华兹华斯的诗句，"我看最卑微的花朵都有思想，深藏在眼泪达不到的地方"。

被称为"海上天湖"的嵛山岛，竟然有白色和黄色品种的三角梅，着实让人惊悦。当地朋友见我们痴恋着花花草草，便说带我们去一家民宿逛逛。

民宿位于<u>鱼鸟村</u>，石厝错落，陈瓦斑驳，穿行在卵石砌成的窄巷里，两边的墙壁伸手可及。青苔仿佛是时光的拂尘，将所有的老件旧物涂上了暗青色的印记。有一家在菱形石墙下与长条形石阶间的沟渠中养了两只鸭子，石墙根的苔藓与石阶边的芒萁、金花草围成了一条天然的绿色屏障。两块老青色石槽盛着鸭食与清水，简直是一幅写意的油画。"暖暖远人村，依依墟里烟"，岁月的痕迹和简单的生活方式反有一种迷人的气息，让人有了莫名暖意。

七扭八拐，左手边绵延出一片青瓦屋顶，屋顶上参差压着些碎旧老砖，老砖上青苔弥漫处竟生着一簇簇"红色浆果"（多肉的一种），它们成了老屋培育出的独出心裁的花朵。正诧异屋主的匠心独运，原来是目的地到了。

民宿是一幢南北向两层石屋，木窗尽敞，像张开翅膀的海鸟。石窗台上生一层翠绿的不知名蕨类或藓类植物，一串串"情人泪"（我认识的为数不多的一种多肉，我自己养着一株）从窗台上流淌下来。台阶处几层木搭上摆满了植物。有我熟悉的"紫乐""法师"，更多的叫不出名字。屋梁上、碎木间、石槽里、残罐内，只要有一点空隙，就有各色植物葳蕤着。墙角一只暗黄色陶罐碎掉大半个瓶身，敞开处覆满了苔藓，两块顽石一立一卧，远远望去，像两只青蛙在池塘边嬉戏，一株梅枝般细弱的绿植从瓶口伸出腰肢，和谐极了；旁边躺着的一只棕色小碎罐把破裂的一面压在浮木上，瓶底洞开，涌出层层叠叠的黄金草；一截枯树根，被顺势修整成另类盆景，成了植物们的家园。我被墙缝里蓬勃生长的多肉震撼住了，这样一种恣肆而随性的态势，与我们习惯呵护在精致花盆里的多肉，仿佛并不同宗。看起来漫不经心不事雕琢，实则颇为有意煞费心机。如果说艺术的目的是要规避、对抗和摧毁旧调俗套，那么拆解、组合和重构它们，比寻找遥远而陌生的美学更为现实和有效。

　　主人热情地邀我们进屋喝茶，他是一个腼腆的福鼎小伙子。福鼎白茶的香气氤氲起来，一草一木、一器一物都在他的讲述中渐渐有了呼吸。如同麦克斯·珀金斯发现和襄助了菲茨杰拉德、海明威、沃尔夫等多位天才作家一样，这个年轻人挖掘了小村那不为人识的原始之美。百姓家中遗弃的破碎陶罐、海水冲刷上来的奇形怪状的浮木，都被他搜罗回来。嵛山岛湿润的气候和无污染的生态环境，特别适宜岛上的多肉植物和蕨类植物生长。他认识小岛上所有植物的名字，能认出岛上不下三十种苔藓。起初，他养的植物都是他在岛上各处亲手挖回来的。捡来的木头和陶罐，稍做加工，再搭配上新鲜的植物后，那些旧木和裂罐便摇身一变，在他手里开出花来，成了独一无二的艺术品。他会在一段时间漂到其他无人的岛上去，挖一些当地的盆栽带回来。"后来，朋友们和一些岛上居民也把自己养的植物搬到这里来寄养。"他说，"我曾在宁德一个岛上，捡了一块板，是台湾那边飘过来的，是一个县长的残匾，六十多年前的东西。它在海上漂泊了多久，流浪了哪些地方，在沙滩上又沉寂了多久，有些东西再也无法想明白。这种感觉让我很惊喜。"大海就像一个时光宝盒，一些横跨时间和空间的东西，某一天会突然浮出水面，那些被海水轻吻过的木石都携带着神奇的身份密码，等待有缘人——解码。

端详手里喝茶的杯子，以及桌边木架上的小石器，朴拙而饶有趣味，一问，果然是他自己打磨的。这些石头，有些是在青海捡的，有些是在云南捡的，更多则来自岛上。"我想建造一个很多很多人的心灵栖息地，可以安放灵魂啊，可以把自己的秘密放在这里面。"他笑着说。

人口稠密的现代都市，面目模糊，到处是忙碌的人，永无休止的喧嚣。笔直的街道，规矩的行道树，耀眼的阳光、灰尘，心灵一刻也无法停歇。也许，只有在嵛山岛这样的潮起潮落里，游走在地域边缘的流浪情结，才能扎根在他的手作中，打磨石器的枯燥和孤寂也才会有竹林遗风，才能创造出一些诗意而纯净的小故事。

我愿意称他为植物猎手、流浪的文青、天然的手作者、鱼鸟村的木石摆渡人。

民宿后院，堆积着很多未经淘洗的大小不一、形状各异的残罐和浮木，他说如果喜欢可以挑有眼缘的带走。我选了一块肥皂盒大小的方形小木块，横纵面皆布满一圈圈的年轮，想着用来放花瓶之类的小物件当很合宜。

等午饭的间隙，在食店周围闲逛。一株铁树吸引了我们的目光，那是一株结了果的铁树。"铁树开花尚不多见，能见到果实更是准得啊。"见多识广的诗人叶延滨老师也不禁感慨道。的确啊，我们学校有两盆铁树，养了十多年，一次也没见开花。这棵铁树中间像长出一个"鸟巢"，暗红色核桃大小的果实在花蕊中一层一层长着，乍看很像鸟巢中一颗颗红色的鸟蛋。江西作家蒋殊小心翼翼挑了一枚带着巢托的果实拍照，欢欣雀跃地发了一个朋友圈：就知道你们不认识。

哈哈。不认识的草木何其多啊。在一个高等教育普及的时代，我们的知识越来越丰富，可太多人连身边的花鸟都叫不出名字。在赤溪，我们曾在路边见到一树极为奇特的穗状红花，叶子披针状，看起来有点像罗汉松。远远望去，很像我在广州见到的凤凰木。细看，花串如一根根红针稠聚在顶端，十分娇艳。这种娇艳几乎使人想立即变成蜜蜂围着它哼唱。同行的作家中，只有福州的朱以撒老师毫不犹豫地叫出它的名字——红千层。这种花树又称瓶刷子树、红瓶刷、金宝树等，属阳性树种，喜热、喜湿，零度以下就无法生存。在北方，自然是见不到如此美树。

大半个下午，我们都在小天湖流连。野草已然盈尺，黄绿相间。向导说，再过两个月，草坡全部变绿，山、湖、海连成一线，那才叫美。可眼下也很美啊，当下之美不可复制。草坡上，开得最兴致勃勃的是杜鹃。前一天爬太姥山时，山路上、水潭边，寺庙里，杜鹃漫山遍野，除了北方常见的粉、紫两色外，白杜鹃和红杜鹃也并不鲜见。初入崳山岛时，山崖上亦有成片的红色或白色小杜鹃，瀑布一样泻下来。在南方，花朵永远在闪耀，如果我们不这么认为，那是我们的错。

小天湖的杜鹃却与他处有别。它们植株低矮，枝叶纤细玲珑，卵形叶片薄而翠绿，富有光泽。花朵小巧，呈喇叭状，颜色艳红，仿佛是世界上最可爱的深红色精灵。我觉得这种红是夏天开始的最完美预兆。当你在灿烂的阳光下走过时，会觉得它们在扯着嗓子向你喊叫，并把它的深红色喊到了山谷中、湖水中、天空中。据说这种小杜鹃为崳山岛所特有，怕也并非空穴来风。与南方杜鹃不同，北方的野生杜鹃，开花时裸得不带一丝装饰。我们叫它映山红，顾名思义，只有单薄的粉红色一种。映山红先开花后长叶，开花时节树枝光秃秃的，百姓俗称"光腚花"。名虽不雅，倒也形象。传说映山红和白头翁打赌，比来年春天谁先开放。第二年冰雪融化，大地转暖，白头翁一通梳洗打扮，可等她出来一看，映山红连衣服和裤子都没穿，爬上山坡就开花。白头翁见映山红不长绿叶就开花了，气得脸都变成紫色了。直至今日，白头翁的花朵仍是墨紫色。在北方初春最常见的白头翁在这里却踪影难觅。

尽管地域不同，杜鹃生于西南则为杜鹃，生于东北则为映山红，在他乡见到熟悉的草木，还是会油然生出一种近乡之情。

小天湖草坡上此时是野蒲公英的天下。它的学名叫作刺蓟，跟我们常见的蒲公英看起来毫无相似之处。刺蓟成熟时会结出像蒲公英一样的种子，随风散播，故而当地人称之为野蒲公英。刺蓟叶皆有刺，花瓣呈娇艳的紫色，花蕊杏黄，倒披针的球形花朵，一派孤傲的冷艳，带着不想被触碰和打扰的心愿，你伸出去的手会本能地缩回来。在草丛神秘的寂静中，小天湖的刺蓟找到了庇护之所，它们成群结队，蜂拥而出，像一顶顶紫色的小帐篷，罩着凛然的疏离气息，空气中散发一种淡淡的苦香。

刺蓟花和北欧的渊源非常深远。蓟花是英格兰的国花。在西方，其被称为"受祝福的蓟"，相传是圣母玛利亚将基督被钉在十字架上的钉子取下来后，埋在地上长出来的植物。

在希腊神话里，大地女神对多才多艺的牧羊人克利斯心生爱慕，一心想找机会向这位会吟诗作曲的狩猎高手诉说衷情，可惜落花有意流水无情，女神饱尝单恋之苦相思之痛，便将自己化为蓟花来表示"心如针刺"之苦。蓟花也是雷神德鲁所喜爱的植物，他不仅喜欢此花，更保护佩戴此花的人，故而蓟花也叫"避雷草"或"雷草"。

川端康成在《花未眠》里写，"凌晨四点醒来，发现海棠花未眠。……它盛放，含有一种哀伤的美。"我看刺蓟花，亦有一种哀伤的美。诚如川端康成所言，感受美的能力，发展到一定程度是比较容易的。光凭头脑想象是困难的。美是邂逅所得，是亲近所得。这是需要反复陶冶的。

快黄昏了，我终于一个人，向海滩走去。远处，几个年轻人跳跃着踏水拍照，一个面膛黝黑的中年汉子，慢悠悠向着木屋走去。

这一处海滩名为月亮湾。几幢规模不大的小木屋，零星散落在山脚下，并无出众之处。一丝若有若无的芬芳难辨方向，细寻，小溪边顺山势而下，匍匐着一串串不起眼的小白花，问同行的当地人，他漫不经心地回说，野花。野花也该有名字啊，拍了图片，可百度识图并没查到。不甘心，又跑去问一个船夫模样的老者，他瞥了一眼，"盘菜花。""是盘子的'盘'，吃菜的'菜'？"，他边点头边补充道，"也叫野萝卜花。白天没什么味道，傍晚会发出一点香气。"

"那么，就叫它'黄昏之花'吧"。我一面这样想着，一面靠近沙滩，那里停着六艘小钢壳船，蓝黄红的主色，船舱里被布置成标准的卧室模样，在"船屋"里枕浪而眠，应是一种别样的浪漫吧。

月亮湾海浪阵阵，几无游人。我们的海岛，沙滩如北方人一样粗粝，布满海蛎子壳和蚬子壳。而这里的浅红色沙滩精致、细腻，仿佛被筛子筛过，一丝杂质也没有，绵白糖一般又细又软，当地人称"白糖沙"。于视觉贴切中饱含一种甜蜜的味觉满足，还真是体现了朴素的民间智慧。视线延伸处，一个穿粉色纱裙的姑娘埋头在沙滩上，半天不动。在海浪的陪伴声中，我沿着沙滩慢慢南行。穿纱裙的姑娘不知何时走掉了，她流连过的沙滩上留下了两个略显稚嫩的大字，那显然是一个人的名字。浪花会把这个名字带走，可那些悲伤的、快乐的，希望遗忘或铭记的记忆，却有那么多，海水也能带走吗？

月亮湾的黑色礁石圆润光滑，不像我们海岛的礁石锋芒逼人棱角毕现。这大约吻合了北方人喜欢独断、南方人偏向中庸的特质吧。随手拾起一块小石头，竟是天然心形，一时心旌摇荡，低头搜寻起来。

在返回宿地的车上，韩静霆老师看我不停炫耀手里的石头和木块，打趣说，"你这是成就了一段木石前盟啊。"哈！也许是真的呢。机场登机时，排在我前边的男子拎着两只看起来很重的蛇皮袋，见我盯着他的袋子看，不好意思起来，说买了两个大石头摆件，准备拿回家做装饰。我笑起来，指了指我的行李箱，"我也带了两块石头，不过不是买的，是捡的。"

现在，我凝神看着博古架上从月亮湾带回来的两块石头。

稍大的一块是白灰底色，分布着不均匀的暗红色花纹，如两只争抢蟠桃的猴子，又如两条嬉戏的游鱼，它的底座就是那块在崳山岛民宿中捡来的小木板。另一块是棒槌形，也是灰白底色，有暗红色的贯穿条纹，石身被海水冲刷得凹凸不平。岁月，就在它们身上交替更迭着。

陌生之面

并没注意到他是何时出现在桥下的。上次依着桥栏下望，视线里还是几棵蔫头耷脑的青菜。城里总不乏见缝插针各处种庄稼的人。小区林木之间，行道树背阴处，一不留神，就会冒出一畦豆苗或别的什么。

他的眉毛浓密且长，眉间几无罅隙，眉骨挑衅一般突出，眼窝凹陷，眼神里有着万事与己无关的漠然。

看客并不漠然。退休的老太太们看不得自己眼皮底下有人风餐露宿，居无定所。一有空闲，就结伴下桥，或送衣服或送食物。他并不表现出感激，甚至很有些排斥，他的沉默引来无数猜测与唏嘘。关于他流浪缘由也就传出了好几个版本。有说大学没考上受刺激离家，有说被女友欺骗怒而出走，也有说犯了案跑出来避祸……

桥下不知谁种的连翘率先开了，黄彤彤一片。梨花桃花的花苞也鼓胀胀的。周末去单位拿回网购的书，有意绕道桥下，发现他在塑料布搭的"家"门前插了几棵半开的桃枝，桃枝上挂着一只旧布娃娃，一块褪色的枣红色头巾搭在布娃娃头上，他正拿着一支牙刷，红着眼眶对着布娃娃出神。

见我捧着一摞书，他挪来目光，盯了我一眼，眼神移到我怀里的书上。他年纪其实不大，不超过三十岁的样子。他脸上悲戚的神情突然让我的心软了一软，很想停下脚步对他说，想看哪本可以送给你的！但，我终于什么也没说。

晚上翻开葡萄牙诗人佩索阿《不安之书》，一段话让我湿了眼眶，"由于疲惫，我拉上百叶窗，将自己与世隔绝起来，于是有了片刻的自由。明天我将重新做回奴隶，但此时——我独自一人，不需要任何人，唯恐被什么声音或什么人打搅——我有属于自己的短暂自由和荣耀。靠坐在椅子上，我忘了将我压抑的生活。除了一度的痛感，没有什么令我感到痛楚。"

此后过桥，必会望一眼他的"家"，他大多时候是安静的，我一度疑心他是个哑巴。有天中午，约了同事去河边散步，还未下桥，一阵嘶哑的歌声就传入耳际，"怎样才能够看穿面具里的谎话，别让我的真心散得像沙，如果有一天我变得更复杂，还能不能唱出歌声里的那幅画……"，那显然是一首歌的副歌部分，回环悲凉，夹杂着无奈忧愤，与其说是唱出来的，不如说是喊出来的。好奇寻着声音望过去，一个背影立在堤坝上，竟然是他。

1935 年 11 月 29 日，四十七岁的佩索阿在一张小纸片上写下最后一句话"我不知道明天将带来什么"。而明天，带来了他诗歌中多次描绘过的死神。在佩索阿的诗歌中，他为自己创造了"七十二个面具",以缝补灵魂中的每一个罅隙,轻熨心灵上的每一处褶皱。

当心灵遭遇了一场重感冒,普通人无法创造"七十二个"治愈自己的面具,流浪也许是一个康复期吧。

小学时有次被父母训斥,下定决心离家出走,背着书包坐长途汽车去了邻市动物园,起初还自怨自艾,狠着心想找个地方杀掉自己,待玩得昏天黑地时,连出走的理由也变得模糊了。每个小孩子大概都有过数次出走的冲动,有过如此自愈的经历。父母当然是无暇理会也不会知晓小孩子内心经历了怎样惊天动地的波动。

隔几天再过桥下,三四个小孩子挥着柳枝呼啸着跑来跑去,春风吹去了他存在过的一切痕迹。

很久后,途经哈尔滨街头,听到一阵似曾相识的旋律,一家商场的大屏幕在转播一个歌唱类比赛,一个歌手闭着眼在唱,"我就这样告别海边的家,我实在不愿轻易让眼泪流下,我以为我并不差,不会害怕……怎样才能够看穿面具里的谎话,别让我的真心散得像沙,如果有一天我变得更复杂,还能不能唱出歌声里的那幅画……"原来这首歌的名字叫作《流浪记》。

或许流浪才是人类的宿命。若要更深切更敏感地体悟时空带来的陌生感,或者有意模糊时空给予的束缚感,流浪是最彻底的方式。就像凯鲁亚克《在路上》所说的,"出发的感觉太好了,世界突然充满了可能性"。某一个瞬间,我相信他一定比站在原地更接近幸福。

生活在同质世界的我们，灵魂却常在异质世界邂逅，然后分离，甚或永不再见。白首如新并不鲜见，倾盖如故也未可知。人心多是半成品，在半生不熟的世界中流浪、迷失或者误入歧途。意念至此，另一副面孔浮上我的眼前。

我确定他是个新手。在这座陌生的城市，他已至少四次与我迎面擦肩。

在"五四广场"，"五月的风"雕塑旋转着炽烈如火炬般的热情，我翻看着青岛市区地图，寻找崂山的地理方位。幼时看《崂山道士》木偶片，在头脑中刻下的神秘印象随着年龄渐长反而越发深刻。上崂山学仙的书生受不了砍柴之苦，一边跑一边唱，"苦日子实在难熬，不如逃之夭夭"，学了穿墙术回家的他，向妻子炫耀，"穿墙进去，我穿墙进去，拿了就……跑！"结果撞了一脑袋包。

他显然跟崂山学仙术的书生一样，只学了穿墙术的皮毛，便急于操练。我是个路盲，每到一地，必先买张本地地图。也许是我常查看地图的举动引来了他的关注。游客嘛，注意力比较分散，又不会囊中羞涩。

偏我竟有防范心，第二次"巧遇"他就已生疑。我把双肩包倒背在胸前，逼得他只能与我迎面错身寻找机会。他年纪不大，算得上秀气，却剃着光头，光头上刚长出黑茬。他是村上春树所喜欢的那种"有破绽的脸"。六月天，他左手臂上搭件夹克已然令人警觉，躲闪的眼神似乎又让人确认了他的身份。

广场上游客很多，没有得手的他大约是想放弃我了，又犹豫不甘，毕竟盯着我穿大街走小巷，身心俱受折磨。我边看地图边用眼角的余光扫他，他坐在不远处台阶上，眼神茫然，不时皱下眉头。隔一阵才假装无意甩我一眼。我索性收起地图，专心盯住他看。他很快觉察我在注视他，先是低头长时间看自己鞋子，很久抬头，碰上我锲而不舍的目光，颇有些意外，刹那慌乱过后，他迎着我的目光与我对视。"敌对者那里有无穷的勇气输入你的体内"，两军对峙，打的是心理战，我收紧脸部皮肤，放出洞悉一切的信号，等着他仓皇而逃。

一分钟，也许是两分钟，我的眼神竟习惯性躲闪了一下。他恍然有悟，配合似的对我点了点头，嘴角微微向上挑了一下，又摇了摇头，转身走掉了。

卡夫卡在他的日记中写道："一个笼子在寻找一只鸟。"这句箴言几乎是打开所有疑惑之门的钥匙。人之始，如初生之鸟，翅膀透着阳光的清澈，天蓝林绿，无碍而飞，性善至纯。然蛰伏在荆棘中的世俗之笼寻迹而来，我们的羽毛开始蜕化，柔肤变得僵硬，眼神浑浊。某一天早晨，我们像格里高尔·萨姆沙一样，"从不安的睡梦中醒来，发现自己躺在床上变成了一只巨大的甲虫……"。并非仅仅如此。这一堆堆破碎的形象重组了文明的废墟，甲虫又变成了另一类笼子，等待捕获新鸟。

"一旦你达到自己的目标，你就错过了其他一切"，丹尼洛·契斯的话反用于他，恰可论证他的幸运，他或许还有其他可能的路不让任何人告诉他，"你是一个社会寄生虫"。

如我所愿，后来的旅途中，他再也没有迎面走来。

在睡不着的夜晚，我偶尔也会望着遥远的星空，细数那些一掠而过的身影，想象着那些成规定式的亵渎者，他们是否因异化感而感到沮丧和绝望，他们是否有能力进行精神调试和净化？当我在反射式回忆里试图做出某种哲学诊断时，我感到茫然与孤独。这种破坏式纪念似乎是蹈虚附会，不免失于简略无味。我想起瑞典诗人特朗斯特罗姆的一首诗《半完成的天空》里的几句，"一切都开始四下张望 / 我们成群结队地走入阳光 / 每个人都是一扇半开的门 / 通往一间共有的房间……"正是这样，别人对我们是一个谜，正如同我们对自己来说，也一直是个谜。

川游记

对蜀地的最早印象来源于杜甫《春夜喜雨》中的诗句"晓看红湿处，花重锦官城"。一个能用"锦"字来命名的城市，自然会让人从对诗句的喜爱转移到对这座城市的恋慕。而关于蜀国历史最著名的诗句当然是李白在《蜀道难》中所写的"蚕丛及鱼凫，开国何茫然！尔来四万八千岁，不与秦塞通人烟。西当太白有鸟道，可以横绝峨眉巅。地崩山摧壮士死，然后天梯石栈相钩连……"

如今的蜀地再也不是"猿猱欲度愁攀援"的难履之地。从大连周水子机场直飞成都的南航客机在太原短暂停留了二十分钟后，竟然提前抵达了成都双流国际机场。

蜀中多仙山，峨眉邈难匹

小时候看过一部刘晓庆主演的电影《乐山大佛》，情节虽早已淡忘，乐山大佛的形象却始终铭刻于心。进川的第一件事，自然是去朝拜乐山大佛。乐山大佛景区位于岷江、大渡河、青衣江三江交汇处。这座通高 71 米的世界上最大的石刻大佛千年未老，临江危坐，阅尽人世沧桑。岷江不仅是长江上游的重要支流，也是成都平原最重要的水资源，它自北向南贯穿四川省阿坝州、成都、眉山、乐山、宜宾市等中部地区。其西支大渡河从河源学上被认为是岷江的正源。青衣江又称沫水、大渡水，是大渡河下游最大的支流。古时亦称平羌江，李白有诗："峨眉山月半轮秋，影入平羌江水流。"在古诗里它是如天空般一碧如洗的，去峨眉路过它的时候，却发现它竟然是"半江瑟瑟半江红"，当然那"半江红"不是夕阳斜射的缘故，而是因为造纸企业偷排污水造成的污染。文学家郭开贞在日本留学时起的笔名"郭沫若"即来源于沫水和若水。若水，即雅砻江，是金沙江的一条支流，也在四川省西部。"沫水""若水"是流经郭沫若家乡——乐山市沙湾镇的两条河流。

　　相传，在我国战国时期，印度有个婆罗门贵族的儿子出生时左手握拳总不展开，父母料定这孩子将来必定会不同凡响，于是在他七岁时带他投奔佛陀精舍出家做沙弥。当师父帮他剃度落发的时刻，他突然愉快自然地放开了一直握拳的左手，掌心还露出了一颗珍珠。他的剃度师父也就因此给他起法号宝掌。世称宝掌千岁和尚、千岁宝掌。

　　大约东汉末期，宝掌和尚由今天的尼泊尔经云南到达四川，在游历了长江、黄河流域的众多名山大川后，到峨眉山朝拜普贤菩萨。峨眉山，是中国佛教四大名山之一，也是普贤菩萨的道场。民间素有"金五台、银普陀、铜峨眉、铁九华"之称。这四大名山分别供奉文殊菩萨、观音菩萨、普贤菩萨、地藏菩萨。据说宝掌见峨眉群峰翠绿，高岭秀美，祥云缥缈，赞叹说，"高出五岳，秀甲九州，震旦第一山也"。遂在此建庙弘佛。"震旦"是太阳升起的东方。彼时，中国称印度、巴基斯坦等为身毒、天竺，印度则称中国为震旦。从此，峨眉山便有了"震旦第一山"的美名。

六月是川地多雨的季节。伫立峨眉脚下，雨虽未至，却已是云山雾海。仰望诸山，确如郦道元在《水经注》中对峨眉的描绘"望两山相峙如蛾眉焉"，也许是讹传或有意谐音，"蛾眉"变成了"峨眉"。

"山不在高，有仙则名"，世人皆知蓬莱有仙山，明代诗人周洪谟却道"三峨之秀甲天下，何须涉海寻蓬莱"。峨眉的"秀"自不必说：佳木迢迢，林壑尤美；峨眉的"雄"亦不必多说：登顶远眺，大渡河、青衣江尽收眼底，令人遥襟俯畅，逸兴遄飞；峨眉的"险"无须赘言：壁立千仞，涧深路绝，悬崖峥嵘，临之目眩；峨眉的"幽"：时时可闻飞瀑声，处处可听虫鸟鸣；单是峨眉的"奇"已让人叹为观止，它"奇"在不仅有惊涛响于幽壑，雷霆动于崖底，更在于变幻莫测的云海，五光十色的霓彩。如果以一词蔽之，非"仙境"莫属。

诗仙李白是在四川长大的，对峨眉山更是情有独钟，峨眉山月不止一次出现在他的诗句里，他曾感叹"蜀道之难，难于上青天"。而今登峨眉，乘坐双承载单牵引的往复式客运索道（一次容纳百人），可直达海拔 3048 米的金顶。在金顶俯瞰重峦叠嶂，恰是"青冥倚天开，彩错疑画出"，扪参历井似乎不难做到，泠然玩赏紫霞之际，"烟容如在颜，尘累忽相失"，难免会恍惚以为得到了锦囊之术，加入到了列如麻的仙人行列，成为云之君中的一员。刘向《列仙传·葛由》中记载，"葛由，羌人也。周成王时好刻木作羊卖之。一旦，乘木羊入西蜀。蜀中王侯贵人追之上绥山。绥山在峨眉山西南，高无极也。随之者不复还，皆得仙道。"可见峨眉山自古以来就是仙人得道之处。故陈子昂作诗曰"飞飞骑羊子，胡乃在峨眉"，李白则放言"倘逢骑羊子，携手凌白日"。里谚也曰，"得绥山一桃，虽不得仙，亦足以豪。"

某日，你如李白一样，闲游至白水寺，或许也会碰到一位怀抱绿绮（没错，琴一定是"绿绮"，不是楚王的"绕梁"，也不是蔡邕的"焦尾"，就是蜀郡人司马相如对卓文君弹奏《凤求凰》的那把琴）的蜀僧，遥遥从峨眉峰如仙而下，张弦代语，一曲高山流水定会洗去客心的尘埃。在广浚弹琴处驻足聆听，或者真的可以听到弹琴蛙的学琴声吧！

瑶池向日绮窗开，数百珍珠摄异彩

夜宿九寨，不能错过的是藏家烧烤。一路劳顿，饥肠辘辘，更难抵烤羊肉和手抓牦牛肉的诱惑。冒着细雨，甫进藏家，一位藏族扎西就迎出门来献上黄色的哈达。藏族的哈达颜色不同，表达的含义也不同。蓝色象征天空，白色象征白云，绿色象征江河水，黄色象征大地。主人献上黄色的哈达表达欢迎、祝福之意，当藏族扎西说着扎西德勒的时候，我们用刚学会的扎西德勒 shou（去声。相当于英语中的"too"）来回祝他。落座之后，酥油茶是可以一杯接一杯地喝的，但喝酒之前须先用无名指蘸一点酒弹向空中，连续三次，以示祭天、地和祖先，接着轻轻呷一口，主人会及时添满，再喝一口再添满，连喝三口，至第四次添满时，必须一饮而尽。在九寨，大口吃肉真的可以治愈各种不适应。席间，有两名藏族小伙子在房间中央载歌载舞，不知道他们唱的是什么歌，但乐曲极富感染力，大家都拍着手高声齐呼"亚索亚索亚亚索"（"好"的意思）来应和着歌手，旅途的疲累都被释放得无影无踪了。

第二天一早，被很响的"哗哗"声惊醒，以为下大雨了。早就听闻九寨地处高原，四时不同景，十里不同天，气候莫测，陡雨陡晴。但拉开窗帘一看，并没有雨。却原来是门前的河水奔流声。这才蓦然醒悟，从成都到九寨，一路都是沿着岷江溯行。岷江流经的四川西部是多雨地区，水量丰富，年径流量接近 1000 亿立方米，是黄河的两倍多，水力资源蕴藏量占长江水系的五分之一。由于岷江水量大，一度被认为是长江的正源。成都平原的富庶，全靠来自岷江的水，而它的源头之水来自岷山上的终年积雪。其实，进入九寨的路途，最让人惬意的莫过于处处可闻的流水声了。《荀子·子道篇》有"昔者江出于岷山，其始出也，其源可以滥觞"的句子，郦道元《水经注》也沿用了荀子的说法，"缘崖散漫，小水百数，殆未滥觞矣"。想起在接近九寨的地方看到的岷江源纪念碑以及在绿草掩盖下的几条温顺的小溪流，的确很难与磅礴大气的岷江联系起来。但只要你留心，宅边路旁，随处都可以听到"哗哗"的水声。虽然这些小水沟水面大多很窄，但水流普遍像是要赴约一般急切，这一匹匹小马驹似的水流最终都会汇入岷江，最后与长江汇合，奔流入海。所谓"海纳百川"便也有了形象的解读。

藏民把高原湖泊类的湿地称为"海子"。"海子"是藏民对大海的称呼。我一直主观地认为是藏民身处高原，并没有见过大海的缘故。这使我联想起云南的洱海，对于我们这些住在黄海边的人来说，洱海只能叫作"洱湖"罢了。但当地有居民说他们的祖先曾经生活在海边，现在把当地的湖泊叫作海子（海的儿子）是表达对海的喜欢。九寨的海子们确实美得惊世骇俗。如果把波涛汹涌的大海比作豪壮的勇士，那么九寨的海子群则是令人销魂的仙女。

九寨之美在于水。水是九寨不可或缺的资本，犹如美貌之于女人。海子是九寨的摄魂之眸，也是穿插在森林与浅滩间的珍珠。因九寨的石灰岩地层中含有大量碳酸，对水起到了净化作用，故九寨的湖水清澈见底。九寨大大小小的海子有 108 个，五花海堪称九寨海子中的绝色。五花海湖底的枯树由于钙化，变成一丛丛灿烂的珊瑚，加上各种色泽艳丽的藻类以及沉水植物的分布差异，使一湖之中形成了许多各异的色块，宝蓝、翠绿、湖绿、橙黄、浅红……色彩斑斓得超出画家的想象。在阳光的照射下，岸上丛林五光十色的倒影，格外增加了它迷离的童话色彩。与五花海不相上下的是最小的海子——五彩池。五彩池是九寨沟湖泊中的精粹，上半部呈碧蓝色，下半部则呈橙红色，左边呈天蓝色，右边则呈橄榄绿色。湖里生长着水绵、轮藻、小蕨等水生植物群落，还生长着芦苇、节节草、水灯芯等草本植物。这些水生群落所含叶绿素深浅不同，在富含碳酸钙质的湖水里，呈现出炫目的色彩。长海是九寨最大最深也是海拔最高的海子。湖面海拔3060米。它的景色尤为动人，湛蓝的湖水清澈如镜，使游人恍如踏入仙境。印象深刻的还有熊猫海。《汉书》中有句名言"水至清则无鱼"，但"天光云影共徘徊"的熊猫海里竟然游动着许多悠闲的小鱼。据说这是一种高山冷水裸鲤鱼，只有这种鱼能够在高原的湖泊里存活和生长，虽然它们的生长非常缓慢。"潭中鱼可百许头，皆若空游无所依。日光下澈，影布石上，佁然不动；俶尔远逝，往来翕忽。似与游者相乐"。似乎只有柳宗元《小石潭记》中的句子才能契合眼前的情境了。至于箭竹海、镜海、犀牛海、老虎海、卧龙海、火花海等，各有各的美妙之处，一片海子就如一座不同的桥，有着自己的故事和风韵。

连接海子的瀑布群更为充分地展现了九寨的神奇魅力。

九寨沟瀑布群由诺日朗瀑布、树正瀑布、珍珠滩瀑布以及无数的小瀑布组成。珍珠滩瀑布海拔 2443 米，瀑布高 21 米，宽 162 米，是九寨沟内一个典型的组合瀑布景观。它是九寨瀑布群中水色最美，水势最猛，水声最大的一段，也是电视剧《西游记》片头中，唐僧师徒牵马涉水的拍摄地。诺日朗瀑布海拔 2365 米，瀑宽 270 米，高 24.5 米，是中国大型钙化瀑布之一，也是中国最宽的瀑布。藏语中诺日朗意指男神，也有伟岸高大的意思，因此诺日朗瀑布意思就是雄伟壮观的瀑布。九寨的瀑布或如飞电，或若白虹，或跳珠倒溅，或惊湍直下，或潀射万壑，或腾虹奔电。有的"断山疑画障，悬溜泻鸣琴"，有的"飞湍瀑流争喧豗，砯崖转石万壑雷"。走在九寨的栈道上，你对"山行本无雨，空翠湿人衣"的诗句就有了难忘的切身感悟。

从九寨沟行车到黄龙的公路全程 166 公里，是九寨沟黄龙之间直线距离的两倍还多一点。黄龙的钙化彩池也是不能不看的奇景。如果说人间有瑶池，那一定非黄龙莫属。在接近黄龙的盘山公路旁不时可看见三三两两的黑牦牛，在路旁的山坡上悠闲吃草，惹得同车的姑娘们连连尖叫。车又拐了几道弯，远远望见两山之间嵌着一座明亮的扇形雪山，像一颗巨大的珍珠远远地引诱着你向着它奔去……

第二辑

特洛伊木马

35 号

起初，他的座位空着，并没引起我注意。

他的座位在教室北边最后一排，靠后门，独座。三四天后，我随口问班主任他是否病了，班主任皱了下眉，"政教处开条，让家长签字领回家反省一周。""反省什么？""看课外书。"班主任瞥了一眼他的空座，叹了口气，"都高三了，还不务正业。"

他的名签号是124310935。12代表2012年入学，43是我们学校的代号，1代表理科班，9代表班级，35是他在班级的学号。在学校，老师上课提问啊，扣分板公布违纪情况啊，一般都是直接用学号代替名字。

作为35号的语文老师，我跟他的交集屈指可数。通常，接手一个新班级，班主任会通告任课教师需要小心接触的学生名单，以免批评失措惹来麻烦。他即其中之一。

十几年前，任课班里有个男生暑假回来不交作业，我唤他到办公室询问情由，未料他出言不逊，反质问我，"你管得着吗？"我当然管得着。罚他在办公室面壁思过，他竟夺门而出。翌日，他带着父亲踢开办公室门，他父亲先破口大骂，痛陈封闭式高中管理的非人性，学业负担的沉重，以及老师的不宽容。后扑上来作势要教训我。被突如其来的变故吓蒙的同事几乎拦不住暴怒的家长。直到几名人高马大的体育老师闻声赶来，家长才冷静下来，说他的孩子厌学，此前三四天执意要辍学，家长不允，孩子已临崩溃边缘。偏这节骨眼上，挨了我的批评。闹完之后，家长终究还是希望孩子能继续学业，便要跟我握手道歉，让我对他孩子不计前嫌一如既往。彼时，我既惊且怒，耻辱感像墨水一般蔓延，言和与承诺自不可能，还暗自发狠，除非喝错药了，再不会管那孩子。芥川龙之介说，"嫌恶机智的念头产生于人类的疲劳。"罗素认为"一切的恐惧产生疲劳。因为不敢正视，每种恐惧越变得严重。"对我而言，恐惧加深了职业倦怠感，智慧被扭曲化，责任被变态化，良善被粗鄙化。我果断放弃了他，不批他作业，提问他周围所有学生，唯独绕过他。一个老师对学生最大的暴力就是完全视他为空气，而这也是毁掉一个学生的捷径。正处在成长期心智还不够成熟的学生不可能有强大的心理素质来应对老师的"撕票"。对，这种报复行为无异于"撕票"。他在我的课堂上不抬头，不听课，没多久就退了学。

我常想，若我不滥用教师权利，不睚眦必报，他也许会有不一样的人生吧。可惜经验和反思的教育意义只能在未来发挥指导作用。

35号是个沉默的学生，他上课从不发言。班主任说他从高一起开始服用抗抑郁药阿米替林和助眠药悠乐丁。他酷爱读与升学无关的书，读学校不允许读的与课业无关的书。政教干事们不定期在课间操时间到空无一人的教室抽查学生课桌，搜查闲书。他其实是有特权的，班级后门玻璃贴着一张提示政教干事的纸条，"北排最后一座35号因病可睡觉"。模糊化的纸条是他的护身符，扣分板自动"屏蔽"了他。

学校图书室只为应付上级检查，对学生而言形同虚设。学生的阅读量可怜到令人吃惊的地步。在讲《林黛玉进贾府》一课时，学生连宝黛的结局都讲不清楚。高考指挥棒下，哪怕一周安排一两节阅读课亦是奢望。

我也曾是个爱偷看闲书的学生。念初中时，学校是平房，每到冬天，值日的学生要早到生炉子。我的座位离炉子很近，这是老师对所谓好学生的优待。看闲书不能鬼鬼祟祟把书放腿上偷瞄，那样极容易暴露。把闲书包上书皮，最好再写上"数学""语文"或其他什么学科的字样，放桌上大大方方看，倒可屡试不爽。我一个同学迷恋金庸小说，愣是把字典抠了个四四方方的洞，小说安然地躺在洞里，很久没被发现，他甚是得意。我的班主任是数学老师，某天上数学课，我忍不住掏出了小说，看至入迷处，连老师何时奔到身边都没发觉。班主任一把扯了书去，一言不发走到炉边。我的书刹那间变成了一簇火，烧疼了青春期少女敏感的自尊心，那少许灰烬变成了我学生时代巨大的阴影。整个下午，我被孤零零丢在操场罚站，铺天盖地的孤独像一场瓢泼大雨淋湿了我。下课时各种各样的目光检阅，使我像个在公判大会上被迫接受指指点点的被判了死刑的杀人犯。我想过离家出走，也想过从桥上跳到河里，只是想想罢了，并没真寻死的勇气。现在回忆起来，还真是一种与幸福很相似的孤独。当时觉得比天还大的事故，不过换来日后一阵轻笑。这听起来的确像一个启示。

新的一周，传来了 35 号的死讯。说是从 16 楼跳了下去。

究竟是何时跳的楼，众说纷纭。有说是上午跳的，有说是下午。不知道他是吃过午饭走的，还是空着肚子走的。那么坚硬的水泥地，他离开这个世界的一瞬间该有多疼！

很长一段时间，上课预备铃响过之后，我会在教室门口稍做停顿，没办法果决地一步跨到讲台。并且，我对高楼有了莫名的敌意和恐惧，常会自觉不自觉地抬头望向刺入天空的楼顶，担心上面徘徊着某个满怀心事的少年。那些用来吸引阳光的窗口，在阳光下却如同楼体上长出的一个个黑色霉点，冷漠地打量着周遭的一切。

有天下课，我在讲台边关电子白板，35 号凑到讲桌边，递给我一本书，是马尔克斯的短篇小说集《蓝狗的眼睛》。他的眼神像遥远群山的晨雾，语气羞怯犹疑，"老师，这本书里的小说我一篇也没看懂，你能看看吗？"我扫了一眼封面，深蓝的底色中间是一只眼白夸张的眼睛，旁边是一个黑褐色溺水的人形。腰封上白色大字触目——马尔克斯的 14

种孤独。死亡与孤独是马尔克斯小说中一以贯之的永恒主题，而写这部作品时的马尔克斯正是弱冠到而立的青春时代，除了魔幻，他还迷恋着死亡。我大学时粗粗读过《百年孤独》和《没有人给他写信的上校》，那种弥漫在小说字里行间的疾病、死亡、孤独、腐烂的气息并不为青春期的我喜欢。勉强读完了《蓝狗的眼睛》，还书给35号时，我跟他说，我也没有完全读懂这些小说。以马尔克斯不适合高中生阅读，建议读读村上春树、托尔斯泰之类的含混话敷衍了他。他不久迷恋上里尔克的诗歌，听说我也写诗歌，曾试图跟我探讨里尔克，而我避讳与他人谈论诗歌。诗歌在我心里，就像午夜时的月亮，只适合一个人啜饮它落雪般的孤独。有谁会不爱里尔克那隽永忧伤的诗句——谁这时没有房屋／就不必建筑／谁这时孤独／就永远孤独／就醒着／读着／写着长信／在林荫道上来回不安地游荡／当着落叶纷飞。高空翱翔的鹰，注定孤独无伴，而腾跃蓬蒿之间成群结队的不过是麻雀。我不知道年轻的35号读到里尔克这些诗句时到底想了些什么，也许他什么也没想。

后来听说他不仅自己读闲书，还把一堆闲书借给了同班很多同学，政教处认为他带坏了班级高考前的学习氛围，索性让他回家自己复习。我无从揣测他的心理发生了怎样的变化，到底是什么让他选择决绝一跳？是失眠带来的绝望？高考带来的压力？抑或是别的什么？怎样的无力感使得他明知自己死后会失去一切，却毫不留恋、毫不动情？我也没有机会对他说，没人跟你过不去，生活本身矛盾密布。大自然系统下，脆弱性无处不在，生活的核心错觉即认为变化和意外是有风险的，是破坏秩序刺激心理的一桩坏事，消除变化性，消除意外性，就是消除异常消除风险。日常生活中出现的细微裂纹，都有可能引发内心的地震。殊不知风可以吹灭蜡烛，也可以使其烧得更旺。父母、老师、社会眼中所谓好学生的标准到底是否标准？玻璃石头是死的东西，只有活的东西才有波动性和不确定性，也才有可塑性和可能性，我们放弃了大自然赋予人类本身的灵动性，将自己龟缩于人为营造的所谓稳定所谓安全之中，规避侵袭了我们大脑的脆弱价值观带来的伤害。

我喜欢电影《我与塞尚》中为了艺术理想与世界为敌的活着时不得志的画家塞尚。浮生如画，灰烬之后，无法熄灭的只有他心中那团火。如果时间可以重来，我会把里尔克所说的这段话告诉我的 35 号学生："塞尚晚年，他苍茫，穿着破损的衣服。当他去画室时，孩子成群在他背后追跑，丢石头，好像在赶一只丧家之犬，可是在他心灵深处，却藏着一个可爱的人，或者在某些被激怒的时间里，仍向罕有的访客掷出他深湛的意念。"

35 号的桌椅很快就被撤走了，像从来不曾有过一样。只是，当我站在讲台上注视着我的学生们时，我心里确实有什么东西碎了，那个空洞无法填补。

被嫌弃的文文

我们都叫她文文。下课铃响过没两分钟，她准会如一只鬼鬼祟祟的猫低着头溜进语文组。她的双肩总是向内侧耸起，令人想到雨天收敛翅膀的鸟。她的容貌也着实让人喜欢不起来：偏胖，眼白多，眼神习惯性斜向左边，嘴唇紧紧抿着，像数学老师随手画出的弧线。

我对桌娜娜只要余光瞥见她身影，便会立即翻开学生作业本或打开学案，装出很忙碌的样子。她扭扭捏捏站在她语文老师身边，有时拿着一张卷子随意指着某一道题，眼神却偷偷逡巡办公室各个角落；有时索性连卷子也不拿，磨磨蹭蹭扯东扯西。如果两天没看见她进办公室，准会有老师问娜娜一句，"这两天怎么没见'你家'文文呀？"

文文绝对是高二年级的"教科书级"人物。上至校长下至舍务老师、门卫，无人不认识她。高一时，政教老师流动检查时发现她在教室睡觉，扣了她 0.5 分。这下政教老师像被苍耳粘了身，下课她若不去厕所就直奔政教处，在政教老师桌上扔下一瓶饮料或几袋小食品转身就走，若碰巧逮着政教老师在办公室，她必定双手扯住他衣襟，身体左右摇晃，哼哼唧唧请求政教老师把电子扣分板的 0.5 分删掉，撒娇被她技术化过滤得失去了羞涩度和美感度，就像一件礼服穿在村姑身上。她像甩不掉的尾巴，政教老师去哪儿她跟到哪儿。政教老师不胜其烦，状告到班主任那儿，班主任自然要"请"家长，未料她离婚的父母一个也没有"请"到。她三岁左右父母离婚，双方都担心她成为他们再婚的累赘，幼小的她像一件喜欢够了的玩具被丢给了奶奶。

再婚的父亲表示她归她母亲管，她母亲表示有病在床无暇他顾。最终是拉扯她长大的奶奶被"请"到学校，拿了张医院证明来做她的护身符。我们不知道那张医院证明上究竟写了什么，据她班主任透露她的确是长期吃一种精神类药物。

0.5 分事件的后遗症是晚自习时她趁政教老师上厕所，把政教老师锁在厕所里，关了厕所的灯，扬言要吓死政教老师。政教老师当然是吓不死的，不过那以后，政教老师即视她为空气，任课教师也不敢搭理她。她不以为意，到处宣扬政教老师是她干哥哥，无论她如何违纪，都不会扣她分。

每次迎上文文倾斜中带点挑衅、似笑非笑，又夹杂孤独、自卑、自傲等不确定因素的颠簸目光，仿佛电影闪回，我眼前会突然浮现我小时候的邻居大壮那与他年龄极不吻合的眼神。我们的院子类似发了福的四合院，从南面入口进去，右手边就是我家，大壮家在西北角。天井阔大，靠近大壮家有一口深井，是院子里十几户人家的饮用水源。母亲病故，五六岁的大壮和两三岁的弟弟与他们的酒鬼父亲相依为命，兄弟俩像两条流浪狗，在别人家的草垛里、豆角秧里、黄瓜架里四处流窜，有时，兄弟俩也会在井沿边安静地看别人的妈妈洗菜，别人的爸爸挑水。我家有一棵白樱桃树，七月份满树星星般的樱桃引得院里的小孩子们流连不去，我妈会用一张张宽大的橡树叶子圈成圆锥状，装上樱桃，送给大院里的小孩子们。唯大壮对"嗟来之食"充满敌意，实际上，他对任何邻居有意无意流露出的怜悯和善意都回以愤怒。你若拉住他胳膊，想送他点什么吃的，他小小的身体会立刻绷紧，像上紧的发条一样又冷又硬，边挣脱边会甩过来仇恨的目光。他就像被坚硬的表皮紧紧包裹着的柔嫩小种子，任何一点光线的刺激都会使他痛苦战栗。

他被大院里所有人包括他的酒鬼父亲厌弃。父亲喝得醉醺醺时喜欢捏住他脖颈解闷，像捏一只蟑螂似的。他从不哀号不告饶，他父亲失去戏弄他的耐心，便像驱赶一只苍蝇似的把他赶出门。在别人家的草垛里睡觉对他来说是家常便饭。他心中燃着一团野火，靠近他的人无一例外都会被灼伤。被抛弃的忧虑、被忽视的孤独，跬步不离。他"强迫性重复"了他父亲对他的虐待，毫无缘由就会对弟弟拳打脚踢，他眼中流露的凶光倔强又真实，你很难相信一个孩子会有那样让人一见发冷的鹰隼般的眼神。我们搬家以后，听说大壮被甩断的电线打掉了双臂，拿到几万块赔偿款许诺给孩子安假肢的父亲并未守信，大壮离家出走不知所踪。

失去疼爱的小孩子的心就像被一块墨涂黑，再难渗进别的颜色。

任何释放自己无措和恐惧的情感形式——畏缩、讨好、祈求、冷漠、愤怒、暴力……都无法成为缺爱心灵的软猬甲。体验和生存环境的变异，安全氛围的退隐，都会造成思维的畸变。

小时候，我爸在外市工作，我和弟弟的学前时光几乎都在姥姥家度过。姥姥家在一个四面环山的偏僻农村。大姨跟随在铁路工作的姨夫去了黑龙江，我的两个表兄弟也只好寄养在姥姥家。那时我的两个太姥爷还健在，我的四个舅舅都还没有结婚。大太姥爷是一家之主，只有他可以常常坐在堂屋的后门喝小酒，一个小木桌上放着下酒菜，大多是一碟花生米，有时只几个小辣椒，间或还能看到一小碟猪头肉（那是我妈来看我们时用省下的肉票给他买的）。大太姥爷不大喜欢小孩子，独对表哥有点偏爱，他的目光只在看表哥时才会流露出一点绵羊般的柔软，偶尔还会夹一粒花生米或是一块猪头肉给表哥，对一边的表弟则视若无睹。表弟也有他的抗议方式，瞅着没人时故意捏着鼻子在堂屋大便，虽每次都会招致姥爷一顿狠揍，他仍旧毫无悔意。大太姥爷越发讨厌他了，逮着他就往死里拧他的屁股。我想表弟必定是宁愿挨揍也不愿意别人对他不闻不问吧！

在表弟、大壮、文文的眼睛里，我看到了同样的对于孤独从不曾消逝的恐惧。

极度缺爱的孩子大抵如此不招人喜欢。从心理学上说，幼年缺少父母"通心"之爱，极易形成认知障碍和人格障碍，轻则性格乖戾，排斥爱、付出爱或索取爱都极易用力过猛；重则会患抑郁症、焦虑症、躁狂症等精神类疾病。心理专家说，被听见，被看见，就是疗愈的开始。可惜，心理疾病大多被当成性格缺陷听之任之，在学校也不例外。

有次文文班外语老师要上公开课，她兴奋异常（她外语成绩还是不错的），主动要求老师给她安排个发言机会，老师正好要上一堂文学经典语段阅读课，文本是狄更斯《雾都孤儿》片段，老师就让她课前了解一下狄更斯。公开课时，老师先用英文简单介绍写作背景，轮到作家简介，老师就点文文发言，文文拿出事先准备好的材料朗读起来，老师打断她，让她用英文表述，文文嗫嚅道，老师你安排时没说用英文介绍啊？上公开课的老师最怕被质疑事先准备过度，即使让个别学生课前有针对性预习，也都力争不留痕迹。老师气得脸都红了。小组讨论时，文文猝不及防溜到教室后面，缩着脖子抿着嘴，斜着眼睛把听课老师挨个审视一遍，时不时偷偷给听课老师发个飞吻，又凑过头去检查其他同学试卷。下课后，她歪着身子挪到讲台前，问她的外语老师，"老师，你还是喜欢我的，对吧？"外语老师头也没抬，边收拾教具边斥她，"别啰唆没用的，把精神头用在学习上比什么都好。"她也不生气，扭着身子帮老师收拾讲桌。

尽管文文不受任课教师和政教处干事待见，却深得高二班主任们的喜欢，她简直是天生的卧底，能量覆盖面极广。她有的是办法跟别班同学打成一片，然后把探听到的消息汇报给那些班主任们。哪班谁谁违纪扣分了，谁谁背后说自己班老师坏话了，谁谁与谁谁非正常交往了……，她准第一个报告给人家班主任，她甚至还用手机拍了铁证。有几个班主任因此颇依赖她，与她相处融洽，这不啻变相鼓励了文文的告密行径，她抿着嘴，似笑非笑在各办公室穿梭，颇为得意。学校临放假前开全体教师会，三令五申不准老师动员学生假期补课，还签了承诺书。即便教育局发布了最严禁令，有偿补课降级处分，无偿补课也要事先备案，仍不乏逆风而上的老师。她数学老师刚放出补课口风，她就大包大揽，说生源就交给她。她果然给她老师拉去了十几个补课学生，跟其他老师炫耀说，数学老师能开补课班，都是她的功劳。谁知课没补几天，就被举报查实，她数学老师被全市通报，工资从高级 5 等直降为初级 12 等。

迷恋告密的文文最终没能读到高三。深受其害的同班同学彻底孤立了她，连同桌也不跟她说话。高二下学期临近期末，文文把红墨水偷偷倒进同桌的饮料瓶里，又毫无征兆用文具盒猛烈抽打另一名女同学的头。这次，她的护身符失了效，学校当机立断劝退了她，她被父亲送进了精神病院。

当天晚上，我读到卡夫卡 36 岁时写给他父亲的一封没有寄出的长信，流露出对父亲极端恐惧的心理。信里回忆，"一天夜里，我老是哭哭啼啼地要水，绝对不是因为口渴，大概既是为了怄气，也是想解闷儿。你严厉警告了我好几次都没能奏效，于是，你一把将我拽出被窝，拎到阳台上，让我就穿着睡衣，面向关着的门，一个人在那儿站了一会。""要水喝这个举动虽然毫无意义，在我看来却也是理所当然的，然而是被拎出去，我无比惊骇，按自己的天性始终想不出这两者的关联。那之后好几年，这种想象老折磨着我，我总觉得，这个巨人，我的父亲，终极法庭，会无缘无故地走来，半夜三更一把将我拽出被窝，拎到阳台上，在他面前我就是这么渺小。"

一阅丙去

下午第六节课前，很热。没有空调的办公室灌满了烦躁。起初我没有发现她，也许她已在门口踟蹰了一阵，等我无意中撞上她的目光，她慌乱的表情让我意识到她有事不便进办公室说。

我把她带到谈话室，她讷讷半天才憋出一句，"老师，我可能怀孕了。"

黏湿的暑热仿佛立即凝成了雪粒。

"上次月经是几号？"

"8号。"

那天是23号，显然不妙。我沉默。她突然开始哭泣。是先通知家长还是先带她去检查，我需要权衡。她显然意识到了我的犹豫，"老师，千万不要找我父母。我爸会打死我的。"

不找父母，我担得起这个责任么？没事还好说，一旦有个风吹草动，老师和学校就得吃不了兜着走。

小学五六年级时，有天班主任召集全班女同学，让已

"成人"的女生举手，留下开会。我那时不知何谓"成人"，懵懂以为自己坐班级倒数第二排，个子不矮，应属"成人"行列，便高高举起手。

班主任说了些什么，我早忘记了。现在想来，不外乎简单的生理常识教育。自从老师给"成人"的女孩子们开过会后，每逢体育课，在做剧烈运动，比如跑步、跳木马之前，总会有女生理直气壮地大声报告，"老师，我来月经了。"小孩子并不懂得隐晦，也没有泄露隐私的羞耻感，甚至还有点可依此获得格外照顾的小得意。

记得初中生物课本里有一章关于男女生殖系统，生物老师用一节自习课跳过了他的尴尬。除了生殖器官的图片，其他的在我脑子里全部清仓了。几十年过去了，虽全社会都在呼吁性教育的重要性，学校性教育仍是空白。教材没有实质性推进，学校没有性知识讲座、性安全教育，只有对非正常交往（现在的规范叫法，以前叫早恋）的严厉处罚。孩子倒是更早熟了，而全社会都对孩子的早熟视而不见。他们的性知识更多来自网络和电视，而充斥银幕的广告是无痛人流。

我们办公室有个初为人师的小宋姑娘，有天上课发现一名男生聚精会神低着头看手机。宋姑娘没收了手机，回到办公室没忍住好奇心，打开了手机。待我们听到"啊"的一声，回看小宋姑娘，她已扔掉了手机，涨红着脸立在办公桌旁。大家围上去，她指着手机，一句话也说不出来。原来男生上课看的是一部三级片。缓过神来的小宋瞪着大眼睛自言自语，"天啊，我每天面对的都是什么孩子啊！"老教师见怪不怪，对她说，男生宿舍里只要有一名学生看黄片，片源就会传遍全宿舍。换言之，班里只要有一个男生看黄片，就极有可能全班男生都看过。高二曾有一名看过黄片的男生去了娱乐场所亲身实践，染了性病后被迫请假住院，家长羞愧万分，祈求班主任以肝病为由统一口径。可这种事如何瞒得住呢？最终那孩子自动退学。

我曾看过一部日本电影叫《小孩的小孩》，影片只有日语原音，没有字幕，情节全靠想象。有天我无意中获知电影改编自日本著名漫画家佐草晃的同名漫画。我找到漫画，很多疑点才一一解开。电影开头即是三个五年级女生春菜、小珠、真由放学后在一起交流月经之事——身体沉重及弄脏被子被大人责骂。当春菜与浩之误食禁果时，两个孩子只觉得好玩，并不知道自己做了什么。直到老师给他们上了性教育课，春菜才感觉自己可能怀孕了。

学生出事，家长首先责怪的是老师和学校，毕竟孩子一天的大部分时间是跟老师在一起的。他们不会去深究问题的根源，在孩子面前拥有绝对权威的东方式家长很少自我反思。似乎指责孩子，归罪老师，他们就可轻松推卸掉自己的责任。在这部电影里，我们看到，当春菜感觉自己可能怀孕时，她去找八木老师谈心，但八木老师因给学生上了性教育课而被家长责难，心情低落，不仅根本不相信春菜怀孕，还批评她胡乱说话。在原著漫画中，春菜也和妈妈、姐姐说过，可她们认为春菜童言无忌，并没当真。春菜后来决定守口如瓶，也是与春菜姐姐的好朋友、高中生朋子未婚先孕一事在当地传得沸沸扬扬，朋子一家承受了巨大压力有关。

我决定先带她去做检查，万一只是虚惊一场呢？

必须找嘴严靠得住的大夫。我决定找我的闺密，她刚从乡镇医院调上来，人善心厚。做 B 超的闺密让她把校服裤子褪到胯下，一边往她肚子上涂耦合剂，一边转头对我说，学生不懂事，你们当老师的不知道教育女生保护好自己吗？我当然教育了。课堂内外，有意无意，屡次提醒女孩子们"保护"自己。"非正常交往""早恋"这类生硬的概念，我从不觉得对学生来说有什么实际的约束，教育只靠一副假道学面孔或法西斯手段不过是狐假虎威。歌德早就借少年维特之口呐喊过，哪个少女不怀春，哪个少男不钟情？我自己也清楚"保护"自己、"爱惜"自己是多么抽象虚伪的关怀啊，对学生来说，不过是以纸为被罢了。

闺密拿了几张卫生纸揾在她肚子上。

"她现在属于妊娠期 49 天以内，可口服药物流产，但妊娠组织流不干净还要做清宫处理。不如选择手术吧。"

她脸色苍白，默默起身把耦合剂擦干净。

出了医院，她停住脚步。"老师，我不想回学校。你带我去手术吧，求你了，不要通知我父母。"

去年高二有个男生在体活课被同学绊倒，小腿骨折。老师和同学赶紧把他送到医院，待到住上院安顿下来，才想起给家长打电话。家长赶到医院，不分青红皂白，以老师没有第一时间通知家长为由，一顿大闹。最后是学校领导带着老师赔礼道歉，预付药费才安抚下来。

前车之鉴不能不吸取。可她的确是我很喜欢的学生，懂事且学习好。我无法预料她的家长对她怀孕一事是否会有过激反应，实在不敢贸然相告。隐瞒家长，确可最大限度保护她，但我又委实不敢冒未知的风险。

最终，我还是通知了她父母。她父母来接她的那天，她一言不发，也不看我。两周以后，她回到学校。她看我的眼神再也没有羞涩和温柔，代之以淡淡的嘲讽和漠然，成绩也一落千丈。也许，在她心里，我就是一个背叛了朋友的告密者。

青春答题卡

1

我们班的教室窗口正对着学校大门。

"快瞧，笑笑的小妈妈又来了。"坐在临窗位置的学生高声喊起来，仿佛领受了某种使命似的，就如坐在后门边的学生每次听到班主任的脚步声都要咳嗽两声一样。

一排脑袋挤向窗边。下午三点一刻的光线柔和地漫散在学生们的头发上，闪着模糊的光圈。笑笑的小妈妈一准在眼保健操刚做完的大课间里出现在学校大门口。她是来接笑笑去打吊针。笑笑扁桃体发炎，不愿耽误课，非要等第六节课结束才肯去医院。

笑笑在收拾书包，我坐在教室前批改小测。两分钟后，轻缓的敲门声就会响起。她的容貌至今仍在我脑海里留有印记——含笑的双眼，温和的嘴角，微微蹙起的鼻尖，小鹿一般在肩上跳跃的长发。穿着时髦又不张扬，是我见过的最年轻好看的家长。她的身影甫一出现在教室门口，笑笑便如蝴蝶般扑出去，她一手接过笑笑的书包，另一只手臂立即揽住笑笑，母女俩像两束光线牢牢笼住学生们的目光。

初为人师时，班里有个叫靓靓的女孩从小父母离异，她判给了父亲，小时与奶奶一起生活。奶奶觉得失去母爱的孩子甚是可怜，自然溺爱无度，女孩养成了刁蛮任性的个性，敏感冷漠。直至初三，她才被父亲接回家。那时，她同父异母的妹妹刚上初中，她跟妹妹同居一室，摩擦日多，心里认定继母偏心妹妹，对继母爱答不理，百般挑剔。她的继母既不能与她一般见识，担心人言可畏；又无法顺遂她意，心里很是委屈。她父亲无奈给她办了住校。

靓靓成绩在班里名列前茅。对学习好的学生，老师总有着下意识的迁就和偏袒，我安排她做学习委员兼语文课代表。班级座位每半个月轮换一次，她却要求一直坐第一排，我思虑再三满足了她。可她偏不让人省心，没几天就跟同桌闹矛盾，哭哭啼啼要换同桌。并且，她在宿舍里专横跋扈，随意用别的同学脸盆洗脚，熄灯之后旁若无人吃零食，对舍长的劝告置之不理，遭到了全舍同学的孤立。

有一次我们放月假，周五上午三节课结束后学生就可以回家了。靓靓却周五晚上就回了学校，一个人坐在教室里。政教老师看见我班教室亮着灯，便上楼查看，前后门竟都被反锁了。政教老师吓得慌了神，立即给我打电话。我赶到学校时，后门已被打开，她坐在教室最后一排墙角哭泣。

原因很小。周五她赶回家吃饭时，看到继母精心准备的一桌饭菜立即气冲脑门，说继母偏心又阴毒，她喜欢吃的不做，做的都是她不喜欢吃的，赌气说后妈没一个好东西。继母百口莫辩，一时失去理智，掀翻了桌子，号啕大哭，边哭边对她破口大骂。她从未见过继母如此失态撒泼，反倒失了嚣张气焰，急窘之下逃回学校。

我虽反复做她的思想工作，可成效并不大。她跟继母的关系始终若即若离，难以亲近。她后来考上了师范大学，以她的成绩，本应考 600 分以上，她却只考了 510 分。

桀骜常与自卑同行，锋利多与孤独并肩。一个秋日傍晚，我泡好茶，望着窗外，几棵银杏树金黄的叶子密密地挨在一起，有无名的暖意。我一个字一个字读以色列诗人阿米亥的几句诗："人的一生没有足够的时间／当他失去了他就去寻找／当他找到了他就遗忘／当他遗忘了他就去爱／当他爱了他就开始遗忘……"

笑笑的生母是我的邻居，从小失去父亲，单身母亲把生活中积累的劳苦和怨气都发泄在她身上，她没有从母亲身上学会爱，倒是遗传了母亲的刻薄和自怨自艾。她从失败的婚姻中抽身而退时，果断地把笑笑当作婚姻中的垃圾丢弃了。她不知道，缺席孩子的成长期，孩子与她必然会有疏离感，而这种疏离感时间越久越强烈。

她偶尔会来学校看笑笑，可笑笑对她十分冷淡，敷衍的态度刺激了她，令她极为伤心憋闷。

"我生了个白眼狼。"她有一次恨恨地对我说，"她被小妖精教坏了，我的难处她一点不理解。"

流言蜚语御风而行。学生们私下嘲讽笑笑，几个调皮蛋在教室后黑板画了一只乌鸦，乌鸦头顶写着笑笑的名字，旁边还配了几句打油诗"黑乌鸦，嘴巴长，有了后妈忘了娘"。一直笑脸示人的笑笑趴在桌上哭了很久。

她与生母间的隔阂非一日之寒，心灵上的罅隙最难弥补。我无法也不愿用"其父攘羊"之类典故教育她，不合人性的隔靴搔痒，毫无意义。而她的无法释怀让我心疼又无奈。

漫画事件似乎激起了负面效应，此后笑笑拒绝见她的生母，连敷衍客气也省略了。她完全不在意任何人的眼光和评价了。老师们倒是被她与继母常手挽手逛街的画面激怒了，口舌马拉松调剂了课间的无聊和乏味。笑笑迅速变成了一个符号，承载各怀心事的人的胸中块垒。她生母天然的优势地位获得了一致同情。

"简直是对可怜母亲的双重打击和加倍凌辱啊。"我们办公室即将退休的吴老师愤愤说。她是连谈论肥皂剧都会落泪的老好人。

"守不住家，就会有别的女人花你的钱，住你的房，还会撕你的照片教唆你的娃。结婚就是冒险的开始。"不婚主义者小宋老师接茬道。

……

我无言以对。对于生活和人性，我们难有耐心去做出别有心裁的发现与揭示，尽管人性多似是而非，多只可意会。

世上本无所谓好的生母和坏的继母，人们往往不是真诚地看待事物本身是怎样的，而是按照潜意识里事物"应该的样子"看待事物本身，代代相传的无数同类经验沉淀的集体无意识，形成了以波推澜的人性偏见。大多数人，尤其未成年人对事物的判断，极易受强大的传统文化的流弊诱导，被偏见裹挟，被先验左右，从而丧失了自己的理性和智慧。我们想要看清尘世，就要随时准备接受突如其来的声音，这声音"来自客观世界中尚未表达出来而且尚无合适的词语表达的部分"。

2

第一眼看过去，会笃定她是个男孩。板寸头、单眼皮，一只手习惯性插在裤兜里，走路时肩膀左摇右晃，即便上课回答问题，也是一副站不稳的样子。

她语文基础非常好，上课问答环节，她反应最快，常常其他学生还在揣摩题干，她已喊出答案。我喜欢她的率性聪明，便跟她班主任说，想让她当我的课代表。班主任却犹犹豫豫，欲言又止。我以为班主任对她另有安排，便没再坚持。

她虽没当成我课代表，对语文的热情却始终不减。上晚课时，走廊挤满了问问题的学生（晚课时，教师的桌椅都在走廊），只是大多都挤在理科老师身边，我班数学老师就曾抱怨说，上一节晚课比正常上两节课还累。语文老师身边问问题的学生寥寥，她是例外。

一开始上晚课时，我刚在走廊坐下，她便从教室晃出来。问完几个问题后，就倚在墙角或蹲在桌边，看其他学生进进出出或帮我批小测。几天之后，再轮到我上晚课，她问完题仍赖在走廊，不愿回教室，只在看到她班主任远远走过来巡视时，她才会快速猫着腰溜走。出来问问题似乎成了她滞留走廊的一个借口。她有几次试图跟我谈她的私事，每次我都果断岔开话题，让她有问题问问题，没问题别耽误我批改作业。

很快，她班的任课教师都发现了她的怪异，关于她的传闻也不胫而走。她母亲是一名没多少文化的农村家庭妇女，父亲原是一所乡镇初中的语文老师，她还在读小学时，父亲与自己班里的一名女学生发生了不伦之恋，女生辍学后两人仍偷偷来往，后来女生肚子大了遮掩不住导致东窗事发。她父亲立即被开除了公职，她母亲跑到女生家里又哭又闹，用最难听的话辱骂那个怀孕的女孩。她声名狼藉的父亲则一逃了之，再未回过家。

世界毫无预兆地在一个小女孩面前上演了一出荒诞剧，现实的丑陋仿佛黑色的血液从她至亲的血管里汩汩流淌。在一个规规整整的乡村，质疑、非议、指点、鄙视如风一般不时与她交错。她散乱、破碎、措手不及，痛苦与恐惧很快摁灭了她内心刚燃起的成长之灯。重新去面对熟悉又陌生的世界，缓解与现实的对抗与敌意，想来并不容易，而我拒绝了她的勇气。

我在长期的教学实践中早已摸索出了自己的一套"护身大法"，尽量不跟学生过于亲密，避免与学生有课堂之外无关学习的接触。我既担忧听了她那些不堪家事后会增加开导她的义务，又不愿节外生枝做一个隐藏别人秘密的树洞。分担别人的秘密意味着将要承担未知的风险。

她的眼神不同于其他学生，不论坐着还是站着，侧身还是正身，微笑或是严肃，眼神总是由低到高，眼白多过黑眼仁，无奈、胆怯、悲哀、警惕……种种向下的情绪都可以在她眼中捕捉到。那种不敢正眼瞧人的似笑非笑的神态让我觉得陌生又似曾相识。有天恍然发觉，她的眼神与德国诗人保罗·策兰极为相似，有一张他和一位女士的合影尤为明显。那一阵，我常读策兰的诗歌，有意翻看过他多张照片。甚至她走路时爱收拢双肩的防御姿势都能在策兰的照片里找到影子。

Celan（策兰）在拉丁文里的意思是"隐藏或保密了什么"。策兰的父母死于纳粹集中营，他虽幸免于难，却也吃尽了苦头。二战后，策兰才得以回到已成废墟的故乡。1970年4月，策兰从米拉波桥投塞纳河自尽，最后留在策兰书桌上的，是一本打开的荷尔德林的传记。"有时这天才走向黑暗，沉入他的心的苦井中"这句下面被策兰划了粗线，而后面未划线的句子是："但最主要的是，他的启示之星奇异地闪光。"策兰最终未找到奇异闪光的启示之星。

她高二那年暑假，我跟一个朋友在一家西点店喝茶聊天，她跟一个女孩并肩而入，女孩穿着坎袖波点连衣裙，扎着马尾，面孔陌生（后来知道是隔壁班女生）。未穿校服的她则完全是男孩打扮，头发更短了，一件字母 T 恤搭配一条破洞牛仔裤。让我吃惊的不是她手里燃着的半截香烟，而是她左耳戴着的一只银色耳钉。我知道左耳戴银色耳钉意味着什么，心中一时五味交集。

好在她并没看见我，我暗暗松了一口气。

学校对"非正常交往"的处理十分严厉。男女生只要在校园内被政教老师发现有亲密行为，第一次留校察看，第二次开除。以儆效尤的目的达到便是，其他的，比如青春期教育、性教育、心理教育……学校无暇他顾。家长的应对空间当然还是有的，开除之前有的家长会紧急给孩子转到别的学校（重新给新学校交学费。我们学校也接收过这类学生），各校间心照不宣，大家称呼这类学生为"交换生"。

班主任对"非正常交往"一般是睁只眼闭只眼。只要不在校内轻举妄动，在校外爱做什么老师管不着也不想管。每周放购物假时，常会迎面碰上成双成对的学生，他们假装不认识我，我也主动别过头去。

但同性间的亲密，专家们没有给出"正常"还是"非正常"的标准，难以判断，在学校管理中自然是空白，既无刚性处罚，也无柔性引导。

学生们暗地里对她的外貌和举止已然议论纷纷，对她的性取向更是肆意揣测。后来隔壁班有个男生追求跟她形影不离的那个女孩，女孩对男孩也颇有好感，而她因争风吃醋与女孩不断吵架，女孩最终与她断了来往。传闻难以印证，老师们见怪不怪，认为同性间的亲密，不过是高中生的一种模拟恋爱游戏，好奇尝试而已，并不值得大惊小怪。无论打扮举止怎样中性，最终还不是正常结婚生子，过普通人的生活。

但我知道，事实并非如此简单。

十九世纪末，爱尔兰最伟大的作家王尔德曾因同性恋被以"严重猥亵罪"而判两年苦役。"与其他男性发生有伤风化的行为"使他名誉扫地、风光不再。妻子与两个孩子改姓移居意大利，大多数朋友都对他避之唯恐不及，同性情人道格拉斯早前就曾对王尔德说过："如果你不再是那个高高在上的王尔德，那一切都不再有趣。"在生命的最后两年，贫病交加的王尔德众叛亲离，他不得不在巴黎街头拉住曾经的熟人讨钱。

一个多世纪过去了，他留下的名句"我们都在阴沟里，但仍有人仰望星空"被刻在他位于伦敦特拉法尔加广场附近的阿德莱德街的雕像上，向世界昭示他特立独行的才华。

面对世界，敏感而前卫的人永远是个悖论者。他们的坦诚与自明使他们最大限度地获得了与生活摩擦出火焰的空间，但同时他们又往往高估自己面对围侵的承受能力与保持独立不被迷惑和倾倒的弹性。

1990 年 5 月 17 日，世界卫生组织宣布将"同性恋"从精神病名册中除名。此后，这一天被称为"国际不再恐同日"，旨在消除世人因性倾向及性别认同而加诸同性恋肉体上及精神上的暴力与不公平对待。2018 年 5 月 17 日，北京八十中联合北大附中等多所学校，以向学生们发放彩虹纸等形式响应"国际不再恐同日"活动。全球化包容心态渐渐渗入，看起来令人欣喜。

她的性取向并未成谜。大学时仍跟男生称兄道弟，也仍跟女孩谈恋爱，行为乖张，惹人侧目。毕业后本来在一所高中教书，但她的行为举止招致师生的强烈反感，家长不断投诉，领导连续约谈，不久她就不得不辞了职。听说她母亲被她气得发了疯，一见到她就扑上去扇她耳光，她后来与她父亲一样，逃得不知所踪。

是的，她只能逃得不知所踪。

3

他是我任教班级的班长。

任课老师大多不喜欢他，说他爱耍小聪明，心思不善。

他动辄不知在哪儿挖几道稀奇古怪的题刁难数学老师，

他班数学老师脑子反应相对慢些，一时不能立即解答，只好每次应付他说，"等我回办公室研究研究。""研究研究"不过是个托词，数学老师出了教室门就把他的问题抛诸脑后，几次之后，他甚感无趣。

他班总成绩年级中等，但外语成绩年级垫底，外语老师又急又恼，加倍布置作业，自习课也常去班级巡视，学生看见外语老师进门，只好不情不愿放下其他科作业，翻出外语书，内心很是反感。

有次月考，他班外语成绩被倒数第二的班级拉了五分。"你们是我教过的最差的一届学生。"外语老师再一次用这句开场白准备大发一顿雷霆之怒。

"你不也是最差的外语老师吗？"他突然在座位上接了一句。

"滚出去。"外语老师气得嗓音发抖。

"你没权利让我滚出去。"

外语老师不再说话，健步冲到他座位边，拽着他衣领踹开教室后门把他丢到走廊。

第二天外语课，外语老师一进教室，黑板上赫然写着四个大字"全班罢课"。外语老师教了快二十年书，从未遇到过这情况，她颤着嗓子问，"想上外语课的站起来。"只有她的课代表和三五个女生站了起来。

外语老师请了一个月病假，据说得了眩晕症。

所谓青春，就是尚未得到某种特权又渴望得到某种特权的状态吧，那种渴望拥有一切的感觉胜过了对未知世界的恐惧和敬畏。不被人理解与喜爱成为青春唯一的炫耀与自豪。

学校给他班换了新外语老师。新老师不批评不罚写，作业可选做，自习从不进班，但上课提问若不会，下课直接带到办公室"单挑"。几番斗智斗勇之后，学生们彻底服了。课代表跟我说，每次上外语课，前十分钟老师提问，学生们手心里都吓出一手汗。他班外语成绩竟然稳步提高，高二下学期彻底摘掉了倒数第一的帽子。

他在任课老师中虽口碑不佳，班主任对他却青睐有加。

他几乎相当于一个副班主任，班里大大小小的事务他都可以处理得井井有条。哪科作业收不齐，课代表只要把未写名单交给他就行了。他甚至还拥有了班主任默许的赏罚权，可以罚扣分的学生操场跑步或抄写课文。他跟几个成绩很差的男生形影不离，每周六中午放购物假时，他们几个不走前门，从学校后门耀武扬威地闪出去，学校后门是小吃街，学生们大多在后街吃午饭。他若看哪个学生不顺眼，一个眼神，他的"马仔"们就冲上去对人家拳打脚踢。

有一个高一小男生总被他们几个"动手动脚"，害怕得不敢上学，家长找到学校，政教主任请来了他父母，他写了保证书，加之班主任替他说情，学校给了他一个严重警告处分。

无悔的青春，怕也只是迟来的智慧。年轻的单薄被任性围困，无从化解，青春的冲动从来只关乎痛快，无谓分寸，哪怕被所有人讨厌。

三岛由纪夫说，"说到青春的特权，简言之，大概就是无知的特权吧。"我想，除了无知和愚蠢，冲动、迷茫、刚愎、敏感、伤痛，哪一个不是青春的特权呢？

我是高三时接的他们班。他的"劣迹"我早有耳闻，他原语文老师也跟我提前吹过风，让我不要搭理他，免得"打不成狐狸，惹一身骚"。

他语文成绩没有其他科拔尖，字写得差。他下决心练字。高三开始练字显然得不偿失，他却铁了心。我把握分寸，对他既不热情也不漠视。只想着安安稳稳教完高三就万事大吉。上晚课时，他常出来请教如何能快速把字写好。我简单给他讲了字的结构原理，给他示范偏旁部首的写法，让他每天写一篇田字格。他练字上了瘾，有时在其他科课堂，也肆无忌惮地练字。他成绩在班里数一数二，其他科老师也就视而不见，懒得管他。

"他心眼不好，自己学习时班里不能有一点声音。他学累了就勾搭其他学生聊天，干扰别的同学学习。"我课代表有天晚课出来交作业时小声对我说，"他晚上回宿舍强迫其他学生跟他打扑克，舍务老师抓到两次了，听说用一条好烟就摆平了。"

宿舍乱象我倒是时有耳闻，学生在校时不敢说，毕业以后流传出来的版本大同小异。犯什么错误需要多少钱摆平，都有大体的潜规则。

高三最后两个月，到了冲刺阶段，平时懒懒散散的学生也发狠学习。宿舍熄灯后，常有学生到水房借灯看书或在被窝里打着手电背题，他却一副胸有成竹的样子，仍旧拉拢几个学生熄灯后打扑克，他让宿舍里一个老实学生给他们望风，舍务老师巡查时就暂时关灯。

然而，他们终究被学校政教处抓了现行。据说是被同舍学生举报。学校拒绝了任何人求情，高考前两个月让他回家自己复习。高考时，他只考了个普通大学。

前几日，几个高中同学一起吃饭，席间，我一位男同学笑着对一名女同学说："你知道吗，高中时候我特别恨你，毕业很久都不能释怀。那时候你坐我前边，数学学得好，我遇到不会的难题问你时，你从不给我讲题，不是装听不见就是说自己不会，就怕我考试超过你。"

人到中年已为人师的女同学一脸难以置信的迷茫表情，以怀疑的口吻问其他同学："我是那样狭隘自私的人吗？"大家笑而不语。

另一名事业有成的男同学坦白说，他高中时下晚自习回家总要学到后半夜，白天上课睡觉，自习课就找学习好的学生闲聊，就为一箭双雕，一则给老师同学一个错觉：看啊，×××上课睡觉，自习唠嗑，成绩还那么好，真是个天才啊。二是他专门扰乱那些成绩跟他不相上下的学生，以免自己的成绩被超越。

青春的张扬与放肆总是与浅薄无知成双成对，但谁的青春不曾糟糕得一塌糊涂呢？糟糕的青春，也应该是一种不折不扣的成长吧。就像三岛由纪夫在散文集《我青春漫游的时代》里打的那个比喻："我觉得，少年就像一只陀螺。刚开始转动的时候，很不容易稳住重心，就这么歪着陀身，不晓得要滚向何方去。但它和成年人不同的是，总之先转了再说。随着转动，陀螺就能逐渐站立起来。"

似乎很遗憾，当初我始终没能和我的学生谈谈，了解一下他当时最真实的想法。不过，他也未必能说清楚。那时的他，就是那时的他。

青春橡皮擦

1

他与高一女生"非正常交往"的事是被宿管老师发现的。

我们学校有个住宿生自习室。宿管老师有天晚上打扫时发现了一个女生落在桌上的笔记本，她随意翻了翻，里面有一篇内容的题目是《一百零一个需要和肖小健一起去完成的事》。宿管老师顺藤摸瓜，找到女生班主任，打算停了女生的住宿，让她走读。

女生相貌平常，皮肤黑黑的，个头不高，成绩在年级一百名左右，性格并不活泼，绝不是那种一下子能吸引人目光的"第一眼"美女。

肖小健却属于典型的"流量"男生——学习好，成绩稳定在年级前二十；长得帅，剑眉白齿，高挑文雅，充满活力。加之他是学生会干部，常在课间操时查操，越发引人注目。明恋、暗恋他的女生委实不少。下课时，常有陌生面孔的学生在我班门口逡巡，见到肖小健，快速塞给他一张纸条或别的什么，之后不待回复便风一样跑掉了。据我观察，没发现他与哪个女生有越界嫌疑，可这个女生的笔记里蛛丝马迹太多，看起来他绝非无辜。

女生班主任找到我，因为肖小健是我班男生。

我以为他会矢口否认，那样事情就好办了，反正已经高三了，睁只眼闭只眼就过去了。作为老师，最难处理的就是所谓"非正常交往"问题。老师管得太紧，视之为洪水猛兽，学生反感，易心生恨意，不利于学习；老师放任自流，传染效应如秋风扫叶，左行右效，班级风气会江河日下。

没想到他立即承认了。说两人是邻居，从小在一个小区长大，两个家庭有来有往，比较亲近。女生从小就崇拜他，有好吃的零食一定会送给他分享。他发誓他跟女生的交往很有分寸，不会胡来，让我放心。

我如何能放心？

女生班主任建议找男女生双方家长，通报情况，让家长管好各自的孩子。如果老师明知学生"非正常交往"而不及时让家长知情，一旦产生难以预料的后果，老师肯定推卸不了责任。女生班主任的顾虑也正在此。我觉得肖小健能长时间不露两人关系的破绽，既可能是他心思缜密，不可小觑，更可能是两人关系还只在互有好感阶段，找家长无疑是将小事化大，从学生身心健康、师生情感的角度来说，弊大于利。况且，情窦初开是高中生正常的情感反应，过激处理大可不必。堵不如疏，疏不如引。

据上海社会科学院研究所课题组在全国范围内开展的针对 15 至 24 岁青少年的大规模调查显示，高中生中有过恋爱经历的比例为 42.3%。实际上，这个数字仍比较保守，很多学生保密工作做得好，在学校绝不轻举妄动，出了校门为所欲为。老师本着多一事不如少一事的原则，往往"装聋作哑"，不愿面对这类棘手问题。而学生"非正常交往"一旦暴露，又不能不处理，尽管各学校"八仙过海"，有一点却大同小异——一旦查实，绝不姑息。网络上甚至疯传某中学的奇葩规定：男女生交往距离至少保持 44 厘米，否则就会被认定为"非正常交往"。有的学校校规更细，比如禁止长时间盯着异性同学看；禁止异性间嬉戏、追逐、打闹；禁止接收或送给异性食品、礼物；禁止给异性拎书包、外套等随身物品；禁止异性之间互发短信、互传纸条；禁止异性共用一个餐盘。有的学校索性男女生分开就餐。至于拉手搭肩、拥抱亲吻，那更是一经发现，立即劝退。在我看来，这些粗暴的规定恰恰暴露了学校管理上的懒惰、无能和堕落。

认真地跟他谈了几次后，我几乎可以确定，他还分辨不清"爱情"与"好感"，"恋爱"与"友谊"的区别，他对女生的喜欢更多基于一种感动和好奇，而非真正意义上的两性吸引。

我与他约法三章：我可以既往不咎。在高三余下的半学期里，不准给其他学生做恋爱的示范，感情的事，高考后再说；绝不能做伤害女生身心的事情。他郑重地答应了我。

校园中果然看不到他俩交流互动的身影。并没看出男生比平时格外刻苦，成绩却稳步提高，最后一次模拟考竟冲进了年级前三。女生班主任说，小姑娘也在不断进步，成绩提高明显。最让老师们惊喜的是，女孩学习的主动性增强了，心里似乎憋着一股劲，还跟班主任说要争取考进年级前五十名。我听了，却隐隐有莫名的担忧。

肖小健高考时正常发挥，考去了省外一所重点大学。不到半学期，就在大学里交了新女友。已升入高二的女生备受打击，成绩断崖式下滑。

2

芳芳是我同事夏老师的女儿。她考进我们学校后，教地理的夏老师主动要求从高三下到高一当班主任，与女儿同步。

芳芳是我从小看着长大的女孩，乖巧孝顺。中考成绩虽不理想，好在以勤补拙，学习上不用父母和老师操心。夏老师只想着女儿在自己班，可以随时监测她的学习动向，有百利无一害。可实际上，有意无意间，女儿常被她拿来"以儆效尤"。

有天下午自习课我路过她班门口，夏老师正在开月考总结会，我看见芳芳站在讲台下，低着头，眼眶含泪，夏老师甩着一张卷子，不时抽拍她的脸，声色俱厉地在全班学生面前训斥她。她承受了几倍于其他学生的羞辱和惩罚，而她，还不敢也不能有任何不满。

也许是心理上失衡，太需要别人的安慰和关心，高一下学期，芳芳偷偷地跟高三一个男生好上了。男生是体育特长生，长得黝黑健壮，担任学校橄榄球队的队长，他的志向是考体院，尽管文化课成绩很差，自己却满不在乎。

夏老师直到高一结束才发现点草蛇灰线。她联合男生班主任，"请"来了男生家长。男生父母是生意人，根本不把这点事放在眼里，大大咧咧地说，只要儿子喜欢，他们没意见。男生父亲临走时竟然傲慢地对夏老师说："又没把你女儿怎样，何必大惊小怪。小孩子没定性，你女儿将来还不一定是谁家儿媳妇呢。"

碰上这样不可理喻的家长，夏老师失了耐心，一口怨气撑着奔到校长室，强烈要求开除男生。

在我们学校，如果查证男女生属于"非正常交往"，一般是劝退男生，女生严重警告或留校察看。芳芳从男生口里听说她母亲找了男生家长，怒不可遏，冲进办公室，当着其他老师的面挑衅她母亲："老师（她在学校一直称呼妈妈为老师），是我主动追求的他，要开除就开除我，跟他无关。要是开除他，我也不念了。"要面子的夏老师眼泪在眼眶里打转，一抬手把芳芳推了个趔趄。几名老师赶紧把芳芳拉到对面实验室，劝她去了。

学校没替夏老师做主，甚至不知什么缘由竟还破例网开了一面，男生如愿考到了省体院。

夏老师对女儿的监控不断升级，甚至扣留了她的信件。在学校，班主任扣留私拆学生信件的事数见不鲜。我们办公室有个班主任特别有手段，她扬着信对着阳光一晃，就能判断出是否是可疑信件，她拆完可疑信件后会照着旧折痕装好，恢复原貌。学生们也有自己的应对策略，他们跟校门口小超市的老板打了招呼，重要信件会寄到超市，老板替他们保管也替他们保密。

事情不可挽回是在某晚临睡前，芳芳在卧室看男生写给自己的信，那是一封分手信。芳芳沉浸在悲伤的情境中，没有觉察夏老师站在身后，待到夏老师夺了信去，才反应过来，她一腔恨怨正无从发泄，便拼力去抢夺那封信，母女两人撕扯在一处。夏老师恨铁不成钢，一时之间口无遮拦，边骂女儿"贱货""不知羞耻"，边一耳光甩在芳芳脸上。

夏老师对女儿要求固然严苛，但还从未发展到口吐脏话、狂扇耳光这种程度，芳芳不可置信地剜了母亲一眼，拉开窗户一步跨了出去。夏老师家住的是老式楼的五楼，芳芳卧室床靠着窗户，外面是一个开放的小阳台。芳芳的举动吓呆了夏老师，她发狂一般冲到楼下，看到女儿跌坐在楼下花园里一动不动。

松软的花土救了芳芳。救护车一路将她送到三百里外的省城医院。从癫狂状态中清醒过来的芳芳一路喊疼，她的骨盆摔碎了。

高二下学期，芳芳奇迹般回到了学校。每隔一个月，她就要去医院治疗一周。夏老师明显变得神经质了，几乎每节课都要趴在教室后窗上观察女儿。周末，夏老师主动请芳芳同学到家里来玩，她削好水果，送到女儿卧室，陪着小心翼翼的语气："你们玩，我马上就出去。"

高三时，夏老师给芳芳每科都找了老师单独辅导，芳芳最终考上了一个二本学校。夏老师办了病退，在大学附近租了房子，算是伴读。大学毕业后，在水利局副局长父亲的帮助下，芳芳顺利进了我们市税务局工作，夏老师两口子给女儿买了车，不久又在最好的地段给女儿买了房。

令夏老师苦恼的是，女儿嫁不出去。小地方藏不住事，芳芳跳楼的旧闻几乎无人不知。尽管芳芳不断相亲，可一当对方打听到她是轰动一时的跳楼事件女主角，便没有了下文。并且，有传闻说芳芳因跳楼导致不能生育。即便能生育，谁敢娶一个容易走极端的女孩呢？

3

真真是文科重点班里的尖子生。长得白白净净，看起来很柔弱，可性格十分要强，成绩稍有退步，自己就会加倍刻苦。她的目标是考"浙江大学"，学校和任课教师都很偏爱她。

　　谁也不知道她从初中时就有一个稳定的男友，直到她意外怀了孕。她母亲找到学校来，女儿整天吃住在学校，发生这样的事情，家长认为老师和学校难辞其责。学校则有苦说不出，男女生宿舍管理严格，晚上有宿管查寝，绝不可能有漏洞。况且，学校每周六都有两小时购物假，男女生在购物假约会，谁又能管得了呢？

　　她交往的男生在理科班，成绩中等偏下。长得倒是浓眉大眼，可性格又闷又倔，不讨老师们喜欢。学校找来双方家长协调。男生父亲一听女生怀孕，抬脚就狠踹儿子屁股，愤愤说，回家要打断他的腿。最终商议男生家长出一千块医药费，女生流产。按校规男生应被劝退，学校酌情给了个留校察看处分。只是，分管政教的副校长要求男生必须在全校学生大会上公开检讨。

　　那是一次效果适得其反的检讨大会。男生在台上镇定自若地"交代"双方交往经历，语气流畅，表情平静，又不动声色把所有责任揽在自己身上，他仿佛不是在做检讨，而是在做演讲，没有丝毫难堪与羞愧。尤令人吃惊的是，好像生怕全校师生不知道他高姓大名，在检讨的最后，他放下稿子，扫视全场，一字一顿、声音洪亮地说——检讨人：高三·一班周×。周×的"点睛"之尾使学校惩一儆百的愿望彻底破灭，他"敢作敢为"的率性之举反而引来众多师弟师妹的崇拜。多年后的今天，他当时的语气、神态仍清晰地浮现在我眼前。

学校领导恼羞成怒，可不知该归罪谁，便干脆利落劝退了男生。刚公布完留校察看的处分，又出尔反尔改为劝退，学校自觉灰头土脸，只能秘而不宣。大会第二天，被领回家的两个学生失了踪，连张纸条也没留。双方家长慌了神，撒下人马四处搜寻。两天后，"私奔"的两人在男生的农村远方亲戚家被找到。

半个月后，返回学校的真真没事人一般，看起来全部心思都像用在学习上。每到周末购物假，她母亲准时来接她出去吃饭、洗澡，生活仿佛回到了最初的轨道。

意外还是猝不及防。有天晚上熄灯铃响过一阵，真真还没有回宿舍。宿管老师一边联系班主任，一边楼上楼下寻找。也许是一种直觉，宿管老师爬到六楼楼顶，果然发现真真坐在那里，她看起来神态自如，可空洞的眼神把宿管老师吓出一身汗。宿管老师不敢呵斥她，只颤着声劝她，"孩子，哪有什么过不去的坎。"她却轻声回道，"六楼跳下去是不是会摔碎脸？"

班主任猜不透她心里的想法，束手无策之下只好找学校的心理老师开导她。心理老师是个刚结婚不久的年轻人，虽说学心理学的，可自己心理尚不成熟，动辄哭哭啼啼的。据说心理老师对学霸女生真真无计可施，每次谈论生死问题、恋爱与学业问题都反被真真驳得哑口无言，双方都厌倦了这种车轮战。

"楼顶事件"后，真真母亲彻底放手，不管是周末购物假还是月末假，她再没出现在校门口。真真我行我素，波澜不惊。在学校规规矩矩，标准好学生模样。每次月考，毫无悬念稳拿文科第一，第二名被她甩出好远。学校一心要保住这颗状元苗子，对她学习以外的情绪、心态能忽略则忽略。

周伟被劝退后，跟他叔叔一起做起了海产品生意。真真的同学说，两人在校外仍来往密切。高三时，每逢放假，周伟甚至毫不避讳到校门口接真真。老师们集体视而不见。

真真考上浙大后，仍跟周伟保持情侣关系，大一时又流了一次产。她母亲对她心灰意冷，扬言不跟周伟断绝情侣关系就要跟她断绝母女关系，真真选择了后者。大学四年的寒暑假她都是在周伟家度过的。没有选择读研的真真一毕业就回家乡找到了工作，两人很快结了婚，真真的父母没有参加婚礼。

特洛伊木马

"冥想一分钟，画一棵树。"我对他说。

让他画树，无非是想先做个小心理测试。我疑心他心理出了问题。

起因很小。他叫小强，是我班体委，下午自习课，轮到他坐在教室前边值周，负责维持自习纪律。大家正安静看书，他突然一拍桌子，咆哮起来，说教室里都是声音，随后冲出教室，蹲在走廊里大哭不止。

他属于外向型男生，看上去虽毛毛糙糙，可心细懂事，体育课前，整队列，摆放器材，运动预热，他都做得井井有条，从不用体育老师操心。

经验告诉我，这样一个看起来积极乐观的男生，毫无预兆的崩溃肯定不是空穴来风。

画树是目前通用的投射性心理测验。树是感情的象征，可以表现个体无意识感受到的自我形象，投射个体生命差异性成长的历程以及个人对环境的排他性体验。心理学认为，人的潜意识，会汇聚成一个个意象，画画会在最短时间内将潜意识反馈出来。

我琢磨着他的树。是一棵粗大的树。纹理粗糙，笔触狠硬，无树冠，无枝叶，树根似鹰爪状裸露，黑色的树干从中间轰然断开，断裂处参差锐利，尤为触目的是，在断开的上半部分树干上，他刻意用灰白色涂了一圈大大的旋涡式树疤。

依心理学阐释，树冠缺失大致意味着父母之爱的缺席，而树干断开，通常是遭遇了重大的人生挫折；大树无枝无叶则隐喻着，在人际关系上，他将自己挽成了一个死结；鹰爪状的裸露树根，同样是个危险的暗示，他的本我情绪已很糟糕、负面，攻击性亟待稀释。

作为班主任，他的家庭情况我是了解的。四岁时父母离异，十二岁时母亲煤气中毒去世，他跟着父亲生活。虽没有母亲，但有疼爱他的父亲和爷爷奶奶，相比其他父母离异或惨失双亲的孩子，他看上去要开朗多了。

我班四十五名学生，有九名是单亲家庭。最让我费神的是女生小微。她父亲老李是我的旧同事，在初中教生物。我调到高中任教后就再没见过他了。老李离婚后，再婚生子，日子过得欢天喜地，小微就像一道做错的题，被老李一笔划去。小微母亲在一家食堂打工，稍不如意就会体罚小微，尤其是每次跟老李要抚养费不得而必须要上法庭时，就会让小微在卫生间长时间跪着。老李有他的婚姻哲学，他认为不幸福的婚姻就像生物体上长了肿瘤，必须切割得干净彻底，包括旧婚姻的附属品，拉拉扯扯只会贻害无穷。"老李心太狠了，毕竟是自己亲生女儿，手心手背不都是肉么？据说他再婚就是为了生儿子。可怜娘俩了，有人看见她们常去市场捡烂菜叶。"跟我要好的一位旧同事与小微家是邻居，提起老李便恨得牙根发痒，"混账东西，不配当爹。"她的结束语大抵要补上这一句。

小微是我教过最敏感最自卑的学生。她的小脸苍白，眉毛浅淡，一双大眼睛像凝满了露珠的树叶，连走路都是贴着墙，低着头，一副忧心忡忡的样子，任课老师们对她心疼不已又小心翼翼。上学期刚开学时，有次外语老师课前提问，"哪些副词放在句首，句子需要倒装？""here""there""out""in""up"……坐在小微前边的同学回答得都很流利，轮到她时，她红着脸支吾半天接不上来，外语老师便对着全班学生说，"这个用法昨天刚强调过是吧？不应该忘了呀！"小微的脸立即红了，眼泪唰地就掉下来了，外语老师赶忙安慰她说，"忘了没关系，老师再讲一遍！"外语老师让她坐下她也不坐，整节课站在座位上抽泣，说，恨自己学习不争气，要惩罚自己！"我真是拿她没有办法啊！"外语老师又委屈又无奈。小微就像一块裂了纹的玻璃，老师们拿在手里怕割着，扔在地上怕碎了。

而小强，的确从未出现在我"特别关注"的学生名单里。

"忘了画树冠呢。"我装作忽然想起似的，语气尽量漫不经心。

"没有树冠。"他皱着眉，望着窗外，闷声说。我扭过头，顺着他的视线，赫然发现主楼对面墙根下的几棵柳树，不知何时全被剪掉了树冠，新生的侧枝和嫩梢抖抖索索地在风中战栗。我惊诧于自己对熟悉之景的视若无睹，一时竟有些莫名的感伤和懊恼。

虽已是春天了，却猝不及防落了雪。小花园里紫藤的虬枝蜷缩在空葡萄架上，法桐鸭蹼似的老叶静静地在干枝上摇晃，几根枯瘦的枝刺在风中裸着。不知道几楼的冰柱笼住了最早的光线，终至支撑不住，擦着隔壁办公室的窗玻璃跌下去，发出"噼啪"的碎声。

"只要几场春雨下来，柳树就又枝繁叶茂了。"我把目光收回他的画上。

"老师，我特别讨厌下雨。"

"嗯？"

"小学三年级时，有一次下大雨，别的同学都有父母来接，只有我是一个人，没有伞，淋着雨，跟在有伞的同学后面，哭了一路。"他的声音哑了下去，"那时候的心情，我一辈子都忘不掉。"

这个内心并不粗粝的少年，与小微一样，童年的痛苦一直汹涌在风平浪静的表象之下，在某一个未知的时刻，会被某一个不经意的浪花摁下按钮，所有隐藏着的创伤便会倾巢而出，那个破碎的自我其实早已溃不成军。

　　而令他崩溃的诱因，是父亲有了新家。尽管继母并不排斥他，甚至还有些刻意讨好他，他仍旧毫无来由地讨厌她，连带着厌弃那个同父异母的弟弟，他觉得他唯一可以掌控的爱被夺走了，被继母和她的儿子夺走了。他守护父爱的方式是寻衅滋事，无端斥责继母，偷偷掐哭弟弟，父亲终对他失了耐心，索性将他丢给古稀之年的爷爷奶奶。

　　"老师，你看！"他撸起左手衣袖，手腕上一条新鲜的刀口赫然刺目，他指着伤口，像指着试卷上一道解不开的题，"晚上睡不着，心烦，快崩溃了。"我心不由得一紧。未成年人极度缺爱时，要么表现为对爱的过度渴求，丧失自尊形成讨好型人格；要么反方向表现为对恨的放纵，愤怒不羁，加之青春期蓬勃的逆反心理，很容易心理失衡、情绪脱轨。我担心"隐形父亲"的"隐形嫌弃"，会使这个缺乏爱浇灌的少年，偷偷长成一株浑身是刺的仙人掌。

　　前一阵写一篇有关瑞典诗人托马斯·特朗斯特罗姆的随笔，搜集了一些作家抑郁症的素材。发现年少时缺失父爱是抑郁症作家的高发诱因。哲学家尼采五岁时，父亲死于脑软化症，数月后，弟弟夭折，幼小的尼采过早领略了爱的突然抽离，死亡的无常在他内心烙下了脆弱敏感的印记，他叹息，"那一切本属于其他孩子童年的阳光并不能照在我身上。"英国"意识流"作家伍尔芙十三岁时母亲去世，伍尔芙第一次精神崩溃，两年后，她开始记日记疗伤。即便年龄稍长，失怙失恃，对个体心灵造成的创伤亦一言难尽。1904

年，父亲去世，伍尔芙第二次精神崩溃，并试图跳窗自杀。最终，她用石头填满口袋，投入家附近的欧塞河。德语诗人保罗·策兰弱冠之年，父母惨死纳粹集中营，天命之年，诗人跃入塞纳河，将自己的死置于这个痛苦而又扑朔迷离的背景下。日本作家川端康成两岁丧父，三岁丧母，孑然一身的孤儿经历，使他内心充盈着令人窒息的忧郁，为他最终的悲剧命运埋下了伏笔。"我自幼犹如野狗，是个感情乞丐。"川端康成对着凌晨四点钟未眠的海棠花自言自语。

令人忧心的是，我隐隐觉得近一段时间，用铅笔刀或壁纸刀自残的学生似乎明显多了起来。

隔壁班一个男生接受不了成绩退步，每次考试只要他觉得不满意，就要在手腕静脉上划一刀。学生间传言，他左手腕至少有七八道刀痕。那孩子与我住在同一个小区，父母在家门口开了间小蔬菜店，生活捉襟见肘。班主任多次催促孩子父母带他去看心理医生，父母觉得孩子只不过是青春期逆反，并不当回事，认为老师未免有点小题大做。敷衍式带儿子去了两趟医院，便没了下文。班主任无计可施又不忍心，自己托关系约了个心理名家跟孩子谈了几次，收效甚微。

有一天跟政教主任闲聊，她说自残的学生中女生居多，这倒出乎我意料。有一项对青少年问题进行的专题调查显示，高达 47.3% 的青少年曾经有过自杀念头，有 23% 的青少年有自残行为。但调查没有提到男女生比例问题。学生自残的理由不尽相同：有的是因学习压力，有的是因家庭问题，有的是因男女生"非正常交往"问题，还有的纯粹是跟风猎奇。

一名高一女生只是跟一个戴着耳环化了浓妆的同学在一起用手机拍了个合影，父亲不经意看见之后便勃然大怒暴打了她，严禁她跟那个女生来往。母亲也不问青红皂白，劈头盖脸地用最肮脏的字眼辱骂她。正值青春期的学生，含苞待放，却成天被"千人一面"的校服包裹，委实不是件快意之事。我相信那个浓妆艳抹的女生只不过随俗好奇偶一为之，并非就是不正经的坏学生，况且，爱美是人的天性啊，谁没有过年轻任性的青春期呢？摊上这样的父母，女孩百口莫辩，又冤屈又怨恨，她没有勇气去攻击父母，也没有胆量去攻击别人，只好转而以攻击自己的方式来转移和释放痛苦。

从生理上说，压力会随着血一起流出去是有道理的。自残时体内会分泌一种内源性具有类似吗啡作用的肽类物质，这类物质具有镇痛功能，并能与吗啡受体结合，产生跟吗啡、鸦片剂一样的欣快感，而这种欣快感又十分短暂，因而自残者会情不自禁地重复自残行为，这是自残成瘾的主因。

自从上周五又一名高二男生从主教学楼六楼跳下之后，次生危机纷至沓来，附加伤害接踵而至，模糊的焦虑和担忧像一场大雨，全校师生的心都被浇透了。教育局局长下了死令，各校必须安排心理课，局里不定时抽查。至于心理疾病自查、心理社团活动、心理周活动、针对学生和老师的心理知识培训等，要各校依实际情况，灵活操作。我们学校有心理课，不过只是躺在课表上应付上级检查的"死课"而已，何况每班每月一节的心理课即便付诸实课，对有着滂沱心理需求的学生来说，也无异于隔靴搔痒。全校有四千五百多名学生，只有一名心理老师。实际上，有心理问题的何止学生，百分之八十的一线老师心理上亦属于亚健康状态。当然，这个数据完全是我的胡乱猜测，数据不难统计，可统计出来也未必准确。

找班主任开假条去向心理老师咨询的学生猛然多了起来，空气中添加了一种心照不宣的不安因子，也有不爱学习混毕业证的学生趁机浑水摸鱼。心理老师是个刚毕业的小姑娘，书本上学到的知识还没来得及经过实践检验，自是应接不暇、捉襟见肘，常常到了下班时间，仍被学生和班主任堵在办公室。几次三番，小姑娘心力交瘁，动辄趴在办公桌上哭哭啼啼。班主任们私下议论，心理老师的心理怕也是出问题了。自己班学生的问题还是自己解决好了，否则，没心理问题也恐被心理老师谈出心理问题。

我没收了他的铅笔刀。与他约法三章：一旦他觉得受到了强刺激，心里难受，不要僵直在原地，哪怕是正在上课，也要立即找我拿假条到操场跑步或到体育教室打沙袋转移注意力，跑步和打沙袋也会在一定程度上释放痛苦。总之，绝对不准再用刀割伤自己。

为了缓解他的情绪，我带他去沙盘室玩沙盘。沙具可以呈现心理的真实图景，作为心理治疗的辅助手段已是共识。

沙介于固体和液体之间、海洋和陆地之间，深层心理学认为沙可以沟通人的意识与无意识世界。沙的流动感也会让人体验到一种自由和生命感，可以释放和舒缓心理压力。他做的沙盘不出所料，与绘画信息大体吻合。沙盘上半部分的婚礼现场，人物只选了新婚两人，附属场景选了井、机场、图书馆、船。下半部分打斗场面占了沙盘三分之二的空间，他用战车、坦克、炮围成阵地，战斗的双方持枪对峙。放射性联想找到了表达的接力者，我脑海里想起以色列诗人阿米亥的几句诗，"现在，我就像一匹特洛伊木马，充满了可怕的爱情，每夜它们杀出来横冲直撞，天亮时又回到我黑暗的肚子里。"我的学生，他的真我一直被隐藏起来，如果不是这次爆发，我竟没有察觉，他心里住着千军万马，只待一个时机，便要攻城略地。我听到了潜藏在他平滑无声的日常生活下的一种碎裂之响。德国心理学家托马斯·普伦克斯曾说：日常生活中看似无碍的感官刺激都可能让人重回过往，直接通向时间另一边的现场，这些创伤症状被称为"闪回"。形象点说，旧时创伤并未随时间流逝而消弭，反而像隐藏起来的定时炸弹，局外人可能根本看不出来，可当事者已然听到了倒计时的嘀答声；又如同不知何时植入的电脑病毒，暗潜在系统中，一不留神，电脑便可能黑屏，陷入瘫痪。

……不敢耽搁，立即给他父亲打电话，告知孩子目前处境，建议尽快带去专科门诊诊疗。老师再苦口婆心毕竟不能代替医生和药物治疗。他的恐惧感、焦虑感、悲伤感都需要找到出口。前几天听一位心理老师直播，她说，父母和食物一样，是有保质期的，错过了孩子成长的有效期，父母就会像过期食品一样，失去营养和价值。

父亲将他从爷爷家接回了自己家，带他去了心理诊所。除了按时吃 SSRI 类药物，他每周还要去做两次经颅磁刺激治疗。"是一种怎样的治疗？痛不痛？"第一次听到这名字，我担心是一种类似治疗网瘾的电休克疗法。"不痛。做完挺舒服的。"再问，他也说不出所以然。立即手机百度，说是一种无痛、无创的绿色治疗方法，磁信号可以无衰减地透过颅骨而刺激到大脑神经，主要通过不同的频率来达到治疗目的。

两周以后，我检查他的胳膊，没有新的割痕。

领操台旁的柳树一夜间变得婀娜，嫩黄的新枝正渐渐转绿，偶尔能听到柳莺一声声细尖而清脆的"仔儿"声。它的体型比麻雀还要小好多，是我见过的北方最小的鸟，它可以在最高最尖的枝上跳跃，不仔细看，真发现不了它。

3 月 8 日，课间操的空隙去找外语老师串课，回到办公室，蓦然发现我的办公桌上静静地多了一束红色的康乃馨。花束虽然不大，但是开得饱满和热烈。我狐疑，问正在看书的办公室徐老师，徐老师抬起头，扶了一下眼镜，笑着说："就是那个，一批评她就喜欢哭的那个女学生给你送的。"

哦，小微。

小微，懂得去关注外界了。

大课间时间，继续让他玩沙盘，他的沙盘有了细微的变化。上半部分婚礼场面增加了坐着的长辈，嬉闹的孩童，穿梭的厨师，以及，几个宾客。下半部分的打斗场景加上了水上舰艇，右边加上了一座桥。

四月时，主教学楼的紫藤终于睡醒了，绿叶已溢出了旗台，花蕾也鼓出了紫色。操场上有两只喜鹊总在学生做操时飞到领操台炫耀自己的长尾巴。

他的沙盘画面已然充实，桥梁贯穿了画面的中轴，桥下添加了蓝色的河流，又种上了四棵绿树，婚礼场面多了水上游乐项目和玩偶布置。打斗场面转到了画面左下角。

父亲说，弟弟喜欢缠着哥哥了。快放暑假时，他说不需要再请假看医生了。"也不需要再玩沙盘了。"我心想。

"老师，让我再玩一次沙盘吧，最后一次。"这个机灵鬼，一下猜中了我心思。

"哈哈，没问题呀。"

打斗的场面彻底消失了，上下部分融为一体，纯白的建筑外墙被贴上了一只大蝴蝶，画面四围被绿草覆盖，画面中间是大量绿植，尤其增加了三棵高大的绿树，一棵满枝红花，一棵开着粉花，还有一棵柿子树，结着累累果实。

记不得过了多久。冬日的一天，早晨起晚了，怕上班迟到，匆匆去大街上拦了辆出租车。晨色还早，视线昏暝。打开车门，借着里面的灯光，我才发现，司机竟然是小强父亲。他的职业原来是出租车司机。关上车门，寒暄了两句，我俩似乎都不知道该说什么。车子开出了几分钟之后，车窗前一个随着车子的颠动而来回摇摆的圆形琉璃样挂饰，吸引了我。仔细看，里面是一帧孩童的照片，看模样，也就两三岁吧，也看不出是男孩女孩。我好奇，问："这是谁啊？"

见我盯着相片，他有点不好意思："王老师，认不出来吧？这是小强啊，他小的时候。"

我用眼角的余光能够感受到，正在开车的他内心的慈祥和满足。

小强的面孔就那样在我面前摇荡。而此时，我知道，小强已经读大学快半年了。车窗外，天光渐渐明亮起来。冬天里的天光，原来明亮起来也快。它像某种事物，你记起的是这种感觉，它不够连贯，但绝不是任意组合，渐渐清晰和顽强地奔向某个目的，是它唯一的事实。

庠序之书

1

我第一眼没有认出她。

她穿着淡粉色吊带裙，外面搭着一件韩版最新款牛仔外套，外套后身是橙绿粉黄四种颜色缝制的英文："Don't Worry Be Happy"（不要忧虑，要快乐），单词被分成四行，看起来像是一张涂了油彩的脸。这本是一句歌词，出自美国爵士歌手Bobby Mcferrin 1988年创作的无人声伴奏同名歌曲。Bobby Mcferrin 大概不会想到，多年后，他的歌词会成为牛仔上衣的细节卖点。

办公室外窗台上停着几只鸽子，一字形排列着，阳光烈起来时，它们便飞走了。我和她顺着窗户向外望，"我那时特别羡慕学校的鸽子。"她冲我笑了一下，"有一双翅膀，有自由。"她的假睫毛碎光似的颤动着，细眼睛看起来有了跃动的美感。窗外的凉风也长了翅膀，卷上来新生们的嬉闹声。这样的时刻，恍如 2006 年，我刚到高中任教。她是我班的 44 号，长相普通，塌肩膀，细眉淡眼，不爱说话，但皮肤白皙如晴光映照下的云朵，见过的人怎么也忘不掉。

那年，学生们的爱豆还是木村拓哉，追的日剧是《悠长假期》，记得剧里总是出现一个超大的广告牌，提示着精神寻不到归宿的女主小南——"Don't Worry Be Happy"。小南后来发现，来自外部世界醍醐灌顶的感悟需要恰逢其时才会被接受。

"你妈——她还好吧？"我斟酌着字句。

"早就办理病休了。"她倒并不介意，"她现在管不动我了。当初她也是为我好。"她翻了翻我桌上的学生作业本，"说来也奇怪，高中毕业以后我那些奇怪症状就都不见了。"

我装作不经意扫了一眼她的左手腕，牛仔长袖遮住了半只手。她的话，我将信将疑。

"你班 44 号割腕了！"我至今仍记得年级主任电话里焦灼慌张的声音，像燃着的苇叶滋滋地冒着火气。我仓皇奔出家门，凌晨两点的街道空寂无人，路灯丢下昏黄不定的浊光。虽是夏夜，冷意却浸透全身，孤独又恐惧的我，浑身哆嗦，似一条被丢在荒野又迷了路的野狗。

急诊室里，44 号左手缠着绷带，右手拇指与食指无意识地搓来搓去，见了我，低声说了一句，"老师，对不起。"

政教主任和她母亲围站在她身边。我摸了摸她的头，一时不知说什么好。

政教主任给我使了个眼色，我默默跟着他挪到走廊。

"昨天有没有批评她？"

"没有啊。"

"其他老师我刚才也都核实过了，都没批评过她。那么，"他顿了一下，"学校是没有责任的。你跟她同舍生做好工作，不要乱说。"

我点了点头，心上的凉意仿佛渗到每一条血管里。

独生子女时代，孩子是家庭的命根子，老师越来越不敢"轻举妄动"了。校长在全校教职工大会上反复强调，不准讽刺挖苦学生，即便是正常的批评，也要把握分寸，保证学生情绪稳定，保证自己职业安全。可"分寸"这东西是最没有分寸的模糊地带，实际操作起来难免失控。而学生一旦有个三长两短，学校先就吓得自查个底朝天。舆情大于天，马虎不得。

"她有过'前科'，初中时就划过几次手腕，最深的一次缝过五针，大夫说是习惯性自残。"政教主任叮嘱我，"跟你班任课老师交代一下，以后谁都不要惹她，不能让她在咱们手上出事。"

44号的母亲我并不陌生。她是我班唯一一个每次月考后都要给我打电话的家长。不同于溺爱型、忽视型和权威型家长，她是典型的专断型，对女儿的监控几乎是"全方位无死角"。闲谈中，约略知道我这位家长高考前因父亲病危导致发挥失常，落榜后正逢银行招"大学漏"，便考去了银行。"一人进银行，全家都遭殃。"她常抱怨自己没学历没后台，坐不了办公室，年年为揽存款心力交瘁。"我不能让女儿跟我一样，我得对她负责，是不是？不然，她将来怎么办呢？"

不知从何时起，每次月考后，44号都被母亲要求写试卷分析，她每一科丢掉的每一分，都要写清失分原因，补救措施，以及，下一次考试要达到的目标。她成绩在班里属于中上，又很刻苦，只是物理科总是班级倒数，拖了总成绩后腿。

她很听话，唯母命是从。周末和假期按母亲的安排去物理老师家单补。单补对44号的家庭来说是一笔巨大的开支。她父亲不知道生了一种什么病，失去了工作能力，同时也失去了婚姻，失去了对女儿的教育权。

"为你学习花再多钱我也乐意，我这辈子没人可以指望，唯一的希望就在你身上。我的钱都花在刀刃上，你得对得起我为你花出去的每一分钱。"母亲的话像草籽洒在她心里，渐渐茂盛成密不透风的野草。

人一旦将未来的希望移植到亲近人身上，就会不自觉充当心理操控师的角色。其以为的蜜糖，在他人身上可能会质变成砒霜。

高三第一次全市模拟考，44号校总名次下降了一百多名，她母亲惶惶然来到学校，拉着女儿，拿着卷子找每一科老师谈，试图弄清女儿成绩下滑的原因。

实际上，学生成绩上下浮动是很正常的事情。甚至，也有勤奋有加成绩反而意外退步的情况。可 44 号母亲的眼睛只盯住成绩，忽视了教育规律和孩子的成长速度，攀比焦虑、茫然焦虑、压力焦虑、远虑焦虑，让她对孩子的任何一点风吹草动都杯弓蛇影。

44 号被母亲激发出的内疚感和焦虑感与日俱增，母亲在自己身上花一分钱都要算计半天，但对她，可谓体贴备至。每次月休回家，餐桌上必有一桌她喜欢吃的菜，一盘削好的水果。尽管她已脑子昏沉，只想立即趴在床上，可她还是习惯性坐在书桌前，强迫自己摊开书。母亲没有缝隙的爱慢慢变成了埋在她心里的火药，浓烟层层堆积，终于呛得她喘不过气来。

"你这样一而再，再而三，有意思吗？谁家孩子像你这样啊？有能耐往深了割啊！学习没本事，倒学会一哭二闹三上吊了，这都跟谁学的？再这样，我看我要先被你气死了。"

"先别说了。"我扯了下 44 号母亲的手臂。正值青春期的学生本就冲动敏感，遇到刺激更是不计后果。家长的口无遮拦让我很是担心。

44 号仿佛没听见母亲的话，目不转睛盯着地面，一言不发。

"要不，带她去看看心理医生？"政教主任试探了一句。

"她没病。"44 号的母亲以不容置疑的语气打断了政教主任的话，"我心里有数，她不过是学习压力大，不会调节。"

在有些家长看来，所谓心理疾病都是虚张声势，不过是孩子逆反期性格乖张、心理承受力差或是对抗家长的一种手段罢了。也有的家长对孩子的行为有所警觉，可又投鼠忌器，讳疾忌医，顾虑重重。种种误解导致了很多本可以避免的悲剧。

"水果刀划过皮肤那种冰凉的感觉，能让我脑子放空，心里平静。血涌出来了，我也就如释重负了。"她拿过我桌上的一块橡皮，夹在右手拇指与食指间搓来搓去，"我妈说得对，高中时我从未想过真的自杀。我就是喜欢那种刺激性的疼痛感。"

我后来专门咨询过精神科医生，医生说，习惯性自残的人属于典型的精神类障碍。在心理层面上，自残者获得了对身体及现实的暂时控制权，缓解了自己在实际生活中的无力感和压迫感；而在生理层面，自残后，身体会分泌一种叫作"内啡肽"的递质，它能与吗啡受体结合，产生跟吗啡、鸦片剂一样的止痛效果和欣快感，等同天然的镇痛剂。然而这种愉悦的感觉非常短暂，因此过不了多久，自残的人就又要重复一次，久之，形成习惯性自残。习惯性自残会增大自杀的可能性。

"你这个搓橡皮的习惯还没改掉啊？"

"改不掉了，哈哈。不光搓橡皮，逮着什么搓什么。老师您'out'了，现在不叫'搓'，叫'盘'，一切皆可'盘'。"

不知为何，她的笑脸让我心里涌上一阵酸楚。

"记得《悠长假期》吗？"

"当然啦。"她沉浸在回忆里，"小南总是那么尽心，总是尽心到像快要断掉的线一样，看了让人舍不得。"

"你也很尽心，也让人舍不得。"

"老师您还记得吗？有一次您在我作业本上写了一段话。突然之间，我就觉得一切豁然开朗。"

我怎么会不记得，那是濑名对小南说的一段话：人生中感觉自己什么都做不好的时候，就把它当作一次神赐的很长很长的休假吧，不需要总是尽全力冲刺的，人总有不顺的时候，或者疲倦的时候，不必勉强冲刺，不必紧张，不必努力加油，一切顺其自然。然后呢，然后大概就会好转。

"工作以后，我理解了我妈。"她青春的脸上换上另一副洞悉一切的面孔，"也许我将来有了孩子，我会跟她一样'严格'呢。"

一个让人不堪面对的尖锐的隐忧正盯着我看，像猫爪子在空气里徒然地抓扯。

对面高楼上的窗口在明亮的阳光下变成了一个个黑洞，像一群盲人的眼窝。我把目光转向她，波伏娃的一句话呼之欲出，"我和所有人一样，一半是同谋，一半是受害者。"

2

我看了一眼手表，九点三十分，正好下课，四楼的学生已经从教室涌出来，一分钟以前，广播里通知：全校学生下课一律走正门，不准走西门，也不准在西门聚集。

我拐到三楼缓步台的西面窗口，俯身下望，侧门门厅处果然围满了密密匝匝的学生，梧桐树健硕的枝叶笼住了半个楼檐，像罩在学生们头上的半张绿色大伞，两只喜鹊在领操台上耸着翅膀，一动不动盯着门厅。门厅上面的红色雨搭，中间部分碎瘪出一个不大不小的坑。

走廊上聚集着三三两两的老师，窃窃私语。

推开办公室的门，众人探寻的目光一齐围拢过来。

"到底怎么回事？"

"你听到什么没有？领导怎么说？"

我默默坐到椅子上，摇了摇头。

她们重新叽叽喳喳起来。

"我不相信学生无缘无故，好好上着课就冲出去跳楼了。"

"怎么能说无缘无故？不是说抑郁症吗？"

"刚才隔壁班学生说，老师一早因为他扣分批评他了。"

"肯定是老师刺激他了，一定是老师让他在走廊罚站，不然，那么多学生，总会有人反应过来，去拉住他的。"

教数学的小孙老师在座位上长吁短叹，一大早她课代表来交作业时跟她汇报，未交数学作业的同学都被老师拎去谈话室教育了，其中就有他。

心理老师很快证实，他确实有很严重的抑郁症。

学校对学生的公开教化，是为了把他们跟恶人和粗人区分开来。然而，一个不可否认的校园悖论却凸显出来：一方面，校园整体的道德风气越来越浓；另一方面，校园精神类疾病越来越严重。

去年，学校曾做过调查，明确患有心理疾病的学生（有医生诊断）是二百一十一名，占全校学生的百分之七。实际上，比例远远超过这个数字。

专家认为，高中阶段，是人生成长的关键时期，也是心理问题易发期。这个时期的学生，面临着生理上的成熟，也面临着各种压力。现实与理想、偏激与理智、自觉与被动等复杂的矛盾相互交织，加之青春期性格逆变、人际交往障碍等原因，一些体质和意志力偏弱的学生容易患上各类心理疾病。

心理老师说，她比任何一名老师都累，不断有学生敲她办公室的门，说，要跟她谈谈。

雨搭救了他的命，全校都松了一口气。政教老师说，抬他下去时，问他疼不疼。他眼神空洞，整个人还处于茫然懵神状态。

教育局很快来了两台车，在学校多媒体会议室召开了紧急会议，学校中层以上领导全部在场。会后，班主任、政教主任被要求详写情况说明。社会上对学校和老师的传言版本众多，褒贬不一，柳絮一样四处扩散，但无论褒贬，事件本身的突兀和惨烈已使这种区别几乎没有意义。学校发了紧急通知，一面严禁师生谈论此事，一面要求班主任立即上报本班疑似心理有问题的学生名单。几乎所有的班主任都涌进了心理老师办公室，查找本班学生的心理谈话记录。

其实，他的抑郁早有征兆。

最先发现他异样的是物理老师。物理老师是个爱笑的中年女教师，上课时喜欢与学生眼神互动。有天下课时，物理老师刚出教室，他便追出来，质问物理老师上课为什么总是冲着他笑，是不是嘲笑他。物理老师有经验，一看他状态，便猜个八九不离十，好言好语跟他解释，耐心安抚了他。

接着到班主任处"告状"的是外语老师。外语老师上课讲卷，他闭眼坐着，似睡非睡。外语老师让他把卷子拿出来，他沉默了一会，突然站起来，边"啪，啪"连扇自己两个耳光，边大声说，"我错了，我错了"，外语老师吓得脸色大变，忙按着他的肩膀请他坐下，他却僵着身子，眼神发直，"老师，你打我吧，打我吧。"

他母亲承认他患有抑郁症，再三保证说，自己儿子问题不严重，曾带他看过医生，医生说他属于轻度抑郁，不影响上学。他初中以前家道殷实，父亲开着一家模具厂，在村里很有威信。后不知何故，工厂倒闭，要债人络绎不绝，父亲远避他乡，杳无音信，家庭声望一落千丈。姐姐辍学打工补贴家用，亲戚们承担他的学费。他成了家里唯一的男人，可又做不了顶梁柱。重重压力之下，他的精神出了偏差。

班主任年轻，没有处理这类问题的经验，可也深知抑郁症难治，一旦出事恐连累自己，便要求他母亲出具医生诊断备案，让他严格按照医嘱吃药治疗。可他母亲说已经到庙上给他烧香拜佛求了符，不愿意让他吃药，认为"是药三分毒"。

他的情况时好时坏，同舍学生发现，他一遇感冒，症状就会加重，自言自语疑神疑鬼，他怀疑食堂的饭菜里有毒，甚至怀疑衣服上有毒，晚上就寝时常说自己床上躺着一个人，他总是听见有人在他耳边大声说，"有毒的有毒的，不能吃不能吃""别去上学，别去上学"，他自己"发明"了很多声音，又无法自行"关闭"。他的神经质让其他学生很是害怕。

班主任无奈，将情况上报到学校。政教主任跟他母亲反复沟通，她就是不肯带孩子去医院。她说她信佛了，这才知道孩子是"业障病"，医学不能治疗，只有佛号佛咒才能起大作用。她每天虔诚念几百遍梵咒，她坚信佛能除一切疾病，度一切苦厄。说，如果不是她天天念佛，修学佛法，得到弥陀的加持、保佑，孩子早就没命了。

主任不信佛，对她的说辞不屑一听，可又说服不了她，便想了一个"万全之策"——让她写了一份保证书，保证孩子一旦有一差二错，家长承担全部责任。她签字后，主任仍不放心，为防万一，又要求她录了视频。

大约一个月前，周六购物假结束后，他穿着滑板鞋旁若无人冲进教室，班主任反复劝说他换上运动鞋，他坚决不换。政教主任找他谈了一下午也无济于事，便再次打电话"请家长"。

看到母亲和姐姐来到学校，他一屁股坐到走廊地上。母亲赶紧上前拉住他的手，心疼地说，"你怎么又坐到水泥地上了？多凉啊！"政教主任发现他脸色煞白，手心冰冷，便把他们母子带到走廊尽头的谈话室，打算让他坐在椅子上平复一下心情。没料到他一进门就奔到墙角的桌子处，躬下身躲到了桌子底下。看到一米八的大小伙子蜷缩在一张小课桌下面，众人的眼圈不由得红了。主任伸出手，打算把他拉出来，他却用手紧紧护住校服口袋，就是不肯起来，原来口袋里揣着五六把壁纸刀。

"为什么揣着这么多刀？"主任压着声问。

"害怕。"

"怕谁呢？怕我吗？"

"我听见他们说要对我下手，他们要谋害我。"他眼神游离，答非所问。

幻听幻视是抑郁症病人常见症状。日本作家芥川龙之介性格偏执，有严重的抑郁倾向。母亲在他八个月时就发了疯，作为"疯子的小孩"，自卑和恐惧伴随了芥川的一生。他常常产生幻觉，他总感觉食物里都是蛆虫。最终服用过量巴比妥自杀，年仅三十五岁。他在遗书中写道，"自杀者也许不知道自己为什么要自杀，我们的行为都含有复杂的动机，但是，我却感到了模模糊糊的不安，为什么我对未来只有模糊的不安呢？"

我们的学生被送到医院时，面对哭泣的母亲，说的也是同样意思的一句话，"我也不知道为什么要跳楼，我就是觉得非跳不可。"

大家都以为家长会大闹一场，转嫁责任来获取心理安慰，毕竟巨大的悲痛需要一个发泄渠道。我还记得几年前去南京游玩，路过一所高校，学校大门上悬挂着一张巨大的横幅，白布上是四个黑粗大字——还我孩子！字字惊心。起因是一名大学生在暑假期间跳了秦淮河。出事大学生的母亲怀抱孩子遗像呆立在学校门口，亲属们对围拢在身边的人哭诉孩子的遭遇，强烈谴责学校的不作为。据说那所高校每年都有学生选择轻生。

意外的是，他母亲没有责怪班主任，也没有责怪学校，只是一个劲抱着班主任哭，有条不紊诉说家里的困境。虽有一纸保证书，也有视频为证，出了事，学校的"万全之策"还是像过了期的彩票一样作了废。垫付医药费，派老师一路跟随自不必说，家长要求转到几百里外的省城医院，学校也毫不迟疑答应。

奥尔多·利奥波德在《沙郡年记》中曾总结道，"如果我们对某个人种所知甚少，那么它的消失并不会带给我们太多痛苦。我们只为所知者哀伤。"

"为所知者哀伤"会滋生另一种需要警惕的苗头，即"所知者"的行为具有很强的"传染性"。一名"所知者"的自杀行为往往会给同学、同行甚至同城人带来负面的心理暗示，特别是对心理未成熟的青少年。而心理暗示大多具有自我重复和自我强调的特点，久之就会形成潜意识。这种潜意识一旦受到不良因素的诱导，就会加剧情绪波动的幅度，自杀就可能成为下意识的选择。

以日本文坛为例，日本有很多特殊的忌日，比如"樱桃忌""河童忌""康成忌"，都是为纪念那些选择自杀的著名作家的。年纪轻轻的芥川的自杀，给日本作家以极大的震撼，并深深地影响了他们。首先被芥川自杀传染的是太宰治，太宰治十分推崇芥川，在写作上以获得"芥川奖"为目标，芥川的自杀让他备受冲击，他紧随其后也走上自杀之路。目睹了三岛由纪夫自杀的川端康成，对自己的弟子表示"该被砍下脑袋的是我"，并最终口含煤气管自杀身亡。

学校的担心正在于此，一种忧戚的气氛潜滋暗长。

医院那边很快传来消息，说是腰骨骨折了，幸好神经没有受损，真是不幸中的万幸。如果痛苦的彻底消失并不可能，我们是否可以有更好的方式与痛苦相处？

3

走廊空寂幽深，我抱着教案，仓皇四顾。我班教室呢？一班二班四班都在。三班的门牌怎么不见了呢？学生们呢？恐慌像一群老鼠在头上乱蹿。猝不及防，一阵尖锐的铃声刺入梦里，上课预备铃响了？

半梦半醒间，眼睛像被万能胶糊上，怎么也睁不开，闭着眼摸到手机。

"王老师，在你班换座需要多少钱？我给你一千块，把我女儿调到第一排。"

我彻底醒了。瞅一眼手机，时间指向23：10。

我沉默。电话那边有点不耐烦："行不行？你给个话。"

"不行。"我不想跟她啰唆。

她女儿小颜，成绩年级中等，性格有点内向，长得白白净净、瘦瘦小小的，一张脸如同被谁捏过似的，五官挨挨挤挤，可并不难看，难得的是，她有着春天夜色般的羞涩，招人喜欢。上课回答问题时，声音像被过滤器过了一遍，细细弱弱的，生怕一大声会吓着自己。

高一时，我还只是这个班的科任老师，班级按成绩排座，前三排基本是校前三百的学生。班主任是个刚毕业的化学系研究生，我们都叫她"小化学"。第一次开家长会那天，"小化学"穿了一条花点百褶裙，她身材有些偏胖，百褶裙让她更"膨胀"了。小颜母亲当时就没忍住,把"小化学"上上下下里里外外点评了一番,弄得"小化学"眼睛里冒出火星子,恨不得给她嘴巴里喷两克甲酸。

让小颜母亲"全校闻名"的是随后一通电话。当天晚上十点多,"小化学"朦胧中刚酝酿出的一点睡意,就被手机铃声赶跑了。

"老师,我这人心直口快,有什么说什么,我知道老师工资低,你又刚毕业,没什么钱。这样吧,我想给你五百块钱,你去买两件衣服。"

"小化学"只觉全身的血"嗖"一下涌上脑袋,半个音都没回就摁断了电话。"有病。"她恨恨地嘀咕了一句仍不解气,那感觉就像新衣服上淋了低级硫醇,别提多倒霉了。赌气似的拉黑了小颜母亲的电话,关了手机,可体内的内啡肽罢了工,梅拉多宁倾巢而出,她只能睁着眼睛挨到天亮。

第二天,肿着眼睛的"小化学"在早会上没事找事把学生训斥一番,又借题发挥把话题顺延到家长身上,让学生转告家长,午休和晚上十点以后,没有极特殊情况不要给老师打电话。

不分时间场合给老师打电话,几成共性。家长理直气壮,老师有苦难言。我们都知道,对某些特定人群,如果没有一种自上而下的"国家管控",就很容易出现"野蛮人"。所谓"灵魂自净",不仅需要一定的文化素养,更需要一定的心理成熟度。虽然文化进程渐进,可越来越多的人放弃了抑制冲动，对自我行为的后果缺乏预设和评估，越来越少考虑他人的想法和感受。放飞自我，转嫁情绪似乎变成了现代人解压的一种捷径。

前几天，我去小区物业借梯子，原本干净利落的墙面挂了一条红色标语，很是触目，"别冲动别打架，打赢了坐牢打输了住院"。物业小吴姑娘一见面就跟我唠叨，有的业主家里出问题，打电话骂骂咧咧不说，还找上门来闹。"这工作挣不了几个钱，还像瘪孙子似的。"小吴边给我找梯子边对我说，"还是你们当老师好，学生、家长都得敬着。"我苦笑了一下，懒得辩解。

隔天中午，"小化学"正躺在办公室的简易折叠床上午休，放在抽屉里的手机不耐烦地叫了起来，吓了她一跳，扫了一眼号码，是个陌生的座机号，"应该不是家长，毕竟刚跟学生交代过。"她犹豫了一下，刚"喂"了一声，那边便像铲车铲翻了垃圾箱，所有的垃圾一股脑砸在她脑袋上：

"老师了不起啊？不让家长打电话，还拉黑家长？我们一分学费也没少学校的啊……"小颜母亲的声音像高楼落下一只泥盆，"啪"地炸裂。

"小化学"平时在办公室唠闲嗑，也属牙尖嘴利型，刻薄话张嘴就来，反应凌厉，一句话能把人拍到墙上，抠都抠不下来。此时碰上不按套路出牌的对手，英雄失了用武之地，反被噎得一句完整话说不出来。小颜母亲见老师不挂电话也不回声，以为自己在气势上压倒了她，便言归正传，说她托人给女儿捎了一些日用品，放在门卫，让老师去取了拿给孩子。

在她眼里，她给女儿交了学费，学校就是服务单位，老师为学生服务被家长差遣就是天经地义。

"学费又没揣老师兜里，老师凭什么八小时之外还得被随意支使？""小化学"咽不下这口气，又错失跟学生家长唇枪舌剑的最佳时机，心里的恼恨无处发泄，又不能牵累无辜的小颜，只能变身祥林嫂，逢人就控诉一遍。

当初，"小化学"要报师范类院校时，父母都不同意，认为当老师太辛苦了，挣钱少又没地位，她不以为然。真正做了"人类灵魂的工程师"，她才体会到"天底下最光辉的职业"那不光辉的另一面。

小颜母亲的"骚扰"电话提前终止了"小化学"的班主任生涯。接替她的人是我。

高二下学期，我实行了座位轮换制，每两周前后向后串一排，左右向门边串一排。小颜本来坐在南排外座，串换之后到了中间排，由两人同桌变成四人横桌，她身旁多了一个同桌大爽。大爽高颧骨，脸盘大，看人时直盯着对方眼睛，性格暴躁，喜欢摔摔打打，同学间心照不宣集体孤立她，谁跟她同桌都不开心，小颜性子懦，更不敢惹她。我曾动员大爽自己单独坐，她却大吵大闹，说我歧视她。

大爽固执地认为自己身上被安了监控，她的一切隐私别人都能看见。慌慌张张告到政教处，政教主任跟她解释不通，安排心理老师找她谈谈，她勃然大怒，学校只好"请"家长。母亲把她领回家，打算让她退学。她却大哭大叫，甚至还挠破了母亲的脸。她母亲无奈，又把她推给学校。对这样的学生，老师们是怕而远之。

大爽的情绪变幻不定。有天英语课上，她忽地从座位上站起来，大声喊道："你们谁在背后说我坏话？马上站起来。"她用小兽似的目光扫视了一遍同学，见没人吱声，悻悻地踹了小颜椅子一脚。

第二天一早，小颜哭哭啼啼要求换座，说同桌自习课常自言自语，还在演草纸上挨个写同学名字，并用刀子在名字上划叉，纸都划破了，她心里害怕。我安慰了她几句，让她先回教室，待我想想办法。

我能有什么办法？大不了担着歧视学生的罪名，让大爽自己单独坐。

我心里清楚，学生之间的情感伤害绝不是小事，相对于肢体伤害，情感伤害更持久，也更危险。我读高中时，学生之间打架是常事，群殴也不鲜见，有时老师也参与其中。打架成为学生们精力过剩的一个外泄出口，但多年前的校园暴力，方式单一粗暴，不像如今这样手段多样，成因复杂，隐蔽性强，难以掌控。

我没料到的是，下午课间操时间，学生正做着眼保健操，我在讲台边批作文，教室门被一脚踢开，小颜母亲带着三个男人冲进教室，她冲着我一抬头对那几个人说，"就是她。"三人中年纪较轻的男子立即冲上来指着我鼻子说，"一个破老师，真拿自己当个人物哈，凭什么欺负我妹，让她跟精神病同桌？"边说边作势要扑上来，我班后排几名高个男生最先反应过来，几个人呼啦一下冲到讲台边，把我拽到他们身后。其他学生也站了起来。小颜母亲转头征询似的看了一眼身边跟她差不多同龄的男子，冲小颜哥哥嚷道，"别跟她废话，我们要见校长。"这样的家长我不是第一次见了，我指了下教室东边，对他们说，"我们这是教室，旁边就是校长室，我带你们去。"

小颜不知什么时候挤在她母亲身边，一张小脸涨得通红，眼泪无声爬了满脸，拽着她母亲衣襟，"这件事跟老师没关系，你们来闹什么？丢不丢人？"又用哀求的目光看向她母亲身边的男人，"舅，赶紧把他们带走。"

几年前，我班有个男生家长一大早坐了两个多小时的客车来到学校，却不进校门，只蹲在学校大门北墙根底下，一根接一根抽烟。学校保安见他穿一双泥鞋，脸上皱纹横布，半下午在校门口逡巡，又满腹心事的样子，知是农村来的家长，心中不忍，便主动搭话，问了半天，家长才说想找孩子班主任。

见了我，家长显出很局促的样子，嗫嚅半天，才说儿子常被同桌语言侮辱，孩子心里难受，又不敢告诉老师，怕被报复。为这样的小事来麻烦老师，很过意不去。这位父亲敦厚的隐忍和淳朴的羞怯也未能阻挡的父爱，在我心里激起的感动，就像秋天被雨水洗过的天空。

现今，家长们充当子女坚不可摧的活动碉堡的心情越来越急切，他们包藏着种种防备之心，精神强硬，无坚不摧。一旦他们的愿望与现实交叉感染，形而下的感受便首当其冲，他们"以贪婪的眼睛远眺大海"，却常事与愿违，"被钉牢在海岸的泥土中"。一切看起来都有道理，一切却又荒诞无稽。

小颜母亲要求将女儿转到别班或转到另外的高中去。校长说，转到别班没有任何可能性，没这个先例，也不会因为小颜破例，想转到别校可以，只要对方学校同意接收，这边就可以开转学证。可小颜死活不同意转学，就要留在这个班。

小颜舅舅看外甥女态度坚决，转校转班的目的一个也没达到，想到小颜还要在我"手底下"学习，跟老师和学校弄僵对她以后不利，便将目光转向校长，递上一张名片，"我也是本校毕业生，对母校有深厚的感情，我是母校培养出来的，信任母校的老师，这件事怪我没搞清楚状况，我姐没念过多少书，没文化，不懂事，你们别跟她计较。"校长瞅了一眼名片，猛力吸了一口烟，将烟屁股在烟灰缸里扭了一圈，"我们老师如果有问题，我们不包庇，但家长无事挑衅，我们也不能允许。""那是，那是。"小颜舅舅边点头边向我伸出手，"您大人有大量，孩子以后还得您多多照顾。"我没有握住他伸过来的手，我不是演员，感情转换没有那么快。

"学生只要认我，就是我的学生。"我这话是说给在场人听的，更是说给我自己听的。

美剧《无耻之徒》里，弗兰克有一句经典台词：爱本不是什么可爱的东西，爱是生猛而具有毁灭性的，爱是那种在吵架的时候，像用冰锥刺入心脏的感受，那是一种假装不出的强烈感情。

有些家长的爱便是潜伏在孩子皮肤下的虱子，那种贴身之爱是深不见底的深渊，是一往无前的毁灭。

小颜毕竟是个小孩子，同学背后的窃窃私语，自己内心的脆弱敏感，都成了压垮她的敌人。她的成绩下滑很快，从年级四百名左右直降到一千多名，我找她谈过几次，让她放下包袱，但她的成绩再也没提上来。

心为形役

1

男生名字叫东，坐在教室第一排中间位置，正对着讲桌。那天晚自习上到一半，我发现学案落在办公室，就把办公室钥匙递给东，让他去三楼语文组帮我取上来。

第二天早晨，我刚进办公室，同组胡老师就迎上来，"快看看你钱包，有没有丢钱？"我狐疑地打开钱包，空空如也，连超市储值卡都不见了。胡老师一脸怒色，"放在办公桌上的包都被翻了，我丢了三百多，你丢了多少？"我丢了多少？我也说不清。我对钱包里的钱数从无确切记忆，就像我记不住车标路标一样，我丢了多少？我努力回忆，三四百块现金应该是有的。

办公室丢钱是件难以启齿的事，大家抬头不见低头见，说自己丢了钱，嫌疑人自然是本屋同事，钱不可能找回来反弄得人人尴尬。之前我也有过丢钱的经历，没有声张的缘由即在于此。嫌疑人是有的，没有抓住现行不好妄下断语。按照常理，丢过钱应该有防备心才是，至少应该把钱包锁起来，但每天拿出钱包锁在抽屉里，一则嫌麻烦，二则总觉得警惕同事心里纠结，三则办公室有十多名老师，只一人在屋的概率很小。

同事说，晚课前钱是没有丢的，很明显窃案发生在晚自习期间，老师们都在教室陪学生自习，办公室是空的。我想起了我的学生东，只有他在案发时间到过现场，自然他嫌疑最大，不过我又很清楚，生活有时候并不只有一个真相。我担心报案会毁了他一生。我大学同班一名女同学一时冲动偷了同宿舍另一名女生二十块钱，那时候二十块钱差不多是我们师范生一个月的伙食费，在同舍同学要报案让警察查指纹的威吓氛围下，女孩交出了偷窃的钱。当时毕业在即，系里打算给她个处分，最终是丢钱的女同学去求情，事情不了了之。毕业以后，偷钱的女生跟我班所有同学断了联系，历次同学聚会均无法找到她。

我不想让东重蹈覆辙，包庇他显然也不是好策略。我仔细梳理前一天晚上的每一个细节：拿到钥匙从四楼下到三楼，取学案回到四楼，三五分钟以内可以完成。他很久才回来，十分钟还是八分钟？我当时还问了一句，怎么那么久？他说他去了一趟厕所。回来之后他也没有马上还给我钥匙，下课铃响我要回办公室才想起跟他要回钥匙。再想想，他回来后坐在座位上神情似乎有些慌张，脸有些红？东的家庭条件比其他同学好，家里开着宾馆，生活费肯定不缺，平时也没有小偷小摸的行为，但这些都不能成为替他开脱的理由，况且听说他痴迷打游戏。办公室同事们知道东来过办公室以后，一致认为小偷非他莫属。

思来想去，我决定找他谈谈，轻描淡写地谈谈。我把他叫到空无一人的谈话室。

"你昨晚去办公室时屋里有没有老师？"

"没有。"

"是你开的门？"

"嗯。"

"你走时锁门了吗？"

"没有，我要走的时候有人回办公室，我就直接走了。"

"哪个老师回屋，你记得吗？"

"没注意。"

"老师，出什么事了？"

"没大事，有几个老师丢了点钱。"

看来，他早有准备，对答如流。办公室同事都说自己在教室，没人承认中途回过办公室。我决定放弃追究，也许真相本身就是阴谋的一个部分，况且，真相有时也并没有那么重要。

然而，众口难缄，事情还是传了出去。东的班主任、年级领导轮番找他谈话，他始终没有承认。那以后的语文课上，他不看我，也不抬头听课，甚至整节课趴在课桌上。

大概两周以后，学校在各楼层走廊安了监控。巧的是跟我们同一楼层的外语组随后就发生了失窃案。调了监控查看，嫌疑人是一名穿 T 恤的校外青年。同事们判断，两案极有可能是同一人所为。虽然学校印了监控视频截图下发给所有师生，事情却始终没有任何进展。

日本电影大师黑泽明曾把日本作家芥川龙之介在 1922 年发表的短篇小说《竹林中》改编成了电影，这部 1950 年上映的电影叫《罗生门》(名字取自芥川龙之介的另一部小说)。一名武士被杀，貌似真相的供词却有不同版本，每个在现场的人都提供了自己看到的真相，而真相淹没在说谎人都深以为真的供词中。

东离开的时候或许有或许没有老师回屋，同事或许有也或许没有中途回办公室的，为了避免嫌疑，人人都有可能编造有利于己的谎言。我们是否也曾深陷于撒谎的"罗生门"里？撒谎本身是否就是人性的一部分？而有时不靠撒谎就无法说出真实。很多时候，你越以为接近真相，越有可能离真相越远。

2

她叫红。是我任教班级里唯一一名孤儿。初中以前，她的学费和生活费一直由她所在的镇政府负责。我不知道镇政府每个月给她多少钱。一入高中，开销肯定是增多了，又远离了她一直生活的山村，住在集体宿舍的她更加内向了。

她班主任既是我工作中的搭档又是我生活中的闺蜜，我说我是她语文老师，可以资助她。闺蜜说，钱够用，学校有专项资金，只是让我在精神上多关心一下她。多年教学实践告诉我，残缺家庭对孩子心理上造成的阴影是局外人难以感同身受的。我刚当班主任时，班里一名单亲家庭的女孩，平时眼神躲闪从不正眼看人，走路总低着头溜墙根，即使成绩在班里数一数二，脸上也极少有开心的表情。

我给红买了一套棉衣，为免她有负担，剪去了价签和牌标，假说穿了两次，号码有点小，她穿尺寸应该合适。又买了一些学习用品，趁课间休息送给了她，她淡淡说了谢谢。

有天晚课，课代表悄悄对我说，"老师，别再给她送东西了。老师们送她的衣服，只要不是新的贵的，她根本不穿。"课代表愤愤不平，"本来班级同学想为她搞一次募捐，但她的做法让同学们心里不舒服。下课时，其他同学都出去活动，她却坐在座位上吃高档小食品。她同宿舍同学说，她买的日常用品，洗买奶、化妆品什么的都是名牌。"回头一想，给她买的衣服确实一次没见她穿过。

怜悯心衍生出的优越感和自卑心衍生出的孤傲感也许都是人性中同样没有觉悟出的阴暗。

闺蜜觉得红毕竟是个孩子，失去了双亲，胸口上有个东西碎了，空洞永远无法弥补，心理必然有些自卑失衡，性格难免有点孤僻莫测，只要真心实意对她好，她一定会变成一个乐观开朗、懂得感恩的好姑娘。逢年过节，寒假暑假，其他住宿生都回家团聚，只有红孤零零一个人，她倔强地不肯去她亲戚家。闺蜜就把她带回自己家。闺蜜说，我就一个儿子，反正没有女儿，就当我多生了个女儿。高中三年，她的假期都在我闺蜜家里度过。

她最终考上了一所不错的师范大学，学校帮她申请了助学贷款，听说本地一个富商正好有资助贫困大学生的意愿，闺蜜又多方奔走，帮她上了资助名单。她没有了任何后顾之忧，可以心无旁骛地读大学了。我们几个任课老师凑钱给她买了一台电脑，闺蜜给她买了一部新手机。

她一去大学再无消息。就像一团雾，消失得无影无踪。闺蜜百思不得其解。"哪怕她给我打个电话也好啊！"闺蜜说。科任老师们伤了心，从那以后对资助贫困学生之类的事失了热情。

后来我读《吕氏春秋》，里面有篇故事是关于子贡赎人。鲁国有一道法律：如果鲁国人在异国见到同胞遭遇不幸，沦落为奴隶，只要能够把这些人赎回来帮助他们恢复自由，就可以从国家获得补偿和奖励。孔子的学生子贡，把鲁国人从异国赎回来，但拒绝了国家补偿。孔子说："赐（端木赐，即子贡）失之矣。自今以往，鲁人不赎人矣。取其金则无损于行，不取其金则（鲁人）不复赎人矣。"

人性在这方面的同理心自古使然。每个人都有自己心理上的阿喀琉斯之踵，它顺着我们的脚往上，一直到了我们的脑袋。

几年以后，有次在街上闲逛，一个长发飘飘的姑娘骑着一辆崭新的自行车从对面慢悠悠晃过来，笑颜恬静而温和，旁边一个干净帅气的男孩手拢在她腰上，一对璧人立时像一道光，点亮了平庸的街道。路人不免都要多看几眼，我突觉那女孩似曾相识，大脑搜索了一番，原来是红。她从从容容从我身边飘过，也许没有认出我，也许早已忘了我。

我突然理解了她，理解了这个女孩在孤独阴影笼罩下曾有过的所有对抗和逃避。我们每个人也都有找不到生活出口的时候，而时间最终也许会给我们真正的答案。当我们找到自己的那一刻，我们也就找到了爱。

教师"红皮书"

1

我任教的文科班班主任是数学老师，年轻帅气，是班里很多女生的偶像。他上课时从不拿教科书，也不带教案，一只手夹一支烟，一只手拎一盒粉笔，讲起课来洋洋洒洒，那些数字、公式像在脑子里排列好了，只待他一声令下，就列队出现在黑板上。"亲其师信其道"，他班的数学成绩无班能比，收作业从不用课代表反复督促。

这个班文化成绩虽好，体育方面却很弱，每次运动会成绩都是倒数，班主任只能将目标锁定在精神文明奖。获得精神文明奖的一个重要量化标准是广播稿件的数量。我记得那时是高三开学不久，学校要召开秋季运动会，班主任让每名学生至少报两个运动项目，预交两篇广播稿。很多同学怕取不上名次，迟迟未报项目，交广播稿的也寥寥，毕竟运动会未开，没有"红旗招展，锣鼓喧天"的氛围。

一天大课间，我正在教室后排解答一个学生的问题（学校要求大课间任课教师必须进班辅导），没注意到班主任何时进了教室，直到他毫无征兆发了火。他敲了敲坐在第一排叫萍的女生的桌子，女孩战战兢兢站了起来，她平时总是沉默寡言，因数学成绩不好，数学课从不敢发言，她周围的同学常取笑她是数学低能儿，日复一日的消极反馈强化了她认为自己数学低能的印象，她本能地害怕班主任。个体心理学创始人阿尔弗雷德·阿德勒认为，人类的所有行为，都是出自"自卑感"以及对于"自卑感"的克服和超越。

"你为什么不报运动会项目？"班主任怒气冲冲。

萍的脸立即红了，低着头一声不吭。

"问你呢，说理由，别当哑巴。"

"没有擅长的项目。"她嗫嚅道。

"有没有点集体荣誉感？都没有擅长的项目就不要参加运动会了。"班主任随手从讲桌上抓起一截粉笔，"啪"一声甩在黑板上。

教室里霎时寂静无声，学生们吓得大气不敢出。

人很难逃离情绪的操控，教师尤其是。我在多年的教学实践中发现，教师群体易怒易冲动、情绪起伏明显。教而不厌、诲人不倦的教育理想，润物无声、言传身教的教育情怀几乎被各类考核、学生违纪、总结汇报等各种因素消磨殆尽。在情绪中磨尖自己的教师群体，很容易采伐内心的躁动并将其分布扩散，而学生往往成为教师不良情绪的诱因与宣泄口。作为教师，手握锁圈，上面并排拴挂着的，一边是恶魔的锁钩，一边是天使的钥匙。

体育委员见势不妙，马上站起来催促未报项目的同学立即上报，学生们纷纷拿出演草纸胡乱写上项目，交给体育委员。

似乎是余怒未消，班主任边向门边走边恨恨地说："一群贱皮子，总是不自觉，不要脸。"

"不要脸"三个字让萍的眼泪唰一下淌满脸，她抽抽噎噎哭了起来，老师见惯了学生被批评后的哭招，早就不为所动，有的老师看到学生流泪，还会更加生气。班主任并未意识到"不要脸"三个字对一个崇拜自己的女生的杀伤力。杀鸡骇猴的效果达到之后，不以为意地回办公室去了。十几分钟后，上课铃响过好一阵，不知谁才发现大课间哭着走出教室的萍不见了。通常学生受了委屈，下课找个角落抹几把眼泪，要好的同学围着劝几声也就过去了。萍不一样，她在班里似乎没有关系特别好的伙伴，连同桌也没留心她去了何处。班长着了急，急急忙忙去报告班主任，班主任这才慌了神，发动全班同学出去找。

青春期的学生自尊心极强，老师稍有不慎，就会引出事端。我刚当班主任时，年轻莽撞，忘记因为什么缘由，在走廊严厉批评过一个女生，当时觉得并无不妥，不曾想她第二天竟没有来学校上课。心虚而忐忑的我不敢耽搁，给家长打电话，家长却说，孩子早晨背着书包正常上学了啊。最终父母在孩子奶奶家找到了女孩，她如没事人一样面无表情。家长说，孩子心眼窄，一生气就爱离家出走，不怨老师。我至今忘不了彼时大脑一片空白的恐慌和无助，那以后，我再也没批评过她。

学校北面是一个很大的潮沟，涨潮时水位很深。有同学发现萍站在坝下的淤泥里，那时正逢退潮，潮沟里并没多少水，她陷在泥里，左顾右盼，进退两难。几个男同学脱了鞋袜，下到淤泥里，把她拽了上来。

毫无悬念，迎接班主任的是家长的不依不饶，教育局的轮番调查，学校领导的诫勉谈话。最终的处理结果是给了班主任一个不大不小的处分。其他老师物伤其类，很长时间内批评学生不免投鼠忌器。

这场有惊无险的事件后，班主任辞了职，去南方跟他的父亲做生意去了，后来发了大财衣锦还乡，在我们市开了一家五星大酒店。

2

班长屡次对我说，学生们很反感我班的历史老师。问他原因，又讷讷不说。无风自然不能起浪，闲言碎语我也略有耳闻。作为班主任，我要对我的学生们负责。但，教我班历史的林老师是学校资历最老的老师，又曾教过我，我很难无所顾忌。

我读高中时，林老师大概不到四十岁，可头发几乎全白了，背也驼得厉害。据说学校新分来一个刚毕业的大学生，第一次见到林老师，误以为是学校门卫，直喊"老大爷"。

他的课上得极其沉闷乏味，加之声音低缓无变化，直让人昏昏欲睡。历史课变成了我班的"休闲课"，很多学生不听课，要么低头打瞌睡，要么做数学题或背英语单词，课堂一团乱。林老师大多对下面的情况视若无睹，眼睛望着天花板自顾自讲下去。

偶有例外。有次林老师大概在家里受了媳妇的气（全校师生都知道他是一直受气的），在课堂上突然发了火，一掌拍向讲桌，皱着眉头对我们说，信不信我把你们踹出去？

"不信。"有男生在下面起哄。

"谁接的话把？有能耐站起来说。"

没人站起来。他气得半天说不出话来。

林老师离过两次婚，三婚媳妇是我们学校食堂的临时工，比林老师小十多岁，特别泼辣，夫妻吵架常不管不顾下死手。林老师带伤上课是常态，要么胳膊被挠一道血口子，要么脸被抓得横一条竖一道。他看起来倒不以为意，有时用创可贴胡乱粘一下，有时就裸着伤口来来去去。学生们对他没有丝毫同情，背地里觉得他枉为男人，是个窝囊废，瞧不起他。

我们高三时换了历史老师，林老师慢慢就淡出了同学们的谈论圈子。

没想到几年后我跟林老师由师生变成了同事，由同事变成了搭档。

我班的历史课代表是个老实又腼腆的女孩，颇讨林老师喜欢。林老师闲来无事喜欢在自习课到班级溜达一圈，给课代表布置点小任务。我注意到，每次林老师进教室，总有学生窃窃私语，课代表则脸涨得通红，一副恼羞成怒的样子。

不久后，有天上历史课，林老师让课代表回答问题时略去了姓，直接说"小丽同学，请你回答这个问题"，学生们哄堂大笑。课代表气呼呼站起来，怒怼道，"我有姓，我不姓小，我姓赵。"

在课堂外，关系比较好的师生之间，比如班主任与自己班学生之间，任课教师与课代表之间，老师喊学生小名倒并不是什么新鲜事，不过是师生之间表达亲昵的一种常态而已。但在课堂上，老师喊学生小名或外号的情况则极为少见，尤其异性师生之间，更显尴尬，不仅会将涉事学生置于难堪境地，更容易引起其他学生的误解和反感。尽管学校对此并无硬性规定（或许压根觉得无须规定），但这似乎早已成为师生之间约定俗成的规则。

课代表坚决要求辞职。

办公室老师们议论纷纷，有老师说曾见林老师单独找女学生在谈话室谈话，说些"听老师的话，你成绩还能提高"之类的废话；有老师说林老师多年来上课只爱提问女学生，对男学生不闻不问；还有的老师"嗤"的一声，嘴角鄙夷地一撇，不搭话，只意味深长地冷笑。

我给林老师换了个男课代表，林老师试图跟我解释点什么，但终于什么也没说。

"关心"与"猥亵"，"正当"与"越轨"有时边界模糊，很难判断，况且，我的判断毫无用武之地。

那一年校长强奸学生、老师猥亵学生的案件在网络上快速发酵，"校长"立时成为"贬义词"。

各学校很快出台了相应的规章制度，其中一条大同小异——任何教职员工不得将异性学生留在教室、宿舍或其他僻静场所进行单独谈话。心理教育、激励教育、赏识教育、因材施教的大门被通通堵死，即便矫枉过正，这项规定就真的能防患于未然吗？

从那以后，林老师成为一个愈加沉默的人。

3

教我班外语的女教师刚刚研究生毕业，怀抱着一腔教育理想，从书本上学到的教育理念在她胸腔小鹿般跳跃，急于在现实中操练验证。

"我会跟你们成为朋友，做你们的知心姐姐。"她的宣言得到了高一孩子们的热烈响应。她跟学生一起跑操，一起打排球。周末，跟学生一起约看电影，泡吧，去 KTV。

她的课堂饶有趣味，气氛活跃。从导语设计到提问方式，从课堂小结到作业布置，环环相扣，严谨自然。为了直观性和趣味性，她课余时间用心做 PPT。看得出来，她非常热爱自己的职业。

开学不久，学校组织了"青年教师汇报课"活动，她得了年级一等奖。在随后举行的"教师基本功大赛"中，她又得了板书和教学设计的一等奖。领导们都觉得她简直天生就是当老师的料。

她信心倍增，身上每天都带着光芒。

然而，很快，一次又一次的月考成绩却狠狠地打了她的脸。我班的外语成绩稳居年级倒数第一。每次年级开月考总结会，无论是平均分还是名次段，她都在被批评的"黑名单"里。有的老教师或明言或暗语提示她，与学生过于亲近随意，势必被动；课堂花哨形式化，影响效率。她心里对这些劝告不以为然，反以为老教师古板迂腐，偏执于讲究师道尊严，与学生有代沟，跟不上年轻人思维。

尽管她熟谙心理学和教育学，在实际教学中却派不上多大用场。她的课堂虽互动热闹，却疏于课后反馈和巩固。她布置的作业不多，批改又少，课余忙于做课件，对不完成作业和课前提问不会的学生不忍责罚，学生一撒娇求放过，她就主动退让。学生自习课习惯性先把外语撇到一边，忙乎其他科作业。

她没有想到学生最是"欺软怕硬"，她眼看着好言相劝比不过讽刺挖苦，谆谆教诲比不过硬性罚写，心里很是困惑、失落。而学校关注的唯有成绩、排名。成绩与生源挂钩，排名与荣誉相关。课上得再好，没有成绩一切都是枉然。

高一期中考试，我班的外语平均分被同组第一名拉了十五分。领导给她派了外语组成绩第一名的老教师做她师傅，专门带她。学校要求她的讲课进度比老教师慢一两节，听一节课仿讲一节课。老教师全日制师专毕业，函授本科。课堂从不给学生笑脸，除了知识点绝不说一句废话，学生提问答不上来的，整节课站着听课。至于小测不合格或作业未完成的，则一律罚写。她起初听到老教师说，错的单词罚写一百遍时，竟还怀疑自己耳朵听错了。她不解且不屑，教育怎能如此简单粗暴、机械僵化呢？可不解归不解，不屑归不屑，成绩结结实实摆在那儿，由不得她不服。

她越来越沉默了。理想撞了南墙，年轻的她成了霜后的月季，心不觉变得冷硬。

一旦深谙所谓教学捷径，学生成绩不提高几无可能。她再也不耗时耗力做课件了，课前固定小测，小测不合格的学生大课间一律带到实验室"过筛子"（一个一个提问）。严肃代替了和悦，惩罚代替了教育。临近期末前的一次月考，我班外语成绩突飞猛进，虽仍倒数第一，但与其他班距离明显缩小至可以忽略不计。她尝到了甜头，变本加厉起来。动辄大面积罚写一百遍，写检讨、写试卷分析、写失分原因、写提高措施更是家常便饭。

有天早课，我刚进楼，就听到一阵变了调的尖利训斥声。待走到我班门口，发现她一手叉腰，一手抵在我班一名男生眉间，点了男生脑袋几下后，顺势变成拳头，连捶男生胸口。男生被推得一个趔趄，头撞在墙角，疼得他"啊"一声捂住脑袋。我赶紧询问缘由，说是男生英语早读时做数学题，她批评时反遭恶声顶撞。男生也觉委屈，数学题做到一半，思路被老师粗暴打断，自是不耐烦。我劝她回办公室，男生交由我处理。我安慰了男生几句，问他有没有受伤，他说无妨。

我隐隐觉得不安。

第二天一早，男孩父母找到校长室，说孩子被外语老师打得胸口痛，直喊恶心头晕，头还鼓了个包，要求学校严肃处理，否则就告到教育局。我与男孩家长虽并不熟，但确信对方并非无理取闹之人，定是看到孩子受了委屈和伤害内心难掩愤怒，从家长的角度，我感同身受。

校长硬着头皮百般安抚家长，她则惊慌失措，"啪啪"

掉眼泪，毕竟还是个比学生大不了几岁的年轻人，心理承受能力有限。家长看到她哭得厉害，也就消了气。

事情不了了之。只是她渐渐对教学失了热情，我常见她课余时间一个人坐在实验室看书学习。不久，她考上了外地公务员。

家访记

1

二十世纪九十年代，我师大毕业后，在市里一个刚成立的初级中学做班主任。

学校靠近码头，学生以船员子女为主。那时手机没有普及，家访是跟家长沟通的主要途径。初中属于义务教育，若有学生辍学，会连累学校和班级考核成绩。遇到厌学或借故想辍学的学生，学校会要求班主任反复家访。

有个姓钟的女孩，口音很好听。我们方言里阳平少去声多，语速快，语气重，她说话轻声轻气，标准的普通话。但她平时总是邋邋遢遢的，梳着两条毛毛糙糙的长辫子，发股时细时粗。不爱说话，还总丧着脸，在班里没朋友，成绩又不好，常完不成作业。人比较怯，在走廊见到我，远远就跑开了。

她家就在学校对面。第一次去她家家访，目的性并不强。她说父母在码头上接货，拿了一个小板凳让我坐在院子里等。房子是那种平房常见的布局，东西两间卧室，中间是堂屋，房子东边接了一间厢房。堂屋靠窗放着一张桌子，横着一条长凳，除了厨房，大概也兼做聊天待客的场所。院子里挂着一张织了一半的渔网。东屋住着她奶奶，七十岁上下，她一进院子，奶奶就指使她喂鸡喂鸭，烧水做饭。对我，则视而不见。她凑近我，嘴巴附在我耳边说，奶奶白内障，看不清楚，只有耳朵出奇好使。她干活麻利，一副早当家的模样。十四岁，在渔民家里，干活的确可以抵个大人了。

天色渐暗，她父母仍没回来，我只好无功而返。不过那以后，她不再躲我了，大约觉得她是我第一个家访对象，有了点狼狈又模糊的快乐。作业也能按时上交了。我适时表扬了她，她脸上渐渐有了笑意。"无目的家访"取得了意外效果，受到鼓励的不仅是她，还有我。

有天放学后，我留了几个课上提问不合格的学生在教室背诵《桃花源记》。正碰上她值日，她值完日在座位上磨磨蹭蹭不着急回家，时不时瞥我一眼。待我提问完留下的学生，她红着脸走到讲台边，也要求背一遍课文。她先背了一遍我刚讲完的《桃花源记》，又要求背我还没有讲到的《岳阳楼记》。我之前跟学生们说过，有能力的学生可以提前背诵下一课，提前背会的学生会得到小组加分。起初她背得不太顺，怕我提示急慌慌摆着手，及至背到"若夫淫雨霏霏"，才消除了紧张情绪，后面的部分一气呵成。

我问她，最喜欢《岳阳楼记》哪几句。我以为她肯定会说，"先天下之忧而忧，后天下之乐而乐"，毕竟课后题里反复提到的是这两句。她却说，喜欢"不以物喜，不以己悲"。我笑着表扬了她。

第二次家访比较顺利。目的也很明确，我想趁热打铁，让家长配合，给她更多的激励。我跟她进到院里时，她父母正在织渔网干杂活，她连一声"爸妈"也没称呼，只低声把我介绍给父母。她母亲迎着她的目光，想跟她说句什么，她看也不看一眼，就默默进屋里写作业去了。她父亲把我让到堂屋的条凳上，说了几句不咸不淡的客气话，接下来的话意思就很明确，说是不指望女孩子能有什么出息，她乐意读就读，不乐意读就早点退学帮家里干活，到年龄就给她找个婆家，父母就算尽到义务了。

她母亲不知何时进到了堂屋，插了一嘴说，"她也不是念书的料，老师不用在她身上费什么心。"不料，女孩突然从卧房里冲出来，愤愤地对她母亲嚷嚷，"你怎么知道我不是念书的料？你什么都知道，你永远什么都知道，你当初怎么不知道你怀的是女孩？"

"混账东西，滚回屋去。"她父亲"啪"一声拍了桌子，"没大没小，就不该把你领回来。"

"你以为我想回来啊，你们生我征得我同意了吗？"她嘴角抽搐，气出了一脸泪，嗓音也变了调，又不知接下来说什么，索性学她父亲，一掌拍在桌子上，顺手操起一只玻璃杯摔在地上。

我吃了一惊。此时的她变成了一只攻击性很强的小兽，和学校里羞怯老实的小女生判若两人。

中国式父母即使没有多少文化，也多少懂点古训，但他们不知道"人前训子"是最简单粗暴的教育，对孩子的自尊心会造成多大的伤害。

"连个'妈'都没听你叫过，我真是上辈子作了孽。"她母亲也哑了嗓子，话里带了哭腔。

"你当我是女儿了吗？我在家里都不如一条狗。"

家访成了家庭战争的导火索。我后来终于知道她愤怒的缘由。

她是家里的第三胎，上面有两个姐姐。重男轻女的奶奶不甘心家里断了后，逼着儿媳妇怀了孕，她母亲偷偷去黑龙江妹妹家备产，成功避开了计生人员的围追堵截，谁知天不遂她奶奶愿，又生个女孩。因是超生怕罚款，她一直被寄养在她小姨家里。父母承诺七岁接她回来，却一直到她十四岁才把她接到身边。

回到家的她，发现自己成了多余人。习惯了叫小姨为妈妈，面对熟悉又陌生的亲生母亲，她怎么也喊不出"妈妈"这个词。大姐已出嫁，她跟二姐住在厢房，父母忙于生计，不大关注她的心理波动，她偏又是个自尊敏感的孩子，渴望爱又不知如何表达爱。她拒绝穿姐姐的旧衣服，故意毁坏姐姐的新鞋子，在姐姐睡觉时开灯背英语。她二姐越发讨厌她，认识个已婚男人后很快就跟男人私奔了，父母迁怒于她，更不待见她了。

我心疼这个孩子。长期寄人篱下累积的分离性不安和被抛弃感，使她内心萌生了巨大的恐惧感。心理学上有"无回应之地，即是绝境"一说，一个人幼年时期遭遇父母之爱的"撤销"，即如置身地狱，长大后易自卑，信任感差，对人防御性强，很难与家人、朋友建立亲密关系。这种心理创伤势必会影响孩子一生。

到初二时，她成绩有了提高，尽管我常找她谈心，她性格却并没有改变多少，每次进教学楼都溜着墙角。初三上学期，我从初中调入高中工作。不久，我就听说她辍学了。

2

她姓夏，人如其姓。长得细眉大眼，皮肤白净，性格温柔。只是，她对学习没一点兴趣，心思大部分用在穿衣打扮上，成绩稳定在倒数三四名。

班里女生大多十三四岁，爱美意识相对朦胧，好玩天性占了上风，一下课，麻雀一般向外冲，踢毽子，跳皮筋，玩出一身汗，常常上课铃响了，才恋恋不舍往教室跑。她却很少去操场活动，下课时必定拿出一面小镜子，对着自己的脸反复观察，一颗青春痘会让她忧心忡忡，一根头发丝也能摆弄半天。

任课老师们不喜欢她。她上课时偷偷照镜子的毛病让他们很是厌恶。课下，老师们给她起了个外号叫"夏美丽"（意为"瞎美丽"）。

"你班夏美丽上课又照镜子了"。这话我都听腻了。找她谈了几次，收效甚微，除了我的语文课她不敢拿出镜子，其他课她根本不在乎。

有一天，外语老师忍无可忍，牺牲了半节课时间，罚她拿着小镜子在黑板前面向全班同学站着。

"你不是喜欢照镜子吗？让同学们看看你究竟有多美。"外语老师讥诮她。

"臭美。"有男生小声说。

"哈哈"，其他学生以嘲笑声附和。

我能想象出她站在教室前示众的表情。一般情况下，女孩犯了错，往往不等老师开口，自己就先啪啪掉眼泪，若不是什么严重错误，老师教育两句也就罢了。她不一样。她从不哭哭啼啼，不管你怎么苦口婆心，她脸上始终波澜不惊，甚至还会带着一丝令人琢磨不透的笃定笑容。

果然，这次羞辱对她丝毫不起作用，她没有半点收敛，甚至还在同学间放出口风，说早就不想念了，想跟着她妈妈卖服装。爱美之心无可厚非，我不愿苛责她，我只是不希望她初中没毕业就辍学。

夏美丽的家临街，上下两层老复式结构，面积不大。楼下堆满了装衣服的大编织袋，沿墙便携式衣架上挂满了各式各样没有熨开的女装。夏美丽的母亲身材高挑，样貌年轻，褐色的卷发增添了她妩媚的气质，在人堆里绝对鹤立鸡群。女儿完全继承了母亲的漂亮基因。

夏美丽说她住在二楼。回到家的女孩很会看脸色，在母亲面前小心翼翼，母亲一个表情她就心领神会。

"她的死鬼爸爸跟一个小妖精跑了，没给我们娘俩留一分钱。我是又当爹又当妈，累死累活的。她学习不争气，长得倒还算过得去，好歹会算个账，能帮我卖衣服就行了。"

"她很聪明，如果用点心，成绩会提上来的。不管怎样，总还是要把初中念完。"

"初中念完又有什么用？女孩子会打扮自己将来才能找个好归宿。"

夏美丽看着她母亲，目光中有崇拜也有畏惧。

我没有提夏美丽上课照镜子的事，只说她在学校很听话，很努力。劝她母亲说，孩子还太小，过早步入社会对孩子身心健康很不利。

她送我出来，迟疑半天，小声说，"老师，我真觉得念不下去了。"

我无言以对，她显然不可能考上高中，她母亲言语间已透出让她辍学的念头。我的劝导显得苍白无力。"黔驴技穷"使我无比沮丧。

她仍旧喜欢照镜子。我则以哄劝为主，担心严厉训斥，她会借故辍学。初二下半学期，她结交了一个混社会的男朋友。那个无所事事的男孩每天在校门口等着她。不过很快，男孩就有了竞争者，他的对手是名职业高中的学生，因上课爱睡觉，外号叫"教主"（"觉主"的谐音），长得人高马大，剃着板寸头。她跟我班同学炫耀说，"教主"特别喜欢她，手腕上特意纹了她的名字。她为此又得意又恐慌。

二十多岁的我，完全没有处理"早恋"事件的能力。老教师传授经验说，这种事情睁只眼闭只眼，学生们只要不在校内有过分亲密的举动，大可以不必理会。校外的事情嘛，不归学校和老师管。

她母亲听说了她"三角恋"一事，几乎发了狂。不仅让我做她思想工作阻止她辍学的念头，还每天亲自接送她，试图阻止她跟男孩们交往。学校成了她母亲制约她的帮手。不过，她母亲的严防死守反而激起了她的逆反心理。母女俩常为此激烈争吵。

有一天早晨，她没来上课。她母亲来到我办公室，刚坐下就哭了。

"她现在变了，一点不听我的话了。半夜十一点非要出去，我不准，她竟然把我推倒了。"除了空洞的几句安慰，我束手无策。

好在下午她终于回到学校，我决定用车轮战术，反复谈，谈反复。谈了两个小时之后，她也许是有所触动，也许是听烦了敷衍我，答应跟那两个男孩子先断绝来往，毕业以后再说。

可两个男孩都很执着，她的态度又暧昧不定，双方最终呼朋唤友在校门口当着她的面进行了一场混战。"教主"被对方刺伤，住进了医院。混社会的男孩进了拘留所。她则受了惊吓，在家病休了一个多星期。

前不久有天傍晚，我在路边散步，迎面一个女人穿着背心短裤，趿拉着一双拖鞋，远远盯着我看。及至近前，惊喜地喊住我。我愣了片刻，没有立即认出她来。她牵着一名五六岁的小女孩，说是她女儿。

"你跟'教主'结婚了？"我下意识问了一句。

"老师，你还记得他呀，怎么可能？早就没有来往了。"

3

他是我班团支部书记，标准的好学生。小学时一直是班长，做惯了老师的左膀右臂，晨会、班会、运动会他都能安排得井井有条。

他看起来家境不错，白运动鞋一尘不染，一年四季配白棉袜。衣服总是一天一换，干净整洁。同学间都传他家住别墅，有保姆。他是我们班唯一上学带课间食的男生，书包里每天必带一个苹果，一瓶牛奶。

他明显比同龄孩子成熟，做事果决。

我班数学老师课讲得特别好，但脾气暴躁，对学生过于严厉，教育方法简单粗暴，不会动之以情晓之以理。正值青春期的学生们不"亲其师"，也不"安其学"。有天上课检查作业，一多半学生没做完，数学老师大发雷霆，说一群猪都比他们聪明勤快，甩手就回了办公室，留下学生们面面相觑，一声不敢吭。是他，带着数学课代表去办公室给数学老师赔礼道歉，保证以后再也不惹老师生气，还承诺以后数学作业他负责帮课代表检查督促。数学老师消了气，重回教室上完了课。

未料，一周后，校长找我谈话，将一封举报信扔在我面前。我一看信后签名，果然是我班学生。带头签名的是团支部书记、班长。信里罗列了数学老师的几大"罪状"，第一条就是辱骂学生。数学老师知道举报一事后，无论如何也不愿再教我们班了，学校被迫给我班换了数学老师。

教师节时，他自作主张用班费给每名任课教师都买了一捧康乃馨。尽管任课教师们都夸他懂事，我还是批评了他。他觉得很委屈，大概当班干部以来从未因此类事受过责备。他的理由听起来冠冕堂皇、训练有素，"老师们平时为我们付出那么多，买几枝花表点心意也不过分啊。"

"当然过分。你们是学生，花的是家长的钱。对老师最好的报答就是努力学习，遵守纪律。"我认真地说。

我隐隐觉得他这种行为，并非发自内心的感恩，而是一种刻意讨好。一个孩子陷入成人化思维中，固然招人喜欢，但失去了孩子最天然最难得的纯真和简单，未必是什么好事。

他本来不在我的家访名单中。

有天放学，我喊住了他，临时决定去他家家访。他愣了一会，以难以置信的眼神看着我。

并没有传说中的别墅和保姆。他家是普通的楼房，进门走廊上规规整整放着一排他的运动鞋。家具虽旧，收拾得干净利索。客厅不大，墙上显眼处贴着多张他获得的各类奖状——市三好学生、校优秀干部、尊老爱幼好少年，甚至还有一张幼儿园获得的绘画比赛三等奖的奖状。我们进门时，他父亲正在择一捆韭菜，身上穿着一件老头衫，破了好几个洞。她母亲围着围裙在和面。他脸一红，冲着他父亲低声说，"我们老师来家访了。"

他父亲并没注意到他的眼神，也没领会他的意思。

"快去看书吧，水果给你放书桌上了。"他母亲催促道，"你明早穿的短袜放在你床头了。"他"嗯"了一声，脚却没动。

"家里三代单传，就指望他光宗耀祖了。平时是宠着他一些，好在他争气，从小到大都是班干部。"他父亲自豪地说。

"我们做家长的没多少文化，只能做好他的后勤保障工作，他在家里横草不动，竖草不拿。"他母亲补充道。

"不会说话别瞎说，"他父亲白了妻子一眼，"这孩子从小就勤快，现在上初中功课紧了，我们什么都帮不上，就希望他能考上重点高中，将来再考个好大学。"

他父亲的话使我突然想起了我的一个大学舍友，她平时花钱大手大脚，爱攀比爱虚荣，爱买衣服爱化浓妆，配一副眼镜要数百元（我们那时候的生活费每月才几十块钱）。大学最后一个学期，她跟一个做生意的男人在校外同居，系里打算开除她，她父亲听说后，急匆匆赶到系里求情。系里领导看她父亲穿着一双沾着泥的解放鞋，一双手满是裂纹，于心不忍，最终只给了她一个处分，让她顺利毕了业。

溺爱出孝子的概率太小，虚荣心后患无穷。尽管他各方面看起来都很优秀，我还是有点莫名担忧。家访之后，我让他组织开了一个"不虚荣不攀比"的主题班会，我在黑板上写上了法国哲学家亨利·柏格森的名言：虚荣心很难说是一种恶行，然而一切恶行都围绕虚荣心而生，都不过是满足虚荣心的手段。

2014 年，一个陌生的头像加我微信，备注里写着：老师，还记得你的团支部书记么？我通过以后，他马上发来一句，"老师，您让我主持的那个'不虚荣不攀比'的主题班会，我一直都记得。谢谢您！"

第三辑

让狼群过去

华丽皮囊下的黑暗

故事发生在西班牙古城多雷托，在一间神秘的乡村别墅里……电影就这样开始了：镜头从紧闭的铁门栏杆切入，延伸至葱茏草木深处的幽闭房间。空旷房间里的沙发边有一个全身穿肉色紧身衣的女人，她面无表情地摆出轮式瑜伽姿势。接着我们看到另一个女人将准备好的早餐放到升降传输梯里。接着出场的人物是外科医生罗伯特（安东尼奥·班德拉斯饰）。被囚禁的女人、年老的女仆、整形医生，三个人物之间的关系从开端看来似乎并没有什么张力，但熟悉西班牙著名导演佩德罗·阿莫多瓦的观众对此并不会如阿莫多瓦本人想象得那样感到惊讶，至少在我看来不会。冲突和阴谋常常始于开端看似缺失的张力中，这是阿莫多瓦对电影开头的一贯主张。就仿佛黑夜降临前黄昏渲染出的假象或暴风雨前短暂的平静，暗流已然开始汹涌酝酿。

《吾栖之肤》可能不是阿莫多瓦最满意的作品，它仅仅获得了 2011 年华盛顿影评人协会最佳外语片奖，第 64 届戛纳电影节金棕榈奖（提名），第 69 届金球奖最佳外语片（提名），第 24 届欧洲电影奖最佳配乐（提名）。它也可能不是阿莫多瓦粉丝们最爱的影片，但它一定会是看过此片的人忍不住向身边人推荐的电影。我们知道阿莫多瓦最擅长拍摄女性题材，如同费德里科·费里尼用不同的女人去诠释罗马精神，阿莫多瓦用自己独特新锐的镜头语言反复讲述了西班牙女性的淳朴与坚韧，率性与果敢，奔放与性感。经典作品比如《关于我母亲的一切》《颤抖的欲望》《濒临崩溃边缘的女人》《修女夜难熬》《破碎的拥抱》……由"西班牙郁金香"佩内洛普·克鲁兹（阿莫多瓦影片中的常客）主演的《回归》，第一个镜头便是一群西班牙乡村寡妇在大风中为死去的丈夫们扫墓的画面。由远及近，平行移动，这一开场长镜头以雷蒙达姐妹擦拭父母墓碑的近景结束。阿莫多瓦在本该悲凉的场景中却配了非常欢快的西班牙乡村音乐，男性的缺席从始至终。一切看似结束，其实悲剧的余烬正死灰复燃，开篇与《吾栖之肤》异曲同工，均是在不动声色中完成悲欣交集的氛围铺垫。

除了开篇特色，打断叙事进程，多角度多线索叙述是阿莫多瓦驾轻就熟的技能。《吾栖之肤》开篇镜头从被囚禁于罗伯特幽闭的别墅里已变身为女性"薇拉"（罗伯特给他的手术对象新取的名字）的文森特开始，线性叙事到罗伯特弟弟"老虎"的出现与死亡结束，医生与囚俘薇拉头靠着头睡觉共度第一夜时，镜头闪回到从前，叙事分成了两部分，是罗伯特和文森特分别的回忆。观众洞晓了片中人物的遭际之后，叙事又重回主线。阿莫多瓦通过精妙的剪辑穿插起多个相关情节：罗伯特妻子盖儿与罗伯特同母异父弟弟"老虎"从一见钟情到私奔以致发生车祸，老虎逃脱，盖儿被严重烧伤；跟着父亲罗伯特参加聚会的诺玛被文森特"性侵"导致旧病复发精神错乱；盖儿从窗玻璃上无意中窥见自己恐怖的面容跳楼而亡；诺玛因目睹母亲自杀而患上抑郁症；罗伯特绑架囚禁文森特并逐步将他"改造"成了"她"……倒叙、插叙、补叙、回叙交错穿插，阿莫多瓦对叙事结构出神入化的运用堪称导演界的加西亚·马尔克斯。阿莫多瓦在接受《电影手册》对《吾栖之肤》的采访时说，"在我改编一部小说时，我只会读它一到两遍，不会更多，因为改编是需要自由的。至于这部电影，我并没有照搬原作小说的结构，而是设计了一种我特有的叙事方式。小说的叙事是不断在神秘的现在时和一些过去片断的插入之间交替，但我们并不太清楚那些过去的片断与哪些内容相对应。在这本书中最令我感兴趣的是：医生的复仇，我希望深化表现它，使之更真实可信。"

这是他执导的第十八部作品。此片灵感来自法国小说家蒂埃里·钟凯的《狼蛛》，但情节与原书出入较大，完全烙上了阿莫多瓦印记。阿莫多瓦的影片大多无法逃离阿莫多瓦元素——暴力、犯罪、刀枪、嗑药、宗教，以及不伦之爱……但阿莫多瓦就是有能力凭借其超强的叙事功力，让他的拥趸们可以始终保持观影的新鲜感和满足感。尽管阿莫多瓦被赋予"女性导演"的头衔，但并不意味着他没有能力或拒绝拍摄其他题材的影片。这部上映于 2011 年的《吾栖之肤》即是一个男医生复仇的故事，众多人物命运像蛛网一样交织在一起。把同性恋、变性人、强暴、乱伦、嗑药、凶杀等一系列社会边缘元素纠结于一部影片，而并不让观众产生堆砌强加的主观排斥感，阿莫多瓦不愧是西班牙国宝级的导演。这也是阿莫多瓦首度尝试恐怖题材，他曾表示，影片是一部"没有尖叫与惊吓的恐怖片""不会遵循任何规则""将是我拍过的最残酷的电影，班德拉斯的角色极其残忍。"透过貌似恐怖的外壳，影片在现实主义和超现实主义手法的交错运用中要探讨的内核关乎人性，关乎私权、关乎性别尊严。蒂埃里·钟凯的小说发表于 1984 年，2002 年才被翻译成英语，这部小说多年前就进入阿莫多瓦视野，2009 年第一次宣布时女主角还是佩内洛普·克鲁兹，正式开拍时则变成了因《范海辛》一片中的吸血鬼新娘形象而跻身欧洲最具魅力女星行列的埃琳纳·安娜亚。男主角罗伯特是由被誉为"拉丁情人"的安东尼奥·班德拉斯饰演，此片是他第二次与阿莫多瓦合作，两人的第一次合作是在 1990 年上映的《捆着我，绑着我》，影片中叠加的斯德哥尔摩情结试图借《吾栖之肤》中的文森特卷土重来，但人质（文森特）没有爱上绑匪（罗伯特），绑匪却爱上了人质。

男主角——外科整形医生罗伯特，苦瓜脸，凶狠、冷酷的外表下，却藏着被控制欲包裹的柔软父爱。挚爱的妻子和女儿先后惨死，心理的剧痛使他萌生了创造一种可以帮助皮肤抵抗燃烧的"保护层"的念头。这种皮囊是另一种意义上的肌肤，它若研制成功，既可以避免人体被烧死，也可以让那些反对他的科学家们闭嘴，最主要的是，可以报失女之仇。于是，他将绑架来的文森特变性为女人，并用转基因技术为他再造了女性的器官和肌肤，并把文森特的脸完全整形成了他妻子的脸。疯狂的恨，扭曲的心理，让事态朝着不可预知的轨道滑行，坠入设计之外的深渊。

曾经与医生妻子私奔的"老虎"再次出现，这个医生同母异父的弟弟从小就被抛弃，七岁就贩毒的经历让他的血液中流淌着的唯有兽性，而冷漠地举起枪杀死他的正是他的哥哥，帮凶就是从小就抛弃了他的母亲。在面不改色的暴力中，还有没有母子温情手足之爱呢？在声色俱厉的报复和一厢情愿的情感嫁接中人性是始终在场还是彻底缺席呢？阿莫多瓦说："兄弟俩有同一个母亲，他们都来自一个暴力的、放任的家庭。这是一种野蛮的生长环境。这个家庭在道德上完全放任了自己，和传统的西班牙基督教的家庭完全不同。那个整形医生和他的兄弟虽然施暴的方式和途径不同，但他们的行为都代表着野蛮和暴力本身。"传统影片中对于主人公的好坏界定通常是比较明显的，但越来越多的导演们已然意识到并充分尊重了人性的复杂性，当然，这也是对喜爱大屏幕的观众的尊重。第90届奥斯卡颁奖典礼上荣获最佳女主角的弗兰西斯·麦克多蒙德主演的影片《三块广告牌》是本届奥斯卡颁奖典礼前得奖呼声最高的影片，导演马丁·麦克唐纳对人性复杂性细腻刻骨的诠释迥然脱颖于那些爆款均码的流水线爆米花电影。《三块广告牌》与《吾栖之肤》题材上同是为女复仇（一被奸杀，一因"被强暴"自杀），《三块广告牌》中的女主选择的报复对象是她认为无所作为的公权力的代表——警察局警长。失去女儿的米尔德雷德怼天怼地怼身边所有人，被愤怒武装的她是个不点自着的炸弹，不可理喻。她不是一个完美的受害者，甚至起初同情她的观众随着剧情发展也跟小镇上所有人一样开始厌弃她了，但最终淹没心田的仍是与对《吾栖之肤》中文森特怀有的同样无边无际的理解和怜悯。罗伯特和米尔德雷德都需要借助某种方式的报复来转移内疚，掩盖内心的坍塌，回避无尽的痛苦。影片要传达的主题——"愤怒，只会招致更多的愤怒""恨解决不了任何问题"，也许会被很多人误认为是《吾栖之肤》没有借台词外现的孪生"影眼"。这个结论当然太一厢情愿了。显而易见的不同之处是，《三块广告牌》的开放式结尾让人物绵绵不绝的无力感在和解与宽恕中得到救赎，而《吾栖之肤》结尾以暴力和凶杀利索结束了罗伯特变态的控制欲，但回归家庭后的文森特该如何面对以后的生活？如何在不屈的男性灵魂与华丽的女性皮囊共生体上找到平衡？

观众对罗伯特的情绪，与对米尔德雷德如出一辙（从两部影片上映时间来看，此句应该反过来说才是）。从理解同情到不寒而栗，最后是深不可测的人性怜悯。归根结底，他只是一个失去了女儿的可怜父亲，他的悲伤找不到出口。女儿精神错乱时他埋怨诺玛的主治医生不该让诺玛尝试接触人群回归社会，医生的一句话——"我没想到诺玛跟你在一起会出事"，一下子就将他打入了无尽悔恨和自责的深渊。这是他无法面对，无法绕开的一个坎。没有一个正确可行的途径可以释放他的愤怒、悲伤、愧疚和绝望，唯有孤注一掷的冷酷报复，滥用权力的报复。唯有报复，才能让他在每一个思念、愤怒的空隙填补自己心中实际上永远无法填补的巨大黑洞，而失子者的报复致命又执着。滥用了权力的罗伯特对文森特的自我审判并不公正。被绑架、变性、整容之后的文森特皮肤柔软，罗伯特给了文森特他挚爱的亡妻的脸，始料未及的是罗伯特从疯狂的恨中竟然慢慢滋生出疯狂的爱，他爱上了他的造物，转而要控制他，文森特（薇拉）为了逃跑假意顺从。医生在狂乱的爱中迷失了、盲目了、放松了，这份猝不及防的爱恋令他变得仁慈，甚至变得像个孩子一般易于操控。他忘记了试验品的真实内在角色——女人的皮囊下跃动的是一颗男人的心。

文森特作为男性出现，是个女装店店主的儿子，他居然并非那种让观众痛恨的十恶不赦的大色魔，强奸也并没有真的发生。思维定式失效，观众的爱恨情绪无所适从。他只是一个喜欢嗑药和骑摩托车的怯懦青年。强势母爱之下的弱子喜欢店里的女店员，文森特与因为母亲跳楼死在自己面前而受到刺激一直接受抑郁症治疗的诺玛在聚会上一见之下互生好感，罗伯特认为磕了过量药物的文森特性侵了诺玛，致使诺玛旧病复发并最终重蹈母亲自杀的覆辙。

被罗伯特当作凶手的文森特经历了变性换肤的切肤之痛，又要忍受身份认知、角色焦虑以及不见天日的漫长煎熬带来的心理冲击。真正的痛苦远不至此。即使他有着一副华丽的皮囊，而他的心，从来就没有忘记自我，"当我看起来不是我，我还是不是我呢？"这是影片想要探讨的，也是观众一直困惑的，而结局，却在凶杀中给出了答案。其实铺垫是一直存在的，伏笔的巧设也独具匠心，文森特一天天写在墙上的日期如同在超现实空间编织一张真实之网，时刻提醒自己，我并非一直居住在这间屋子里，我并非一直居住在这张皮囊里。他画在墙上的"鬼画符"，只露出双腿但身子是房子的女人，模仿的是造型艺术家路易丝·布尔乔亚（她的许多作品中都展现了双性的共存）画的被囚的女人，路易丝·布尔乔亚的作品给了文森特活下去的勇气，他不允许自己忘记被囚禁的身份。他亲吻报纸上自己失踪时照片的复杂眼神，充分说明文森特内心的坚持从来就没有动摇过，即使作为女性的薇拉面对医生罗伯特的病态式对待一度摇摆不定过，即使薇拉开枪杀死罗伯特时眼里饱含泪光。爱恨交错间，结局不是你死就是我亡。

生活从来就不能千篇一律，情感也从来不是一厢情愿。原罪在于谁呢？是母亲？是妻子？还是不可知的命运的捉弄？阿莫多瓦告诉我们，科学不是入口，灵魂和存在的自我认同感的延续是无法被任何事物操控的。

孤独者的梦

蜿蜒曲折的小巷，高楼林立的大街，灯光替代了星星，空间分割成囹圄，有形的房间，无形的黑洞。那骑着摩托车的英俊身影，更适合点燃黑夜，点燃别墅窗户后面隐藏的动人忧伤。玩具枪，电话录音，墙上的挂像；广告单，高尔夫球，粉色的套装。靠近又远离的房门，一再踏错的夜晚，未知的相遇，谁在猝然的邂逅里上演意外的故事？

他，每天骑着摩托车，把一张张纸质广告，挂在一户户人家的门上。除此，他的背景空白。如果几天前送来的广告，还留在门上，他便判断，此房间暂无人居。于是，他别门入室，在一间间主人暂时离开的空房子中停留、观察、揣摩，在陌生的人家洗澡、做饭、睡觉。作为补偿，他会给花浇水，打扫房间，手洗主人的脏衣服，修理坏掉的玩具、电器和闹钟。他如一个好奇的孩子，走进一个个空房间，走进一个个故事里，新鲜而刺激，空虚而从容。跟墙上的照片合影，跟家具和雕塑合影，听唱片，看相册，渴望阳光下的生活，却拒绝走进人群。他想生活在人们视线所不能及的空

196

间。那里没有喧嚣，只有沉默；没有交流，只有感知。像是没有躯体的灵魂，游荡在未知的角落。他是一个在异己的世界中无法张扬自己内心世界的人，寻常的个体包裹着异化的渴求，又或者，是异化的身体寻觅正常的诉求，在变异的精神寄托里寻找暂时的归属感，寻找永恒的灵魂之家。他是在两个世界间自由游走的人，也是把眼前世界和背后世界衔接起来的人，只是，他把自己的心对外封闭起来，不愿意跟这个世界说一句话，他在自己的世界里自得其乐。他，是没有名字，没有一句台词的男主角。

她，是一个生活在豪华房子里的同样孤独的人。惊惧、无助、懦弱、压抑、抗争，足不出户，没有朋友。她渴望的，只是一点点理解，一点点自由，一点点关心，一点点温暖。但她身边却是一个有着强烈占有欲和控制欲的家暴丈夫，凌厉的眼神，咆哮的命令，空气也跟着发抖。不接他电话会咆哮，穿他不喜欢的套裙会咆哮。耳光之后要求以笑脸做回报，责骂之后要求以拥抱做和解。色厉内荏的家暴丈夫，也不过是一个可怜之人，害怕失去而抓得太紧，不给对方喘息的机会，明知道女人在一次次被虐之后，由爱生恨，还是不肯放手。殊不知，令人窒息的爱，只会将对方推得更远。遍体鳞伤的柔弱女子，也沉默，也哭泣，内心却既固执又冷硬。身体和精神的双重折磨使她的生活了无生趣。房子变成了桎梏她的工具，想逃却逃无可逃。直到遇到贸然闯入的陌生的他。生活，似乎还可以有另一种模样。无需对白，却有心灵的默契；无需交流，却有灵魂的碰撞。如果日子只能用"昨天"或"明天"这样空洞的词语来概括，那么，一万年也不过如一天。幸运是，他裹胁着新鲜的空气，抚慰了她的伤口。她，是没有名字，只有两句台词的女主角。

2004 年上映的韩国电影《空房间》几乎是一部默片，男女主人公都是沉默不语的，"无声胜有声"是金基德导演独有的"金式"叙事艺术。拙劣无趣的台词反而会损害影片想要表达的内容，深知这点的金基德，在他的影片中越来越淡化语言。金基德认为，"沉默也能给人家一种深奥的感觉，并且我觉得语言并不能代表一切"。相对于本国多数观众对他的反感与不理解（他的大批伪拥趸着迷的是情色与暴力），他认为西方观众更能接受他的电影，故而他担心，错误的翻译会破坏他大部分的工作。他相信哭和笑已经是最好的语言。他说，"年龄越大，你对于别人所说的东西就相信得越少。但人类的活动是没有撒谎可言的。它们都是诚实的，无论这些行为是否符合是非标准"。《空房间》中，男女主角靠表情神态、靠动作氛围，尤其是靠眼神来传递情绪，表情达意。流畅自然的叙事，让人丝毫感觉不到台词的必要性，甚至会对有可能出现的台词产生排斥心理。在以语言为生命为灵魂的电影世界里，金基德是深谙电影叙事艺术的"巧手"，他独特新鲜的电影叙事风格，绝不单纯因突破传统而吸引观众。

男主第一次进入女主家，被满脸伤痕的女主发现后，男女主角只靠眼神交流就从容地推动了情节的发展。男主转身离开，短暂的犹豫后，复又返回，正遇女主丈夫对女主实施家暴，男主用高尔夫球教训了家暴丈夫，女主毫不犹豫坐上男主的摩托车，绝尘而去。男女主人公过上了180度反转的生活，白天一起发传单，一起吃同一碗泡面。晚上一起寻找空房间过夜，女人沉默地做饭，手洗房主的脏衣服，男人沉默地浇花，修理坏掉的电子秤，偶尔回头凝视女人，男人举起手机跟房子里的器物自拍时，女人无声地站到男人身边，凝视镜头。穿着房主睡衣的两人并排泡茶，喝茶，女人轻轻挪动自己的一只赤脚，放在男人的脚上。此时，任何语言都会显得苍白无力。

金基德导演的默片，我印象比较深的还有 2011 年上映的《丰山犬》（实际导演是金基德一手栽培的全宰洪）和 2013 年上映的《莫比乌斯》。《丰山犬》中的男主演尹继相完全靠充满气场的眼神（尹继相通过眼神就表现出了"失乡人"麻木空虚又充满痛苦的心境）和干净利落的动作实力来刻画一个往返于韩国和朝鲜之间的"失乡人"形象。与《空房间》里的男主一样，他的名字、来历都不为人所知。

二十世纪七八十年代，我还是一个懵懂无知的孩童，在鸭绿江边的一座小城，我家附近的部队大院常常会放露天电影，大人孩子都会搬个小板凳，早早去占位置。多年后，那一连串电影名字——《卖花姑娘》《望乡》《追捕》《幸福的黄手帕》《瓦尔特保卫萨拉热窝》《卡桑德拉大桥》《尼罗河上的惨案》……还常常会从我的脑海中蹦出来。当时有段顺口溜，"苏联电影老是一套，罗马尼亚电影又搂又抱，朝鲜电影又哭又笑，阿尔巴尼亚电影莫名其妙，越南电影真枪真炮"，大约可以概括那个时期的外国电影特点。因我的姑父在电影院工作（我一度把去电影院工作当作我的人生理想），我的表姐还常常带我去电影院蹭电影。记得我第一次跟表姐去电影院看的是朝鲜片，片名叫作《金姬和银姬》，年幼的双胞胎姐妹金姬和银姬因生活的变故，被迫分离。此后，两人一个生活在天堂，一个生活在地狱；一个幸福地歌唱，一个受尽凌辱。当电影演到残疾了的银姬挂着双拐哭着扑向养母时，不谙世事的年幼的我哭得撕心裂肺，长我几岁的表姐庆幸地说，幸亏我们没生在那里。影片结尾是邪恶的美国大兵站在灰色的铁丝网前，寒风猛烈地摇晃着芦苇，配有一句愤怒的控诉：是谁，在我们的心上插下了这割裂国土的标记？

那是我第一次知道"三八线"这个概念。几十年后，在电影《丰山犬》里，我又一次看到了灰色的铁丝网，看到了黑色的天空和天空中仓皇失措的小鸟。令生活感到吊诡的是，当年"同志加战友"式的邻邦朝鲜的电影，如今很难看到，而韩国电影却纷至沓来。

《莫比乌斯》是一部具有俄狄浦斯情结的悲剧，极端剧情充斥大屏幕，全篇亦无一句台词，暴力残酷的画面代替了语言，致使这部影片即使在韩国也无法完整上映。要在金基德的电影中找到一个话多的主角是很难的。《空房间》中的女主角直到影片的第70分钟才说了一句只有三个字的台词，《坏小子》里的"坏小子"则一直被误认为是个哑巴，《漂流欲室》里的妓女，《弓》里的老人与女孩儿，《呼吸》中的死囚等等，都呈现出一种接近"失语"的状态。一直以来，情色、畸恋、仇杀、绝望、残酷、血腥、边缘、暴力是金基德电影随身携带的符号，他也因此屡屡招致质疑和诟病，甚至遭到女权主义者的谩骂和攻击。与金基德其他充斥着暴力和情色画面的默片相比，《空房间》是迄今最温和的一部，堪称干净的小清新之作，干净的街道，干净的房间，干净的男女主角，甚至暴力镜头都是轻描淡写，因而此片成为金基德最为人接受的一部电影，也成为他默片的经典之作。

回到《空房间》。老式破败的住宅，地上躺着孤独离世的老人，他们进入了一个不同以往的空房间。女主为逝者擦洗身体，男主为逝者裹上寿衣。认真地为老人举办了葬礼的两人却被当作杀人犯关进监狱。

被当作杀人犯也好，被当作拐骗犯也罢，他不辩解，不告饶，甚至不呻吟，不哭泣。就如阿尔贝·加缪在他的小说《局外人》中所说的，"一个人哪怕只在世上生活一日，他也能毫无困难地凭回忆在囚牢中独处百年，因为他学会了回忆，他有足够的东西可供回忆。"在无人能懂的内心世界里，只有她，才是他的知己，是这个世界唯一的牵挂。也唯有爱，不需要告白。

影片结尾部分的超现实主义表现手法可谓点睛之笔。男主究竟是真的在监狱里练成了隐身术抑或只是女主的幻想，或者是导演的美好想象，已然不重要，在现实与虚幻之间，永远存在着希望和奇迹。影片最后，在空荡荡的房间中，最奇特最魅幻的经典画面出现了：被眼前丈夫拥抱着的女主却在眼睛背后的世界里与隐身的男主相吻。眼前世界与背后世界浑然一体，完美融合。

金基德凭借《空房间》获得过 61 届威尼斯电影节银狮奖等多个奖项。屡屡在各大电影节获最佳导演奖的金基德绝对是韩国导演中的另类，也是韩国电影界的一面旗帜，他本是画家，还曾在巴黎深造了两年，靠卖画为生，但卖画所得无几，穷困潦倒的金基德回国专攻剧本创作并多次获奖。1996 年，拍摄了第一部电影《鳄鱼藏尸日记》。有评论者认为，他充满血腥与暴力的影像风格与他早期的多舛生活（小时候在工厂工作，时时被欺负，在海军服役时，常被高他几级的大兵暴揍）和学画卖画的不堪经历密不可分，并据此揣测他的画风暴虐，我觉得未免过于主观臆测了。恰恰相反，如果要说他的绘画对他电影的影响，那也应是在法国研习油画时，西方绘画中关于色彩、光线、结构等的调控知识，对他电影构图的显性或隐性暗示，使得金基德电影中具有了唯美迷幻，浪漫诗意的"以画入影"的特点。《空房间》中多次将镜头对准墙上的画像，营造出动静相宜的画作平衡感。《漂流欲室》中薄雾蒙蒙，山清水秀的小村庄，渲染了一幅美妙仙境。《春夏秋冬又一春》则带有明信片一般的底蕴：蓝天，碧水，群山，翠柏，黑石，白瀑，身着青衣的和尚，庙门上随风摇动的铃铛……，色彩繁复而不杂乱，饱满而有层次，他镜头下的世界宛如一幅幅水墨画。或者，这样的电影画面就是金基德早期油画的电影再现，他以此向他的绘画经历致敬。然而，暴力和血腥却渐次上演。

他的惊世骇俗的影像引发的巨大争议，至今仍未平息。他的作品被贴上了"残酷""三级"之类的标签，很多人对他作品中充满的对各阶层人物处境的深深悲悯，对整个人类相同命运的关切以及具有极强形式感的隐喻视而不见，只纠结于他反映人性和民族悲剧的暴力美学手段和情色镜头。"那些憎恶我的，否定我的人，在我死后，会以另一种态度争先恐后地看我的电影"（《当代韩国史》），金基德的自信并非空穴来风。

从不回避对政治和社会现实的探讨，是近年来韩国电影的一个突出特点。这与1998年韩国电影废除电影事前审查制度，代之以电影的分级制度有关。政治钳制的弱化或者退出，使得韩国电影近年来取得了突飞猛进的发展，不仅题材上呈现多样化的格局，而且拍出了《熔炉》《素媛》《杀人回忆》《追击者》《购物者》《那个家伙的声音》《举报者》《辩护人》等聚焦社会热点事件的佳片，均在社会上引起了强烈的反响，《熔炉》的上映甚至引起了集体反思，促使韩国国会通过了《性暴力犯罪处罚特别法部分修订法律案》（又名

"熔炉法"），成为韩国第一部改变了国家法律的电影。不唯《熔炉》，这里列举的每一部电影都直击社会阴暗面和人性深处，袒露了电影创作者无法泯灭的良知和无法逃避的社会责任感。金基德入围 2013 届威尼斯电影节的影片《莫比乌斯》探究欲望、原罪、宗教等内容，而他的《丰山犬》则聚焦南北历史问题。相对他的其他影片，《空房间》的题材则属于以小见大。

归根结底，《空房间》不仅仅是一个寻觅自我身份认同，表达人与人之间的疏离，呼唤人性关怀的孤独者的故事，影片中展现出的诸多社会问题，如家庭暴力、空巢老人、夫妻信任、警察渎职、钱权交易等等，则具有超越种族超越国别的普遍性。

当同床的夫妻开始抱怨，当甜蜜的情侣互相猜忌，当施暴的丈夫伸出拳头，当见利忘义的警察显示凶恶，当遗弃父亲的儿子露出伪善，当孑然死去的老人身边只有相依为命的小狗……《空房间》中，我们在一个人身上所看到的看似偶然的灵魂黑洞，正渐渐演变成有可能让整个社会陷进去的巨大深渊。沉默，无奈地成了对抗这个世界最后的唯一的武器。

我认为，用力过猛，矫枉过正恰是金基德电影揭示人性、反映现实的突出特点，这种极端化的表现手段更有助于表现他的现实化主题。实践证明，这是引起大众关注影片，关注社会问题的有效手段。虽然金基德讲述的故事在现实生活中不可能出现，他的电影故事不符合生活的真实，甚至充满了神秘与荒诞色彩，却自有其逻辑上的真实性和合理性。他电影中的人物一般具有极端化、边缘化的特点，《空房间》的男主就是一个边缘人，没有人知道他是谁，他来自何处，为何喜欢住在空房间里，为何要穿房主的衣服，为何酷爱在空房间自拍。

金基德虽并不十分在意媒体对自己的"涂抹化"解读，甚至一度拒绝采访。但 2008 年，饱受江郎才尽质疑的金基德还是患上了社交恐惧症。他一个人带着一台佳能相机遁入山林，独居在一座小木屋里。他用自己的佳能相机对准自己，倾诉、哭泣，反复唱着《阿里郎》，以自问自答加独白的方式拍了一部半自传体影片《阿里郎》。令人叹为观止的是，影片的编剧、导演、演员、剪辑、音效、摄像、主题曲演唱全部由金基德一人完成。2011 年，《阿里郎》入围第 64届戛纳国际电影节"一种关注"单元影片。作为一名初中肄业，从未受过专业电影专业教育的世界顶级导演，高处不胜寒的孤独之感在所难免，金基德的电影虽然在国际电影节上屡屡斩获殊荣，但在国内市场票房惨败，大部分影片饱受争议。彼时，由于自己的疏忽大意，拍摄《背梦》时，差点使女演员发生意外，他的助理导演又背叛他另投他人。多重打击让特立独行的金基德也难免对自我以及自己的电影拍摄意义产生了怀疑，甚而一度动摇了自己的导演之路。好在，有多少质疑，就有多少热爱。

此时，我们似乎可以理解金基德电影中无处不在的隐喻。片名就有隐喻的还有《莫比乌斯》和《丰山犬》。《莫比乌斯》片名直接取喻于永无终点的"莫比乌斯环"，现实出路渐次被封死，所有人物陷入无尽的死循环。《丰山犬》中的"丰山犬"是男主所抽的香烟的名字，"丰山犬"也是无上忠诚无所畏惧的象征。他更善于把隐喻植入无所不在的琐碎繁复的生活细节中。

《空房间》中那一个个神秘的空房间，是隔绝与封闭的形象化符号，也是内心空洞的物化载体，屡次出现的高尔夫球则象征着压抑的爆发，是男主人公与其周围世界对抗的唯一工具，如同《弓》中用来回应外界危险的"弓"的隐喻作用。人性中最阴暗最脆弱的一面，被拆解成金基德电影中的意象元素，而破解了看似普通意象的隐喻意义，金基德电影的静默之光才会发出异彩。

2015年10月，金基德来到中国，为自己的下一部电影看景、找投资，迪克·库克工作室与杭州的嘉视年华影视制作有限公司打算共同参与制作金基德的电影《无神》。然而，这部预算为3700万美金的大制作影片《无神》的梗概已被国家新闻出版广电总局驳回，金基德在中国的拍片之旅并不顺利。2015年10月29日，应中国美术学院的邀请，金基德来到中国美院小剧场，与美院的上千学生进行了一场关于电影的对谈。上百学生因没抢到座位而被拒于门外的细雨中。金基德恳请工作人员打开大门，让没有入场的学生或站在舞台旁，或坐于舞台上。活动的主持人，美院影视与动画艺术学院副院长刘智海说，"我以为他应该跟他的电影一样，很暴力，没想到，如此平易近人"。

"水尝无华，相荡而成涟漪；石本无火，相击而发灵光"。每个人的心里都有一个空房间，住着一个孤独的灵魂，等待另一个灵魂的呼唤。就像，一棵树摇动另一棵树，一朵云推动另一朵云。也好像，"绚烂之至，归复平寂"，谁又能说，金基德貌似乖戾和残酷的电影美学背后，不是深藏着一扇渴望温暖、自由和善良的空房间？

布鲁诺·舒尔茨的盛装舞步

　　阅读布鲁诺·舒尔茨是在五月。门前的几株老柳已淌出嫩绿色的甜美汁液，紫藤的旁枝嘶嘶地爬上窗台，流水一样，可摇摇晃晃的细雨像夏日初生的幼蚊挤进我的视线，使得各种颜色立即滑入沙哑的低音区，书房被沉默的无序阴影笼罩，思考下沉，像被雨水打湿的鸟的翅膀。事实上，一旦踏入舒尔茨月桂色的宁寂，便不觉成为一名入侵者，身处不可测的海底，如溺水者徒劳地与浪潮搏斗。

　　显然，初读者会晕书。如果你读过《傻瓜吉姆佩尔及其他故事》，也许你会跟我一样，潜意识认为舒尔茨必然同他的母国同胞、同为犹太人后裔的艾萨克·辛格一样，是"最会讲故事的人"，尽管辛格固执地用一种濒临消亡的意第绪语写作以拒绝被同化，而舒尔茨却用复杂的波兰语（不可否认的事实是，二战后，波兰语也已逐渐被同化）创作。始料不及的是，舒尔茨的小说几乎没有"故事"。弱化情节，强化想象并非新鲜事，拉美作家们，尤其是科塔萨尔无疑是此道中翘楚。即便你曾被科塔萨尔的各种指南手册震撼得从座椅上滑下来，舒尔茨极具异质性张力的文本仍会使你惶然目呆，在语词的密林中迷路。他与科塔萨尔们致力于对小说陌生化手法的探索似乎并不同宗，但在唤回读者对日常生活的琐碎感受与经验方面又有丝缕纠缠。

舒尔茨个子小、体质孱弱、瘦骨嶙峋，病恹恹的——流着同宗血液的普鲁斯特和卡夫卡与他同款——走路的姿势像一只鸟，还很害羞，常被唤作"侏儒"。在他苍白的三角脸上，一双棕色的眼睛深陷在平淡无奇的眉毛下。他的眼神，冰冷、胆怯、自卑、不屑、警惕、孤傲、忧郁、敏感、脆弱……像一口深不可测的井，任何试图靠近的动机都充满了危险。舒尔茨像猫一样生性敏感，痛苦和幻觉如孤独的影子踮步不离。似曾相识？是的。我曾在卡夫卡与里尔克等其他犹太作家的眼神里接收过同样复杂的信息。脑海里蓦然浮现暮年杜拉斯谈《副领事》的一段访谈视频。"就像掉进一个洞，在洞的底部，那是一种几乎是绝对的孤独。只有发现孤独，才能够写作。没有任何主题，没有任何可能的想法，仅仅是写作，枯燥而赤裸。"她说。

可怕。爬出孤独的洞穴很可怕，那意味着你无法成为作家。

舒尔茨在母国没有什么朋友，他离群索居（这个词也属于舒尔茨的犹太裔同胞帕斯捷尔纳克、塞林格、茨威格等）于波兰一个平淡无奇的南方小镇德罗戈贝奇，他在镇上的第二中学给孩子们教授画和手工艺。德罗戈贝奇是一座只有三万多人的小城，坐落于喀尔巴阡山和中欧平原交界的丘陵地带，犹太人口超过三分之一，陪伴镇民的只有黑魆魆的幽暗森林。他短暂的一生如同寄居蟹，却并不像同时代多数作家那样周游列国，他的壳只有德罗戈贝奇。而德罗戈贝奇如一个流浪汉般漂泊不定，先后归属于多个国家。

如果孤独有级别，舒尔茨的孤独必定是十二级。"谁此时孤独，就永远孤独，就醒来，读书，写长长的信，在林荫路上不停地徘徊，落叶纷飞"（里尔克《秋日私语》）舒尔茨越来越喜欢无法用言语转述的主题。主题的系出偶然与不可捉摸，与记述万事万物的无上冲动之间的张力，构成迷人的悖论，确是舒尔茨最无可抗拒的创作诱因，而主题无可言传的创作似乎匪夷所思与乏善可陈。日常生活是很难写的，也很难引导读者。与其难为评论者将舒尔茨的文字归于对童年的唤忆，莫如说舒尔茨的小说更像一系列奇幻梦境的描述，连绵、细腻、跳跃、魔幻，夹杂些许阴郁和紧张的节奏，不安、恐惧、破碎。或关于孤独的断想，或偶尔的叙述冲动……比如一阵明亮的细微震颤，比如房间内昏暗墙纸的一次搏动，比如砖砌火炉的一声轻微叹息。舒尔茨的忧郁与惶恐不同于保罗·策兰《死亡赋格曲》里狂怒、绝望的控诉，他的文字不是落入死亡深渊的锋利的玻璃碎片，也不是他在《鳄鱼街》里写过的一个句子"五月的日子泛着埃及的玫瑰色"。很难定义。倒是舒尔茨的陨落，并不意外地弥漫着纳粹德意志的黑红色。

　　第二次世界大战期间，舒尔茨和小镇的其他犹太人一样，被囚禁于贫民区，他因擅长绘画得到了一位盖世太保官员的赏识和庇护，之前财政危机和身份危机带来的恐慌和焦虑得到片刻的缓解。1942年11月19日，当他冒险穿过"雅利安"区时，被另一个盖世太保、他庇护人的死对头（庇护人曾杀死这个盖世太保庇护的一名犹太牙医）所发现，作为报复，他对着舒尔茨的脑袋连开两枪，黑色的云笼住了殷红的血。而那一天，本是舒尔茨精心策划的逃跑的日子。

　　时代的浪潮或将你推上云端或将你拍在沙滩，即便身为天才，也可能被叫作"命运"的怪兽玩弄于股掌，"有时这天才走向黑暗，沉入他的心的苦井中"，这其中的玄机着实让人唏嘘不已。犹太裔作家们的命运尤其传奇、崎岖与诡谲，海涅、勃兰兑斯、普鲁斯特、斯坦因、里尔克、茨威格、卡夫卡、帕斯捷尔纳克、爱伦堡、辛格……他们生活在异质文化的夹缝中，在"'生活的古老敌意'中逆水而行、孤独地辨认生命本质"，常常不得不用刀子为自己开路，最后却可能把刀尖对准了自己——斯蒂芬·茨威格1934年遭纳粹驱逐，流亡英国和巴西，1942在巴西自杀；普里莫·莱维，是奥斯维辛的生还者，却始终没有走出大屠杀的阴影，四十年后在故乡都灵寓所跳楼自杀；生于波兰的俄罗斯诗人曼德尔施塔姆在二十世纪三十年代创作高峰时，被指控犯有反革命罪，两次被捕，长年流放，多次自杀未遂，1937年12月27日死于远东集中营，生时居无定所，死时无葬身之地；

折叠世界 / 王雪茜

瓦尔特·本雅明 1932 年之后不断地在欧洲大陆颠沛流离，
1936 年，本雅明在逃亡到西班牙边境小镇波尔特沃时被发
现，将被遣送回法国，1940 年 9 月 27 日（27 日仿佛是个魔
咒），于西班牙一个边境小镇被迫自杀，"欧洲最后一位文人"
离世；保罗·策兰，生于一个讲德语的犹太家庭，父母相继
惨死于纳粹集中营，策兰虽幸免于难，但背负沉重的集中营
生活阴影，曾因抑郁而入精神病院，1970 年 4 月 20 日，策
兰投河自尽。

犹太民族千百年来流散颠沛，犹太作家在多元文化的
试探与碰撞中，努力于认同焦虑中探寻并形成自己的写作
风格。舒尔茨小说既具有普鲁斯特形而上学的魅惑，又兼具
卡夫卡对童年生活的回望、定格与敬畏，他所拥有的直觉
式印象思维，将世俗生活牵引至一个神秘而童稚的魔幻领
域。将舒尔茨的书稿推荐给出版商的小说家佐菲亚·纳尔克
斯嘉惊叹舒尔茨的小说是"文学版图上一次最富有直觉性的
开掘"。

以前读大江健三郎时，对他信手拈来的俄罗斯套娃似
的连环比喻钦佩不已。这种擅用比喻的作家，还真是让人缺
乏抵抗力呢。村上春树写过很多柔软动情的比喻，不过，我
觉得只有一句此时引来最合时宜，"作家应该像把大麻注射
进读者静脉那样写作"，他在《我的职业是小说家》里借约
翰·欧文之口说出的这句警示之语，一言蔽之地说清了优秀
作品与读者间的依赖关系。作家的安全感和被信赖感取决于

读者是否是其作品的"瘾君子"。舒尔茨确凿是个带"毒"的作家，令人一读成瘾。他给粉丝们静脉注射的大麻，主要成分正是比喻，且是比喻中的俊彦——移觉。我们每每在文字的海洋中捕获移觉妙物，便会任由它绵软起伏的腹部贴着视线，在它波浪般灵活的指尖牵引下驶向浩瀚的蓝色远方。你一定还记得某些点亮过你眼神的吉光片羽——

"我闻到那明亮的寒冷。"（福克纳《喧哗与骚动》）一句话就联通了三个感觉开关，以视觉和嗅觉强化触觉。有了颜色，有了味道的寒冷，怎不叫人拍案！

"海暗了，鸥鸟的叫声，微微白。"（松尾芭蕉《野曝纪行》）以声摹色，由目入耳。海暗鸟愈白。

"他对同情的需求倾泻扩散，在她脚边形成了个个水坑，而她这个糟糕的罪人只会把裙子提到脚脖子上面，以免弄湿了。"（伍尔夫《到灯塔去》）将抽象的"需求"具化为可观可触的小水坑，并加入了流动的调料。焕然一新。

可到了舒尔茨这里，移觉不是偶尔出现的寥落星辰，而是步步为营的绚烂叠嶂，仿佛同一火焰的火花，又如瀑布一般，却不在相同的圣殿重复落下。明明是极其细微的一个场景，却繁复出绚烂的海市蜃楼，蔷薇样细密芬芳，文字浓烈得几乎让人背过气儿去。在即兴的唇齿之间，阅读他的文字就是在重新发明它们，那延迟相认的瞬间，使我感到分外甜蜜。在肆无忌惮的移觉浓荫笼罩下，他者的一切比喻皆成弱枝。舒尔茨不吝堆砌，他用令人不安的隐喻和不断扩张的意象发酵出了令人目瞪口呆的粲焕宝塔。铺天盖地的移觉触须肆意蔓延，宛若夜雨后的旺盛之晨，触目所及之物，无不疯狂繁殖——淌着金黄梨子的甜美果浆的假日之书的纸页如烧如焚，地板上的明亮方块沉浸于狂热美梦，承受着晴昼全部灼热喘息的窗帘伴随午间的睡梦轻轻摆荡，窗户沉睡，阳台向天宇袒露自己的空虚……舒尔茨对物质世界的敏感过于强烈，以至无论多么平庸之物，都被赋予了流动、明亮、爆发的可能性，它们在与人类无异的生活方式中响亮地演绎着自己的生老病死。"一个事件在它刚开始被孕育的时候可能显得渺小而微不足道，一旦凑近了看，它就会打开内核浮现出无穷无尽的意象，因为一种更高的规则或存在正在试图阐述自身并赤裸裸地呈现。"舒尔茨说。他搜集着那些幻影，那些近似值，就像搜集着一堆镜子碎片，并让它们在毫无约束的自由里发芽生长。在不断拓延的想象里，舒尔茨搭建了自己的房屋、街道、商铺、河流、树木以及流动的人物。

就是这样一个非典型性作家，如今却被誉为与"怪笔孤魂"卡夫卡比肩的天才作家（茨威格也被称与卡夫卡比肩），并且是二十世纪最伟大的作家之一的詹姆斯·乔伊斯的偶像，是库切、米沃什、厄普代克、桑塔格等眼里的写作天才。"他（舒尔茨）比卡夫卡棒，他表现出更高的水平。"获诺贝尔文学奖的辛格如此评价，"不容易把他归入哪个流派，他可以被称为超现实主义者、象征主义者、表现主义者、现代主义者，他有时候写的像卡夫卡，有时候像普鲁斯特，而且时常成功地达到他们没有达到过的深度。"在赞美偶像的言辞尺度上，舒尔茨的拥趸们是否用力过猛？老实说，在把舒尔茨的《肉桂色铺子及其他故事》至少看过三遍之前，这些评价还真是让我吃了一惊。另一位犹太裔作家、南斯拉夫的丹尼洛·契斯更是将舒尔茨看作自己的上帝。也许，犹太裔作家身上隐藏着难为人识的神奇密码，他们更容易惺惺相惜，率先指认出彼此吧。我猜，让丹尼洛·契斯最感到餍足的恐怕就是他短暂一生中所获众多奖项中那个以偶像命名的布鲁诺·舒尔茨奖。我听见隐在暗影中的契斯猝然发出清晰的惊呼，"世界在舒尔茨的笔下完成了伟大的变形。"

没错，伟大的变形。你随手一拎，便是一连串毫无血缘关系的文字混搭在一起，那些你认为一旦搭建，便意味着摧毁的忧虑，对舒尔茨而言，倒恰是对读者的忠告。你瞧，《鸟》的开端便是大段窗帘布般柔软的移觉铺陈，引你堕入无垠宽阔的阅读世界，是现实，也是现实延伸出的幻境：时间在光阴的河流里打了许多结，黑暗的边缘毛茸茸的；乌鸦在黄昏时候站在教堂前大树的枝丫上，有如活生生的黑色叶子；肋骨状的椽子、檩条、拱梁，俨然是冬季狂风的暗肺；时日在寒冷和无聊之中变硬，就像去年的长条面包。我们用钝刀子把它切开，却食欲全无。

其实，不过是一个极为普通的午后，读者啊，你大可不必理会密密层层的杂草、牧草和蓟草在午后的烈焰里噼啪作响，昏睡的花园回荡着苍蝇的嗡嗡声，也不必理会铺满麦茬的金黄农田如褐色的蝗群不住嘶吼，蟋蟀在猛烈倾注的火雨中骇鸣，豆荚轻生爆裂，好似炸蜢……你只管随着舒尔茨一同在梦境或幻觉中起伏便好了。

恍然间惊觉，长久以来，我像是患了功能性视盲，从未留意过一朵玫瑰的困意，也从未倾听过一只喜鹊的牢骚，对无穷夜晚的繁殖力和熟悉街道的复制力视若无睹，对老鼠般窜过地板的猫叫声充耳不闻。不可原谅。

搭建了流动的移觉盛宴的舒尔茨，既是懂梦之人，更是造梦高手。他游刃有余地打通了文学的任督二脉，将所有的感官调动起来。视觉、听觉、触觉、嗅觉、味觉、痛觉等触类旁通，给读者以自觉的感官共鸣，所视即所听，所听即所触，所触即所嗅，所嗅即所视。盛大细腻的移觉联排，加入无微不至的想象力，再以华美精妙而极富生命力的波兰语管道输出，即便最为挑剔的读者，也很难不沦陷于这巨大的陌生化语境中，慢慢融化于字里行间。当年，詹姆斯·乔伊斯为了读懂舒尔茨，竟一度想学波兰语，哈哈，我想起我痴迷拉美作家时，亦抑制不住想学西班牙语的冲动，真是会心的骨灰级同道粉丝呀！

唉，舒尔茨那病态发达的敏感培育出的葳蕤羽盖，已达到"一个难以突破的极限"，天马行空，波诡云谲。多么让人嫉妒又望尘莫及啊！

文学的茂盛密林中，若论旁逸斜出，舒尔茨毫无争议名列前茅。他并非普通意义上的伟大作家，"他的作品少得可怜。他的取材范围也很狭窄，生前籍籍无名"。他全部的文学输出仅有两部短篇集《肉桂色铺子及其他故事》和《沙漏做招牌的疗养院》（据传还有一部未完成的长篇《弥赛亚》）。这让我想起墨西哥作家胡安·鲁尔福，他一生亦只存留两部小说集《燃烧的原野》与《佩德罗·巴拉莫》，作品题材从未离开墨西哥农村生活，却在作品问世之初即已扬名立万，和诺奥克塔维奥·帕斯和卡洛斯·富恩特斯并称墨西哥文学二十世纪后半叶的"三驾马车"。在两位斜杠作家那里（鲁尔福痴迷摄影，舒尔茨的爱好先打个结），文学只是调剂孤独的一种生活方式而非命运的基本部分，因而思维和文字都生出了阔大的翅膀。

以我有限的阅读经验，还没有发现哪一个作家像舒尔茨这样，虽身居小镇，精神宇宙却不受拘囿，浩瀚无际，乃至他完全置自己的未来读者于不顾，任性地淡化现有的文学经验，与看起来光滑的类型小说绝缘，他的描写像抽象油画一样即便固定目光也未必能消化。相比于策兰《死亡赋格曲》类悲惨的控诉与不尽的惊恐，舒尔茨另辟蹊径。他的文字挑战了人类的智慧、理智与想象力，他借助一大堆令人头晕目眩、毫无逻辑、混乱无序的意象，搭建了一座奇迹与噩梦交织、现实与梦想难辨的博物馆。我手上有两个不同译本的《肉桂色铺子及其他故事》，正可以确认舒尔茨文字的独异属性。他对小说的基本要素不以为意，结构、故事、叙述，在他的小说里通通沦为配角，甚至，直线状行进的时间也转化成魔术般流动的本我瞬间，只有描写——细腻的、蓬勃的、瑰丽的、具有强烈冲击力的现实与超现实主义混搭、表现主义与现代主义胶葛的饕餮式描写，稳稳地占据着主位，仅此一举，舒尔茨便达到了其他作家无法达到的化境，轻易地使自己从文学史上广袤的作家中遴拔而出，并隐秘地透露了自己的另一重身份。

正如你猜到的那样，在成为作家之前，舒尔茨是个卓越的画家，早年举办过多次画展。他细腻的观察力或想象力并非无枝可栖，他的绘画与小说一脉共枝，同气互文。舒尔茨曾自费印行了画册《膜拜者之书》（请牢记画册名），在他的绘画中，强烈的不和谐构成了画面的张力，我们看到房间又高又暗，无法透进光线，如同舒尔茨在《鳄鱼街》中所言，似乎对于这座急速发展的鄙陋市镇而言，颜色是难以承受的奢侈品。舒尔茨令人疑窦丛生的素描同样暗淡、缺少色彩，黑白对抗表达得极为充分。这种暗合绝非一个普通的隐喻。很快，一个眼神出现了，冷漠，有微弱的似水幽光。这个过于矮小的阴郁男子，看上去怯懦又顺从，阴鸷又忤逆，难以亲近与沟通，酷肖舒尔茨本人，那正是被异化的"父亲"。无论在绘画还是小说中，父亲，是绝对的主角，是更大更重要的隐喻和象征。舒尔茨的父亲是个藏书家，经营一家衣料铺。这个铺子后来成为舒尔茨储藏幻梦的仓库，存放神话的密室。在贫乏、空洞的冬季，父亲，这个研究鸟类学概论，把阁楼养满各种鸟类的表演家，这个想入非非的剑术冠军，这个不入流的异教徒，举止开始失常，开启了他极富趣味、异想天开、不可救药的即兴演讲，沉溺于自创的精神王国无法自拔，他疯狂又睿智，好色又单纯，他单枪匹马发动战争，将闭塞窒息的德罗戈贝奇当作促狭的对象，企图打败那无边无际而又根深蒂固的专制、空虚与乏味。秩序分崩离析。等等，这难道不正是舒尔茨本茨吗？他与父亲彼此为镜，在孤独培育的精神气脉上，合二为一。

不同于文字的细腻，舒尔茨的绘画线条粗粝，肢体夸张，人物比例严重失调，大多表现男人对女人（人物也许不过是象征或符号？）的膜拜与恐惧。他画里的女人长腿、高拔、裸体、傲慢；而男人则矮小、卑微、猥琐、色情、淫荡，有的人面兽首，有的匍匐于地，有的被女人骑着脖子，有的被鞭子抽打，有的跟在女人身边唯唯诺诺。反复出现的是，一个崩溃的男人拜倒在长腿裸体女性的脚前。舒尔茨自称受到玛索克《穿裘皮的维纳斯》一书虐恋主题的启发，但无法掩饰的是，他的素描更多源于他小说中的意象，或他的小说不过是其画作在另一个世界的生存方式——精密的隐藏色彩流淌出来，是偶然性的灵动手指将熟稔的夜色变成睫毛，每眨一下都会淌出一股黑暗。"画泄露了一个秘密，但对观者来说，它依然是一个谜"。有一点可以确认，舒尔茨绘画的终极目的绝非要给予观者幻想式刺激。与画作呼应的情节俯拾即是，父亲荒唐而深不可测的鸟类孵化工程、失落而偏执的"背驰者邪说"，由于女仆（也是虐恋女主）阿德拉的闯入和破坏而被无情摧毁，孤立无援四处碰壁的父亲灰溜溜地沦落为"流亡之君"，无论父亲最终变形成了蟑螂、秃鹫还是鸟、螃蟹，无论他"遥远得仿佛已经不是人类，不再真实。他一节一节地、自觉地从我们当中脱身而去，一点一点地摆脱了与人类集体联系的纽带"，噩梦醒来，一切都将物归原主，一切都被深深记住，就如古老而美丽的鳄鱼街。

游走于舒尔茨文字世界的那些疲惫而不辨时空的日子，我常想起童年最早的寂寞游戏。什么时候起，我不再记住凡人生活雾霭中转瞬即逝的光芒？当鳄鱼街一片片剥落的鳞片闪烁着最初的色彩，如火柴在黑夜中刹那的闪灭——我站住，目不转睛。

让狼群过去

　　第一个镜头是胡安·鲁尔福的面部特写，跟照片中的表情如出一辙。迄今我没发现一张他带着笑容的照片，为了验证他是一个不会笑的人（我常莫名其妙地偏执于自己的直觉），我从头至尾看完了一段四十六分钟的鲁尔福访谈视频，对话是西语"生肉"，我唯一看懂的只是被扫了几回的一本书的封面，那是英文版的《佩德罗·巴拉莫》。

　　是傍晚。客厅的窗玻璃被旋起的梧桐叶敲打，仿佛发着烧的病人上下牙齿磕碰得咯咯作响。虽是冬天，晨起便开始下起了淅淅沥沥的雨，此时，雨终于停了，风探出它蛇一样的身子，四处游走。有时，会听到咔嚓咔嚓的脚步声，一些非常陈旧的脚步声，好像已经走得烦透了。我盯着笔记本电脑，它像潮湿的树木一样嘶嘶地呼气，仿佛要和我一起倾听某种陌生而遥远的声音。

　　视频中的鲁尔福正襟危坐，向下拖拽的眼角、嘴角以及法令纹，使他看起来心事重重。深叠的额纹和狭窄的鼻翼隐约成一个模糊的十字，一下子让我想起他摄影作品中那些用沙漠铁木或无花果树做成的粗糙而简陋的十字架。鲁尔福有一幅让我印象很深刻的摄影作品，我给它起名《n 形门洞》，我能搜索到的鲁尔福摄影作品（他凭借《佩德罗·巴拉莫》出名多年后，出过三本摄影集，可惜我一本也买不到）都没有题目，这恰合我意，就当作鲁尔福给他的粉丝们留下的想象福利好了。占据照片左半部分的是阴惨惨的黑色山坡，坚硬的石头嶙峋错落，几树矮木，没有一片树叶，或许是只要粘上一点土就能存活的青杞，伸出细瘦的像八爪鱼的触手般的空枝，或紧紧抓住峭壁，或僵硬地伸向空中，似乎想拽住一团团飘忽不定的云彩，你能听见它挥舞着带刺的枝条抓挠空气的刺啦声，就像是刀蹭着磨刀石或者碎玻璃摩擦墙壁发出的声响。巨大的阴影从山坡延伸到土路一侧，像黑色的披风几乎罩住了整个路面。照片右下角是一柱石砌的 n 形门洞，干燥的墙柱泥迹斑驳，门洞正上方竖着一个不大的十字架，我猜是用牧豆树的木头做的，两盏马灯对称在十字架两旁，几个身着墨西哥传统长裙的山地女孩正鱼贯穿过门洞，黑色的风掀动女孩们的黑发、长裙和黑色的头巾，并用它看不见的手掌拍打着十字架，马灯发出长长的叫声。我觉得它就是鲁尔福在短篇小说集《燃烧的原野》中所描述过的村庄，名字叫卢维纳、塔尔葩、科马德雷斯坡或者图斯卡库埃斯科，只要你读过这些句子，"云朵已经飘到群山之间，远远望去，倒像是那些青山的裙子上缀着的灰色补丁。"（《清晨》），"上方高处的天空，安详、宁静，照亮了在光秃秃的银合欢树间闪现的云朵。在这个时候，银合欢树是没有叶子的。在这个干燥的时节，山上遍布干硬的野刺。"（《那个人》），你就知道我的判断并非无据可依。

我对墨西哥这块神奇土地的了解最初一定是源于半神级作家鲁尔福，这个在几乎所有照片中都下耷着嘴角，眼神忧郁冷峻的魔幻现实主义作家。他严肃的外表与其文字和摄影作品在精神气脉上的共振性如此强烈，以致我曾先入为主地笃定，鲁尔福自身与他笔下和镜头里呈现的墨西哥乡村一样，有着强硬的失落感、弥漫的孤独感和潜伏的神秘感，他额上的皱纹必定就是墨西哥乡村的忧伤。

同为写孤独的圣手，鲁尔福的骨灰级拥趸加西亚·马尔克斯看起来就温和多了，连他上扬的调皮眼袋和一字形白胡须的弧度似乎都传递着近人不拒的狡黠暖意，尽管读者们普遍认为没有人比马尔克斯更孤独，哪怕是猎鲨的海明威。这当然不排除《百年孤独》引申触类的暗示，但你若稍加留意，不难发现，双手抱臂是马尔克斯的习惯姿势。在心理学上，这是一种警惕、防御、排斥和拒绝的动作，已渐渐固化为肢体语言的标志性符号——优越而无礼，尽管，这个动作的符号性已越来越弱化。而鲁尔福偏偏喜怒形于色。后来我发现，墨西哥另一个作家卡洛斯·富恩特斯也是一个不会笑的人，他同样喜欢双手抱臂，且紧紧地皱着眉头。

天黑下来了，窗玻璃上的小水珠像情人任性的眼泪，弯弯曲曲地向下爬，不知滴落在什么东西上，发出嗒嗒的声音，远处僵直的空树枝间隐隐透着迟到的弱光，一只喜鹊张皇地在两棵苦楝树之间飞来飞去。

坐在记者对面的鲁尔福，双手拘谨地放在大腿上，右手时有令人难以察觉的揉搓动作。最令我意外的是他的眼神——飘忽不定，胆怯犹疑，不敢直视对方眼睛，我一度误以为记者提问了什么作品之外让他忐忑的隐私问题。

事实上，这种眼神我并不陌生，做了多年教师，我能轻易发觉这种躲闪眼神中的浓重阴影，那习惯性不安常常是不顺人生，尤其是不幸童年的延时反射弧。我记得我班有一个女生，小时候父母在车祸中双双离世，上课回答问题时，她的右手永远卷着衣服的右下角，下课时总是低着头独自一人贴着墙根走，生怕引起人注意似的。

鲁尔福的粉丝说，"他试图让自己看上去总有些忧伤，也许不是真的如此，只是个策略罢了。"更可能的情形是，这无关乎策略，忧伤与他如影随形，已长成他身体不可分割的一部分。这个竹子般的男人，内里灌满了忧伤的风。在十二岁之前，鲁尔福经历了一连串的打击，都与死亡有关：祖父去世了，六岁时父亲在一场农民暴动中被谋杀，四年后，多病的母亲也去世了，两位叔叔又被匪帮杀害，另一位叔叔则溺水身亡……失怙又失恃的鲁尔福被孤儿院收留，本已暗淡无光的童年只剩下了冰冷的黑白两色。在修道院用眼泪浇灌的童年，在神学院用贫苦哺育的少年，给鲁尔福留下了终生难以清除的阴影，而在浓重的死亡阴影所笼罩的孤独无助的绝望状态里，他尝试写作，他所有的创作都与幼年经历有关。他需要回忆那些事情，以便它们同自己发生联系，"我只是想摆脱一种巨大的忧虑"，他说。他的一些短篇小说不乏童年生活的烙印，他写的第一部小说《沮丧的儿子》长达三四百页，但他不满其矫揉造作的风格而销毁了它。他一方面感到了清规戒律加诸拉美文学的干瘪乏味，以及造成拉美文学落后的原因之一——西班牙殖民统治带来的过分求工的雕琢文风；另一方面意识到文化知识和文化修养的匮乏，于是一边广泛涉猎群书，一边去墨西哥国立自治大学旁听文学课程。在为糊口做轮胎推销员、长途客车司机和旅行社业务员的间隙，与人合办文学刊物，开始发表小说。在当时的墨西哥文坛，鲁尔福绝对是个异类，他憎恨受到西班牙殖民文化和美国文化影响的墨西哥"杂交"文化，他憎恨那种苍白空洞华而无实的城市文学，作为一种抵制，他写那些"最土的东西"——朴实的人物、村镇的人物、乡下的人物。并且，他用镜头定格了这些被乡村捕获的人。

我最初对鲁尔福的好奇的确是因之前读了马尔克斯《对胡安·鲁尔福的简短追忆》一文留下的后遗症。拉美文学就像一条切开的血管，它汩汩而出的旺盛血液给我们提供解读拉美的新鲜视角，即便你读到的只是拉美文学这个巨大的钻石的一个切面，它的吉光片羽也足以令人惊悦。有着玻利瓦尔式拉美大一统文学理想的马尔克斯曾对卡洛斯·富恩特斯说，"我们大家在写同一本拉丁美洲小说，我写哥伦比亚的一章，你写墨西哥的一章，胡利奥·科塔萨尔写阿根廷的一章，何塞·多诺索写智利的一章，阿莱霍·卡彭铁尔写古巴的一章。"他没有提到与富恩特斯和奥克塔维奥·帕斯并称为二十世纪墨西哥文学"三驾马车"的鲁尔福。

在我的人生中，确曾发生过一些连我自己都觉得难以置信乃至令人不安的巧合，以致我觉得冥冥中定然有一双亚当之眸，为我们标注未知的路径，并偷偷配上最快捷的导航。谁能说，人生中的偶然不是尚未揭晓的必然呢？

二十世纪六七十年代，拉美不断出现重量级作品，那是拉美文学占据世界文学中心的特殊年代，也是作家们沸腾一般的邂逅和相知相惜的最好时期。日后文学史上光芒万丈的星辰，在彼时彼处，触手可及。加西亚·马尔克斯、巴尔加斯·略萨、卡洛斯·富恩特斯、何塞·多诺索、奥古斯托·蒙特罗索、胡里奥·科塔萨尔、卡洛斯·弗朗基……拉美那一代作家们正燃烧着旺盛的手足情谊，他们以"表兄弟"相称，还未因国事与情事分道扬镳。某一天，在墨西哥学院任教的大江健三郎（大江选择墨西哥作为海外旅居国真是太聪明了），被同僚带去了一个作家经常出没的小酒馆，同僚离开后，他仍在柜台前喝着龙舌兰酒，一位上了年岁的绅士用法语与他交谈。此时，戏剧性的对白出现了——"你认识墨西哥的小说家吗？""知道一部作品，那确实是一部出色的小说。那位作家可是理应位于拉美文学中心的人物啊。""或许，该不是《佩德罗·巴拉莫》那部小说吧？""就是那部小说。""我就是写作那部小说的人。"两三天后，当大江再度前往那家小酒馆时，附有胡安·鲁尔福签名的书已经放置在那里了。这是真的！墨西哥城这座城市，本身就是现实与神话世界共存的、充满传奇和刺激的场所。就像胡里奥·科塔萨尔说的，没有什么比偶然的相遇更必然的事。

　　1961 年 7 月 2 日，海明威饮弹自杀。同一天，时年 34 岁，已写了"五本不甚出名的书"（包括《没有人给他写信的上校》）的加西亚·马尔克斯抵达墨西哥（此后墨西哥成为他的长久旅居国和返真之地），他的朋友阿尔瓦罗·穆蒂斯从一堆书中抽出最小最薄的一本，大笑着对他说，"读读这玩意，妈的，学学吧！"这本书就是鲁尔福 1955 年发表的中篇小说《佩德罗·巴拉莫》。彼时，马尔克斯正处于写作的瓶颈期，他觉得自己进了一条死胡同，到处寻找一个可以从中逃脱的缝隙。光亮出现了，如同一个练武之人误闯进世外武林高手隐居的洞穴，突然在洞壁上发现了武功秘籍，"啊，原来小说可以这样写"，我听见"马孔多之父"狂喜的呐喊。连读了两遍才睡下的马尔克斯终于在科马拉找到了照亮马孔多的道路。而此前马尔克斯从未读过鲁尔福的书，甚至从未听说过这个名字。他直言自从十年前读卡夫卡《变形记》那个奇妙的夜晚后他再也没有如此激动和震撼过。那一年余下的时间，他说他再也没法读其他作家的作品，他觉得他们都不够分量。不止如此，马尔克斯跟朋友说，他能够背诵全书，且能倒背，不出大错，并且他还能说出每个故事在那本书的哪一页上，他熟悉任何一个人物的任何特点。

《佩德罗·巴拉莫》真是这样的一部奇书，它甚至治好了马尔克斯的巴托比症（西班牙作家恩里克·比尔·马塔斯曾创作了一部小说《巴托比症候群》，讲述了一种让作家无法写出东西来的奇怪"病症"。代表患者有霍桑、梅尔维尔、兰波、瓦尔泽、霍夫曼斯塔尔、太宰治、三岛由纪夫、卡夫卡、玛丽安·荣格、卡杜、王尔德、塞林格、佩索阿等），成为马尔克斯写作《百年孤独》强有力的灵感来源。吊诡的是，鲁尔福在发表了短篇小说集《燃烧的原野》和中篇小说《佩德罗·巴拉莫》后，自己反倒成了巴托比症患者，再也没有创作新的作品。也许，被誉为"拉丁美洲文学的巅峰小说"的《佩德罗·巴拉莫》，连它的创作者也难以超越——严格的自我要求让他提不起笔来；也许是对现实、理想和读者失望至极，《佩德罗·巴拉莫》出版后，谁也不理解，只印了 2000 册，甚至有人评论它"是一堆垃圾"，鲁尔福不得不把一半送人；也许相比写作，鲁尔福更喜欢其他爱好，比如摄影，比如做轮胎推销员（以文学出名后，并没做职业作家，而是继续做轮胎推销员，玄机难解），就像托尔金更喜欢画画，科塔萨尔更喜欢爵士乐，纳博科夫更喜欢抓蝴蝶一样。《燃烧的原野》中译者张伟劼提供了两种说法，一说他出于正直的品性，在意识到自己创作力枯竭后主动退出文坛，不愿再给印刷机增加负担；一说他不小心写出《佩德罗·巴拉莫》后，就活在这部伟大作品的阴影里，不得不靠酗酒来麻痹自己。我觉得后一种说法尤不可信。虽然迄今没人能揭开他的封笔之谜，但仍有抛梭马迹。二十世纪末的墨西哥，出版变得特别容易，空洞无物的书籍数量十分可观，甚至出现了一种必须用时髦方式写作的"职业文学"，文学新秀们玩弄花招，语言像季节一样很快过时，这一切都使鲁尔福觉得自己与当时的文坛和世界格格不入，被冷落和被排斥的孤独感使他丧失了写作的激情，甚至某种程度上丧失了写作的冲动。"不是我辍笔不写作了，我仍在写我没有完成的东西，在整个那种局面下，我觉得有点孤独""在整个这一群多似蚂蚁的作家中，人们等待着让狼过去，让狼群过去"，鲁尔福在《回忆与怀念》一文中如此写道。对此，博尔赫斯曾略带调侃地揣测说："埃米莉·狄金森认为出书并不是一个作家命运的基本部分。胡安·鲁尔福似乎认同狄金森的这个观点。"我相信，在鲁尔福那里，写作不过是一种生活方式，而成为职业作家，等于将本该是日复一日再现奇迹的可能性生活拒之门外。

言归正题，我们也许可以更大胆一点推测，如果"马孔多之父"没有读到《佩德罗·巴拉莫》，我们可能就无缘读到《百年孤独》。我想，任何一个读者在读到"雷德里亚神父很多年后将会回忆起那个夜晚的情景"时，想必都会不自觉地发出一声惊叹，天呀，《百年孤独》那个惊艳了文学圈的开头"许多年之后，面对行刑队，奥雷良诺·布恩地亚上校将会想起，他父亲带他去见识冰块的那个下午"原来是个转了弯的高仿句。我在连读了两遍《佩德罗·巴拉莫》后，越发相信马尔克斯所言不虚，他当时在犹如被打通任督二脉的醍醐灌顶般的心境下对鲁尔福的推崇必定发自肺腑，就像当初鲁尔福称自己受了福克纳影响一样。只是，等评论界也如此认为时，鲁尔福改口说自己从未读过福克纳，就像马尔克斯在以《百年孤独》成名后几十年间再未提鲁尔福一样。尽管墨西哥文学界后知后觉，但随着多种文学译本的出现，鲁尔福获得了世界范围内的如潮好评，被称为"拉丁美洲新小说的先驱者"，《佩德罗·巴拉莫》出版十五年后，鲁尔福终于获得了墨西哥国家文学奖和哈维尔·比利亚鲁蒂亚文学奖，1980 年墨西哥为他举行全国性纪念活动，并授予他墨西哥国立自治大学荣誉博士称号，1983 年，鲁尔福获得西班牙阿斯图里亚斯亲王奖，1976 年成为墨西哥语言科学院院士，1985 年被任命为墨西哥国立自治大学名誉校长。

其实，阅读拉美作家的作品，享受的正是那种令人摸不着头脑的碎片化美感，那种起伏错落捉摸不定的跳跃感，那种一喉多歌腾挪跌宕的心跳感。豆瓣有个会读西班牙语的小朋友，写了个纯技术帖，教大家如何读懂《佩德罗·巴拉莫》。为了不留死角地弄懂文本，我在读第二遍的时候用过这个办法（只不过我改良了一下，略萨的《绿房子》也可以用此法）：先将全书每个自然段标上序号，西语版是 69 个自然段，我买的版本共 56 个自然段，然后在目录的背面归纳出几条线索并用英文字母排序，哪个自然段属于哪条线索就标注上对应的英文字母。如此，打碎的时空——归位，结构有条有缕。然而，小说变得面目全非了，碎片化的美感不见了，异质结构的翅膀折断了，可以点燃读者想象力的火焰熄灭了，故事变得呆板、无趣而凌乱。

那天晚上，我连续看了两遍鲁尔福的访谈视频，当然看第二遍之前我找到了汉语文字版，弄懂了问答的内容。在吃了一块巧克力之后，我觉得平静多了，便竭尽所能地搜罗鲁尔福的摄影作品，在寂静的夜里，一张张图片像被施了魔法的手，将我拽入一个全然不同的世界。

译林出版社曾在微博官宣：《佩德罗·巴拉莫》和《燃烧的原野》新版的封面，设计时选用的是鲁尔福摄影作品集里的两张图片，设计师的设计是基于这两张原图。该设计方案也得到了鲁尔福文字和图片双方继承人的高度认可，认为封面较好呈现了鲁尔福作品的风格。《佩德罗·巴拉莫》封面用的即是我上文提到的 n 形门洞那幅图片，只不过我们现在看起来封面像是版画模式，黑白原色被调成柔和的浅紫色，刻意淡化了科马拉这座死亡村庄的空寂感和忧伤感，又与原作呈现的人鬼同存，生死无界的文气一脉相接。顺便谈一谈我看过的一版英译本的《佩德罗·巴拉莫》封面，画面中间是一架华丽的棺材，棺材中躺着的是一位身着婚纱双手交叠仿佛沉入梦乡的女子，即便在梦中，痛苦也围绕着她，如同围绕在她身边的 22 个死者（确切说，是 21 个半，有一个只露出了半边身子。加上她，正好 23），等着熄灭她的生命之火。她是苏萨娜，是欺男霸女、巧取豪夺、无恶不作的卡西克（恶霸）佩德罗·巴拉莫心头永远的白月光，巴拉莫临终之际的内心独白不逊于人间最感人的情书，相信很多读者对这段话可以倒背如流，"那时世间有个硕大的月亮。我看着你，看坏了眼睛。月光渗进你的脸庞，我一直看着这张脸，百看不厌，这是你的脸。它很柔和，柔过月色；你那湿润的嘴唇好像含着什么，反射着星光；你的身躯在月夜的水面上呈透明状。苏萨娜呀，苏萨娜·圣胡安。"而这些顶着骷髅头的衣冠楚楚的亡灵们，徘徊在天堂和地狱之间，上天无路入地无门，只好日夜游荡在荒寂的科马拉，像活人一样絮絮叨叨着自己的命运。23 这个数字显然可以附会为接二连三，绵绵不断，凡是抵达科马拉的人都会陷入永恒的死亡。不能忽略的是，远处门廊之间还站立着一个活人，那应该是小说的叙事者胡安·普雷西亚，即佩德罗·巴拉莫的儿子，他遵母之嘱，穿梭于破败鬼魅、冷冷清清、空无一人的科马拉寻找父亲，却一路被亡魂牵引，与亡魂交谈（仿佛他是个活人），不同时空、层层叠叠的爱恨情仇像地狱的风一样迎面扑来，又像被时间机器打碎的冰雹，化为如针细雨纷纷扎在披上了死亡外衣，染上了死亡疾病的科马拉的硬土上。评论家们普遍认为《佩德罗·巴拉莫》打破了生死界限，"用近似于灌注了魔力的笔为我们构建了一个人鬼共处的真实世界"，人民文学出版社 1986 年出版的译本直接将书名译成了《人鬼之间》。而鲁尔福在访谈中却否认了这一点，他说，"不存在生与死的界线。所有的人物都是死人。这是一本独白小说，所有的独白都是死人进行的。就是说，小说一开始就是死人讲故事。他一开始讲自己的故事就是个死人。是一种死人之间的对话，村庄也是死去的村庄。"尽管满是骷髅的封面迎合了小说的表层内容，但它渲染出的不适感和恐怖氛围与小说柔和纯朴的气脉并不投契，小说中的死亡是罩上淡淡哀愁的孤独。无疑，鲁尔福那些"纯朴而悲伤"（法国作家勒·克莱齐奥语）的摄影作品与小说表现的内蕴更为搭调，他的照片敏捷地捕捉了时光和命运中的某些阴影最重的感光时刻，细腻地展示了墨西哥乡村大地上的暗影和云翳、落后和贫瘠、苍凉和苦难，还有无处不在的死亡。他的摄影在清澈、新奇、冷峻的表层下，藏有庞然又深切的悲悯。

《燃烧的原野》封面是以鲁尔福的另一幅图片为设计原图。我觉得这幅图片简直是《佩德罗·巴拉莫》开头的完美释读，无疑，它更适合做《佩德罗·巴拉莫》的封面而非《燃烧的原野》："那里正值酷暑，八月的风越刮越热，还夹带着阵阵石咸草的腐臭味。道路崎岖不平，一会是上坡，一会是下坡""在阳光的照射下，平原犹如一个雾气腾腾的透明的湖泊。透过雾气，隐约可见灰色的地平线。远处群山连绵，最远处便是遥远的天际。"原图可以名之为《在路上》或《去远方》之类，你看，黑色的平原起伏不定，疯长的格壁塔娜草（或许是豚草或别的什么草），连接着灰色的天空，连云朵也被这不透气的墨色染黑，两个戴着草帽的身影渐行渐远，那不正是到科马拉寻父的胡安·普雷西亚和他偶然邂逅的同父异母兄弟——赶驴人阿文迪奥么？"于是，我们又沉默了。我们朝山坡下走去，我耳中想起驴子小跑时在山谷中传来的回声。八月的盛暑使人昏昏欲睡，我困倦得连眼皮都抬不起来了。"

我像热爱鲁尔福的小说一样热爱着他的黑白摄影作品。也许真正的艺术从来不需要刻意创造，而是遇见。"有些村庄天生具有不幸的味道"，比如科马拉，比如马孔多。如果做过记者的马尔克斯看过鲁尔福的摄影，想必会从椅子上跳起来，拍着年长他十岁的鲁尔福的肩膀说，"老兄，你的摄影与小说一样让我激动啊！"我呢，自从迷上了鲁尔福的小说和摄影，就忍不住向每一个我认识的读者介绍他的小说和图片——荒寂的村落、破败的石雕建筑、一望无际的田野、老牛皮一样的土地、手提篮子行走的村妇……鲁尔福摄影构图和手法的现代性像他的小说一样，即便在今天看来也堪称一流。看起来十分正常的乡村其实是个巨大的谜语，它们像《佩德罗·巴拉莫》留下的万千玄机一样，等待着喜爱猜谜的人去猜测谜底，有限拘束却又开放自由的解读空间让它们不逊于同时代的任何一位摄影大家。

如果说拉美作家是同一次爆炸里的星辰，那么，从某种耐人寻味的角度来说，墨西哥摄影家就是同一棵树上的叶子。"他要歌唱 / 为了忘却 / 真正生活的虚伪 / 为了记住 / 虚伪生活的真实"（奥克塔维奥·帕斯《诗人的墓志铭》）。在他们的镜头下，你会接收到来自陌生人的精神共振，他们的作品带有别有风味的民族符号和独具匠心的创造力，即使他们有着迥然有异的拍摄主题。比如与鲁尔福同时代的玛努埃尔·阿尔弗雷兹·布拉沃，他的黑白摄影与鲁尔福的小说一样，将镜头集中在社会最普通阶级的生活上，特别集中在发生隐秘勾连的意味深长的事物上，留下白驹过隙的人生中许多耐人寻味的意象。他会运用出其不意的光线对比营造魔幻的拍摄效果，以看似超现实主义的创作手法（不同于佩德罗·梅耶尔的合成手法）来突出墨西哥的神秘莫测和丰富多元，他的摄影不论是现实还是荒诞，画面都有明晰的主次。与鲁尔福的不动声色不同，他的某些摄影，隐喻明目张胆，构图尤为前卫、夸张、荒诞。你会看到长满警惕眼睛的街道，带着旧布面具的男人，躺在地上脑袋破碎的女人，墙壁里伸出的一只求助的手臂，裸着上身只披着麻袍的贫穷妇女，从破旧木楼窗口垂挂下来的两双腿。布拉沃的助理，后来成为最重要、最有影响力的拉美摄影师之一的格雷西拉·伊特比德，作品中有着与她的人生导师布拉沃相似的魔幻风格，失去爱女一度陷入精神危机的伊特比德，靠摄影去理解、接受和预测生活，并将自己的想象和直觉毫不犹豫地灌注在作品上。她留给我印象最深刻的作品并非《鬣蜥圣母》或《妇女天使》，而是名为《飞翔的眼睛》的艺术自画像。她扬着头，两只鸟，一只活的，正用嘴啄着她的右眼，而一只死鸟，正死在她的左眼上。不唯布拉沃和伊特比德，墨西哥甚至整个拉美的摄影师的摄影风格，或多或少都受到拉美魔幻现实主义小说的影响，弥漫着和鲁尔福摄影同样的吸引人的魔幻感、孤独感和忧郁感，这是那个时代烙在墨西哥艺术家身上的相似的疼痛。而除了令人拍案的想象力，不约而同的，墨西哥的作家和摄影家们都有将司空见惯的事物陌生化的能力，那些难以置信的奇景幻象都萌芽和破土于现实的土壤，他们从母国墨西哥文化传统中寻脉借力，既形成了对墨西哥独特的敏感和自我意识，又拥有开阔的文化视野，专注于探索人与自然的关系，在现实与魔幻之间搭建隐然的桥梁。

曾经，我向往着像杰克·凯鲁亚克们那样，以一颗年轻的、躁动的、反抗的心日行千里，夜宿村落，过放荡不羁永远热泪盈眶的流浪生活。而今，理想早已成为过了保质期的药片，我变成了完全不同的另一个我。而看起来沉静的鲁尔福却一直"在路上"，永远"在路上"。在寂寞的推销旅途中，鲁尔福游遍了墨西哥，他想跟公司要一台收音机以稀释孤独，却因此被炒了鱿鱼，沉默的鲁尔福用沉默的文字和图片记录了那段"在路上"的时光。苏珊·桑塔格声称鲁尔福是她在拉美遇到的最好的摄影师，我们可以从这些照片中，窥见墨西哥历史文化和当地人生活之间的关系。正如博尔赫斯在他的诗歌《我用什么才能留住你》里所叹息的那样，"我给你瘦落的街道 / 绝望的落日 / 荒郊的月亮 / 我给你一个久久地望着孤月的人的悲哀……我给你一个从未有过信仰的人的忠诚。"我看到了早在鲁尔福出生前多年的一个傍晚看到的一朵黄玫瑰的记忆，我也看到了他对生命的诠释，他给我们的他的寂寞、他的黑暗、他内心的饥渴，他试图用困惑、危险、失败来打动我们的那些情绪。

与一般摄影作品"忽略细部，突出主体"的单向度摄术相悖，鲁尔福拍摄的作品有时候并没有明确的主体，或者主体并不单一，他的摄影让人无法放过任何细枝末节，每一个出现在画面中的意象仿佛都耐人咀嚼。读鲁尔福的小说时，我迷恋他的语言，抽象而丰满，叙述简洁而不动声色，人物也好，场景也好，哪怕是一个句子，都可以浓缩成明晰的画面，每一篇小说都可以看作是一张张照片的拼接；而欣赏鲁尔福的摄影作品，又会感觉像在读他的某一部小说，故事自动扑面而来，总让人觉得他拍摄的作品好像自带叙述功能，每一幅图片都可以拓延成一整段话甚至一部小说，我们不知不觉会拿他作品中用过的想象、象征、隐喻、虚拟反过来解读他拍摄的画面，解读他图片中的悬空的头绪和空白，就像解读他充满沉默的小说。

我沉迷于他照片中那些无处不在的阴影。那些土房子徘徊不去的暗影像一块块黑色的布遮住了整个道路，只露出门洞那黑黢黢的眼；垂着长辫站在土窗口望向我们的老妇人，半边脸被光影遮着；远处群山的倒影被遒劲的落羽杉老枝（也可能是椴树、扁桃树或无花果树）压住，发出痛苦的呻吟；看不清面容的村民走在遮天蔽日的橡树或月桂树的阴影里，蝼蚁一样无声无息；几乎遮住了天空的黑云的乱影，马蹄踏碎的燥土的灰影，凌乱的晾衣竿的瘦影，孤零零的钟亭的斜影，投射在土墙上的木麻黄树或是金合欢树的斑驳印迹，缠绕在牧豆树做成的歪歪斜斜的十字架上的铁丝的淡影……无处不在。连石头和风都是黑色的。那是堕入暮色之中的地方，"它忧伤的气息像钉子一样紧紧钉到人的魂里去，怎么拔也拔不出来"。气氛、光亮、墙壁，远的、近的，看得清的、看不清的，一切都是沉默的。但分明，你又可以听见寂静发出的声音，不是呐喊，而是无数细细碎碎的低语，梦呓一般，从裂墙里、洞穴里、灯芯草丛里，从任何有缝隙的地方传来。他摄影中的留白就如同他小说中的未释悬念。无论是寂寞的阿兹特克废墟，还是喧嚣的现代都市，所有的东西都带着阴影，所有看过的人都留下忧郁的影子，令我无数次想到米沃什的诗，"没有影子的东西，是没有力量活下去的"。

墨西哥平原那些硕大的热带植物常以"夸大其实"的超现实形象出现在鲁尔福的镜头里。"世纪植物"龙舌兰牛角一般纵横恣肆，倚在七八米高的龙舌兰花序里的村民身着白衫白裤（墨西哥农村男子的传统服饰），高顶草帽遮住了眼睛，砍刀别在腰间，就像一截死蛇；乱草之中巨大的仙人球堆像平原的眼睛，锋利而警惕；密密叠叠刺向天空的沙漠仙人掌（也可以是丝兰，也可以是贝叶棕），以它锋利的芒刺目视着路过它身边穿黑色大氅的牧师。我分不清哪些是原生植物，哪些是迁徙品种，就像我分不清鲁尔福作品里的人，哪些是印第安土著，哪些是阿兹特克人，哪些是西班牙人后裔。

　读鲁尔福的摄影，总是让人想到他小说中写到的村庄。村里的男人为了革命或为了生计都离开了，"只剩下老头老太和那些还没生出来的……还有那些瘦得还没发育完全的女人和儿童，也有的女人有丈夫，却只有上帝知道那人跑到哪里去了，他们回来又离开的时候，给老人留下装着粮食的口袋，在他们的女人的肚子里种下又一个小孩儿"……生活像破裂的冰面，他们涉险而行。二十世纪初，虽然墨西哥革命——更确切的提法叫"墨西哥大造反"——推翻了独裁政府，但革命后的土地改革对农民来说不过是一场破碎的肥皂泡，他们没有得到一寸他们视之为生命的土地，得到的只是政府的滥调和谎言，他们一无所有的贫苦状态并没有根本性改变，乡村"好像搁在炭火上一样热，也仿佛就是地狱的门口"，而揭竿而起的造反者并不知道为什么革命，他们不过是看见别人起义，自己也要革一革命罢了。没有头脑的起义风暴最终革的不过是随波逐流的乌合之众自己的命。"不管从哪处看，卢维纳都是一个让忧伤筑了巢的地方。在那里，人们不晓得欢笑，好像所有人的脸上都盖着一面板子。您要是愿意，随时都能看到这种忧伤。在那里吹着的风搅动着这种忧伤，却永远不能把它带走。它就停留在那里，仿佛就生在那里似的。这种忧伤甚至可以尝得到，感觉得到，因为它总是停留在人身上，死死地把人压住，因为它让人窒息，就像是在活蹦乱跳的心头敷上了一大块烂泥。"（短篇小说《卢维纳》）大体上，魔幻现实主义作家鲁尔福并没把运用于小说的魔幻炫奇手法夸张地用于拍摄，尽管他的摄影弥漫着与其小说一以贯之的某种情绪——神秘、破碎、迷离、荒诞，他所写所拍的永远是他童年记忆中的乡村，黑暗而美丽。

如果有一天，我有机会去墨西哥，肯定不会先去看一场热闹的帽子舞，也不会急着去参加盛大的亡灵节，或是去吹吹亚马孙森林的湿风，我一定要先找一家小酒馆，来一杯马尔克斯、科塔萨尔、鲁尔福、博尔赫斯笔下多次描写过的龙舌兰酒。我记得富恩特斯说，龙舌兰酒并不像大家所说的那样能使人把往事忘却，反而是更快地使种种回忆涌现出来。那么，来吧，将盐巴洒在手背虎口上，马上拿起一片柠檬，然后迅速舔一口虎口上的盐巴，咬一口柠檬片，紧接着端起酒杯，一饮而尽。

好的鸟

晨看云。九楼的窗口望出去，东边一团棉絮样白烟在淡青色山头盘桓，仿佛凝滞。一错目，却早变了形状，似是被风打散，似是渐沉草木间。再偶一抬头，又忽地聚起不动。西边有粉色的云朵，在溶溶的天空上流转、变幻。

我在寻找鲁文·达里奥的巢鸟，这个尼加拉瓜诗人太热爱鸟了。想起希腊神话中的伊卡洛斯，他和父亲代达罗斯乘着蜡粘的翅膀，逃离迷宫。父亲嘱他，不可高飞，否则蜡翅被阳光所炙必会融化。可他偏想飞得更高，看得更远，甘心为了亲近太阳而坠落爱琴海。不可否认，伊卡洛斯的飞行之梦体现的是人类永恒的不安、探索和诗意的飞升需求。鲁文·达里奥也是如此啊，他渴望拥有伊卡洛斯之翼，在飞翔的可能性上极尽执念。

不唯达里奥。在拉丁美洲丰沛而神秘的热带雨林中，在诡谲跳跃而不羁狂放的文学天空中，深翔着一只只挥动羽翼，飞向自由的隐秘的伊卡洛斯们——哥伦比亚的加西亚·马尔克斯，秘鲁的何塞·马里亚·阿格达斯和巴尔加斯·略萨，阿根廷的豪尔赫·路易斯·博尔赫斯（非常推崇达里奥，自认为是达里奥的传人）和胡里奥·科塔萨尔，智利的巴勃鲁·聂鲁达和罗贝托·波拉尼奥，古巴的阿莱霍·卡彭铁尔和何塞·马蒂，墨西哥的奥克塔维奥·帕斯、卡洛斯·富恩特斯和胡安·鲁尔福（一个有趣的旁逸注脚：拉美"文学爆炸"四大天王经常聚会的餐厅名为"小鸟之泉"）……我们最终不得不住在每一棵高树上——缘木求鸟，以便一一登记他们的地理和飞翔轨迹。

不乏记录的先蹈者。危地马拉著名小说家和散文家奥古斯托·蒙特罗索曾把自己发表过的关于拉丁美洲作家的随笔汇编成书，书题为《西班牙美洲的鸟儿们》，他不喜欢美国人提名的"拉丁美洲"的称呼，他叫它"西班牙美洲"。奥拉西奥·基加罗、聂鲁达、博尔赫斯……在他笔下统统被称为"好鸟"。

好鸟们的习性和飞行姿态各不相同。蒙特罗索本人大概致力于做一只啄出独裁者和粗鄙者眼珠的乌鸦，同时也是一只啄出博尔赫斯指南（可参考阅读《豪尔赫·路易斯·博尔赫斯的利与害》）的乌鸦。我们对乌鸦狭隘的偏见并未波及用英语、法语或西班牙语写作的诗人们，这真是好事一小桩。使美国诗人爱伦·坡一举成名的诗歌《乌鸦》来自另一个"永远不再"的悲郁时空，它沙哑的哀鸣啄扣了罗贝托·波拉尼奥的心。某一个秋日，清冷的日内瓦公墓。波拉尼奥坐在面对博尔赫斯墓石的凳子上，看着墓石上豪尔赫·路易斯·博尔赫斯的名字、生卒年和那行诗句（古英语：
"不应恐惧"），突然听到一声沙哑的鸦啼。嗯，人生充满了
必然中的偶然。人生诡异？没错，是波拉尼奥将爱伦·坡的
《乌鸦》译成了法语。波拉尼奥在某次访谈中被问来世最想
变成什么？"蜂鸟。"他回答得毫不迟疑，"那是世界上最小
的鸟，最轻的种类只有两克。"然而我们知道，蜂鸟是唯一
可以向后飞的鸟，是唯一能够以快速拍打翅膀的方式悬停空
中的鸟，在拉美传说中，为阿兹特克人带来太阳光热的是蜂
鸟，引导托克特克人走过漫长朝圣路的也是蜂鸟。

　　稍微琢磨一下，我觉得"作家中的作家"博尔赫斯堪比
红鹨，珍稀、耀眼，他面前的月亮永不熄灭，他小径分叉的
花园香远益清，他是好鸟中的好鸟；猫科大鸟科塔萨尔是苍
鹰，勇猛无羁、一往无前；伫立于燃烧的原野的鲁尔福是啄
木鸟，爪坚硬，嘴锋利，从未希冀被关注；卡斯特罗的老朋
友马尔克斯是霸鹟无疑了，必胜鸟的别称非他莫属，此鸟甚
至是空中之王的天敌，马孔多的孤独是哥伦比亚的孤独，是
拉美的孤独，也是世界的孤独；少年成名的略萨更像巨嘴
鸟，斜杠人生，奇异多彩，跌宕夺目；聂鲁达是我一生不变
的心头好，智利的国鸟孔多尔鸟（也叫安第斯山鹰）也许最
适合他，孔多尔鸟是世界上最大的飞鸟，定居于人迹罕至的
高山深洞。忧伤的聂鲁达，那些寂静又婉转的诗句，多么让
人迷恋啊！"夜晚的鸟群啄食第一阵群星，像爱着你的我的
灵魂，闪烁着"……

折叠世界 / 王雪茜

啊，闪烁着，闪烁着的群星和鸟群。如此热爱鸟群和星星的，怎么能少得了鲁文·达里奥？在拉美的鸟群里，鲁文·达里奥是一只滑出翔道的天鹅（没有人比他更配得上这个称呼——天鹅诗人），蓝颜色的天鹅。在古希腊神话中，为了追求美貌的斯巴达王后丽达，天神宙斯化身天鹅，引诱了丽达，丽达怀孕，生下了两枚金色的天鹅蛋，一枚孵出了双子希腊英雄卡斯托尔和波吕丢克斯，一枚孵化出了吕夫涅斯特拉和引发特洛伊战争的海伦。而宙斯化身的天鹅留在天上，成为天鹅星座。在西方人眼里，天鹅带有天使的特征。达里奥写下无数诗句赞美天鹅，他一时间想拥有天鹅美妙的翅膀，想将天鹅甜蜜的胸中那颗玫瑰式的心脏和它不停的热血一起跳动在自己的胸膛。

达里奥挥动着一双蓝色的翅膀在蔚蓝色的海洋上空翱翔。拉美好鸟们的翅膀色彩缤纷。略萨的翅膀是绿色的，他在干燥的沙漠中盖起的生机勃勃的绿房子，给拉美燥热的空气带去了丝丝凉意；鲁尔福的翅膀是黑色的，他的黑色是碳，能燃起火焰，将墨西哥原野上的尘土和石头一并点燃；博尔赫斯的翅膀是彩色的，盲者的花园里，争奇斗艳、五彩斑斓……达里奥的翅膀当然是蓝色的，必须是蓝色的。他的蓝色是天空，是大海，是仙女、公主、王子、半人半仙的怪人，也是玫瑰、百合和星星，更是自由和艺术。雨果早就说过，艺术是蓝色的。达里奥的诗歌是蓝色的诗歌，他的故事被其命名为蓝色的故事，他的忧郁标记着永恒的蓝色记号。他在《蓝鸟》中写了一个巴黎青年青春和梦想的破灭。一个绰号"蓝鸟"的天才诗人加尔辛确信自己大脑的鸟笼里关着一只想要自由的蓝鸟，为了让被囚在脑袋里的蓝鸟获得自由，他用子弹打碎了自己的头。"我在春天里为可怜的蓝鸟打开了笼门"。是死亡也是自由。写此诗时，十九岁的达里奥尚未去过巴黎。二十一岁，达里奥出版第一本诗文集《蓝》，他最初的蓝色滥觞于法国，法国帕尔帕斯派（高蹈派）给了他创造一种全新语言、全新韵律最初的灵感和勇气。西班牙著名现实主义作家胡安·巴雷拉为达里奥大胆的表达而惊叹："伊比利亚半岛上我不认识任何人有这样世界性的眼光，就算长居法国，法语完美，他们也都不曾这样理解和融会法国精神。"与众不同、引领潮流的达里奥在《蓝鸟》的结尾叹息，"多少人的脑子里得了你得的病啊！"可以肯定的是，达里奥的脑子里分明也囚着一只蓝鸟，他渴望通过勤奋写作获得自由的启迪。在达里奥的世界，蓝色是理想、苍茫、无限的象征，是幻梦的颜色，是海伦与荷马的颜色，是大洋与天穹的颜色。

　　某一阵，他一直在我身边（他炯炯的眼神让人无法逃避），在细密的阳光里，在稀疏的蕉树下，在瑟瑟的水边，有美人陪伴，有鲜花萦绕。他不同于鲁尔福，鲁尔福属于褚黄色的大地。你很难在尘土飞扬的大地上捕捉到达里奥的身影，达里奥眼里的大地只能是岛屿。他属于天空，属于大海。在好友伊梅内斯眼里，达里奥不是海豹，而是虽粗野但情趣高雅的海上人妖。嗨，你永远无法忽略他骨子里的法国味道。在西班牙，他长时间生活在海边城市马拉加和马约尔卡，他身上有挥之不去的海的味道和海的颜色，他喜欢的是透过海螺罅隙吹出的海的声音。海螺有着心的形状，海螺和竖琴就是他诗歌的声音。他掌握风向的本领超过任何一位有经验的船长，那些人用国王的海上红旗玷污了蓝色的天空。他满怀甜蜜的期盼和幸福的呢喃，没有一朵玫瑰不爱他，没有一只优雅的鸟儿不倾听他的语言，他毫不吝惜对"蓝色"的赞美。

喝威士忌吃海鲜的达里奥，穿白色水手服的达里奥，写过许许多多的大海。大海，加倍的大海；蓝色，加倍的蓝色。太平洋、大西洋、地中海，在他笔下都是海，是点燃星星、涂抹彩虹、拉起竖琴的海，是和谐奇妙的海，是能带来仙女礼物和梦境的海，是与天主教格格不入的异教徒的海。"他的大海不讲玄学，不讲心理分析。他的海是元素，是永久性的历史地平线，他的大海里有杰出人物组成的岛屿。"（《三个世界的西班牙人》）他心目中真正的岛屿远在加勒比海和太平洋之外，那里有阿耳戈号船，有古希腊英雄阿尔戈，有哥伦布和巴斯克人的船帆，有古代黄金的战船，蓝色的矿，苦涩的风，盐吹到脸上。如繁星一样，达里奥听到了涛声和暗语，神秘的风声和深深的波浪，他热爱着伊阿宋的梦想。

他的人生是波浪式的，有大起有大落，有大悲有大喜，有暗淡的尴尬窘迫，也有耀眼的大红大紫。文字透露了一些秘密，但对读者来说，他仍旧是一个谜。他的诗文，如其跌宕起伏的一生，同样涌动着海浪式的技巧。借助海浪的推力，浪花滚滚向前。让我们读读我最喜欢的《中国皇后之死》，读读具有波浪般起伏的可塑性故事。我们从"细腰"开始读起：雕塑家莱卡莱多迎娶了快乐的小鸟苏赛特，他将她关在丝绸、长毛绒和花边做成的鸟笼里。随后，目光上升至饱满的"胸部"：婚后无限的相亲相爱，耳鬓厮磨啊。接着，跌落到乏味的"腹部"：物化的娇妻与八哥一样成了点缀，是妻子，是玩物，还是两者兼具？雕塑家有点迷惑不解。转折突现，回升至性感的"双肩"：好友罗伯特从香港寄来了神秘的礼物，精美的中国皇后半身瓷像——肩上盖着起伏如波的绣龙的丝袍，表情如谜，露出斯芬克斯的微笑。高潮迭至，浪花翻涌，"四肢"舞动：艺术家狂热地爱上了中国皇后，他用挂满稻田仙鹤的屏风为她围出一个袖珍单间，在她身边摆上所有日本与中国的珍玩宝贝，每天数十次给他的大皇后偶像献上鲜花，这可真是热恋呢。情节悖转，我们窥到了"臀部"：苏赛特吃醋了，嫉妒之火像火蛇紧缠着她的心，病态忧郁的肖邦的旋律从黑色的钢琴里响起。啊，难道你不爱我了吗？被忽视的苏赛特哇地大哭了起来。终于，轮到了"脑子"，矛盾解决：金黑两色座基上的半身像不见了，碎片洒落一地，苏赛特穿着小小的鞋，在碎片上踩得吱吱响。大仇已报，中国皇后死了。艺术家回到现实，好了，现在只剩下了一种声音，艺术的声音。

　　沿着绿色、蓝色、灰色、黑色的拉美，沿着这个盛满了阳光、飓风、蜂鸟和苦艾酒的拉美，达里奥用温柔的句子击打着憔悴不堪的尼加拉瓜，让远近读者的心变得忧伤而柔软。十九世纪的尼加拉瓜，刚摆脱西班牙的殖民枷锁，又沦为英美两国抢夺的目标，保守党治理三十年后，又被独裁政府统治十六年，此后，尼加拉瓜政变不断，斗争不熄。既受制于强人独裁统治，又常遭受内战的打击。其他拉美国家的境况也大抵如此，作家们为打造一个国家身份或拉美身份而忙碌，有世界性追求的作家凤毛麟角，彼时，以加乌乔文学为代表的地区主义文学和以本土风尚为题材的风俗主义文学盛行，现实主义因素浓厚，大众的案头读物是墨西哥阿尔塔米拉诺的故乡生活素描《山区圣诞节》或是德尔加多的《云雀姑娘》。并且，拉美的浪漫主义气息微弱，无论在深度还是强度上，对英美德浪漫主义望尘莫及。即便涌现出古巴的何塞·马里亚·埃雷迪亚、厄瓜多尔的何塞·华金·奥尔梅多以及委内瑞拉的安德雷斯·贝约三大浪漫主义诗人，但三大诗人的作品中，仍旧烙印着浓重的古典主义痕迹。

　　达里奥的辞藻表达一反常规，他喜欢的词语是黄金、玛瑙、玫瑰、水仙、百合、蝴蝶、珍珠、象牙、水晶、长笛、竖琴、里拉琴、小提琴，各种奇花异草、珍禽怪兽，甜蜜炫目、艳丽奇妙。他喜欢的国度是印度、意大利、中国、日本、古希腊，多么遥远又可靠的素材啊，遥远的妙处是可以天马行空，也许只有鞭长莫及的远方才能成为一剂止痛针。他偏爱这些"纯粹的美"，天鹅、孔雀、百合花是诗文中永恒的主角。我恍然发觉，脑子里囚着蓝鸟的岂止达里奥，读到他文字的读者们也需要在春华明媚时打开自己的心笼呀！达里奥讲究形式美和节奏的音乐性，他扩大词句的意境，丰富词语的含义，他追求幻想的意境和感伤的情调，他描写雅致的珍品和浮夸的风光，十八世纪豪华的法国宫廷、拥有神秘故事的古希腊罗马、文艺复兴时期的意大利、中古时期的西班牙、古代东方，都是他脑海中的海市蜃楼。

有时，达里奥看起来像一个"拿来主义者"。他的文字里，印第安文化、西班牙文化、古希腊文化、欧洲文化、中国和日本等东方文化勾兑杂糅。在他的诗文中，读者首先会发现那些非拉丁美洲因素，而正是这一点，让达里奥的诗文成为拉丁美洲的教材。他脑海里的"玄学美景"，题目叫作"蓝国书简"，语言只是血肉，骨子里是思想，思想的风景。在蓝色国度里，有皇宫中的器物，中国的陶瓷和美丽公主，日本的屏风和粉色天使，巴黎聪明活泼的仙女，圆形装饰物上的古希腊人，一文不名热爱裸体雕塑的维利亚聂威艺术家。《耳聋的萨提洛》中，萨提洛（希腊罗马神话中半人半羊神）因得罪了神，被变成了一个聋子，在他统治的森林里，所有的动物都对他献出谄媚，他有两个宫廷顾问：一只云雀和一头驴子。萨提洛听不见诗人奥尔甫斯优美而有力量的里拉琴，也听不见云雀对奥尔甫斯和谐之音的赞誉，耳聋的萨提洛从哲学家驴子愚蠢的叫声中做出了判断，奥尔甫斯伤心地离开了耳聋者的领地。在独裁者那里，艺术毫无用武之地。达里奥借树开花，以奥林匹斯山为背景，以希腊故事为包装，表述的却是东西方共通的哲思。《仙女》的背景换成了巴黎，小姑娘莱斯比亚和她的朋友们茶余饭后的谈资仍旧是萨提洛一类的希腊故事。达里奥吸收利用了古希腊文化尤其是古希腊神话，游刃有余地将欧洲的历史和美学思想挪为己用，换言之，达里奥将沉在西班牙文化棄臼中的拉美文化一掌拍进了西方文化的行列里。

尤让我感动的是，达里奥对中国、日本等东方国家的迷恋。他是中国的"小迷弟"，他对"虽不能至然心向往之"的中国充满崇敬之情。中国是他心目中的另一方蓝国。我喜欢他的故事小集"遥远的中国"中那些小故事，《中国皇后之死》《伦敦白教堂中国展览》《中国烹调艺术》，他懂得怎么欣赏东方艺术的美丽和奇妙，他对变化莫测的中国问题有犀利而前瞻的判断。

且慢，我读到的真的是小说么？虽然有小说的情节，可明明是诗歌的语言，散文的结构呀。这是一部奇特的作品集，命名为短篇小说集，却又好像诗歌，好像散文，好像寓言，好像传说，却又都不是。瞧，身为拉美作家中的一员，就是如此任性不羁，他们从不刻意为自己的文字寻找文体，他们一出场就跳出了语言和文体的陷阱。买这本书时，推介语说，作为拉美现代主义的先行者，达里奥最先独创了这种介乎小说、散文与散文诗三者之间的文学形式。赞美未免有点偏狭。我们可以罗列一下这本小说集的几个分题，便可一窥达里奥天空般游刃宽广不受任何羁绊的蓝色思维——"蓝色的故事""艺术家生活""幻想与恐怖""经典与演义""黑色的故事""寓言与戏言""叙事诗小集"。

有评论者把达里奥与塞万提斯相提并论，可达里奥并不是堂吉诃德啊，他笔下的天鹅，并不是纯粹的美物。他所创造的并非完全架空的幻想世界。如同济慈在一封信里所写的那样，"灵魂自身是一个世界。"在潺潺的溪水下面，在芳香的红绸缎里面，是哀婉深邃的底蕴，是天籁般的思索。他的天鹅用弯弯的脖颈作了问号，他的天鹅像痛苦的思想家四处游荡，这人世并不值得信任，这生活并不值得歌颂。他为国家之忧而忧，也为个体命运的乖蹇而叹，忧伤满溢，唯有遥远才是捷径，唯有幻想的美景可以一纾苦闷。当北方的迷雾使无辜的民众感到痛苦，谁愿意向残暴的蛮族屈膝？当玫瑰已枯萎，棕榈已衰败，谁愿意抛弃自己的母语？当憧憬头脑几乎不再有，每个人都成为自己灵魂的乞丐，天鹅神圣的脖颈那疑问的形象，给诗人以灵感以警醒，让他透过天鹅的羽翼看到了美洲幼马的逃遁，听到衰老的狮子暮年的鼾声。噢，鲁文·达里奥，他在醒悟中表现出忠诚，像询问等待前途的斯芬克斯。他期待崇高的贵族，他呼唤勇敢的骑士，他不愿为了将来痛哭流涕而在当下保持沉默。白日春不渡，黑夜万梦星。达里奥并不是一只躲在象牙塔里以眼泪浇灌玫瑰的孔雀。

言及此，我特别想介绍达里奥"蓝色的故事"首篇——《资产王》。它讲述的是一个诗人在王宫中的悲惨遭遇。酷爱艺术的君王有恩宠的音乐家、修辞学家、颂诗作者、画家、雕塑家、药剂师、理发师和击剑师，有权有势的资产王有赤身裸体的女奴，有各色华美的奇装异服。诗人对君王述说他的理想，"艺术是庄严的，它要么穿着黄金和火焰的披风，要么赤身行走，在阿波罗和呆鹅之间，请选择阿波罗，哪怕前者是土烧的，后者是象牙做的。"他认为诗歌在君王的默许和怂恿下被糟蹋、被作践了，诗歌里唱的是女人的黑痣，诗歌被炮制成了诗歌糖浆。连鞋匠都对他的十一音节诗句品头论足，药物学教授也对他的诗歌指手画脚。君王鄙弃诗人的理想，哲学家建议君王让诗人在天鹅池旁摇八音盒的手柄，模拟各种舞曲的声音，点缀巍峨的皇宫美景。可怜的诗人在一个大雪之夜被沸腾欢乐的众人遗忘，像一个麻雀一样被冻死了。阳春白雪，和者盖寡，这个诗人身上无疑投射了达里奥的身影，我们依稀看到他对诗歌理想的追求，对创作实践的反思，对被压制排挤的无奈。去世前几年，达里奥因酗酒过度丧失意志力，曾一度沦为商业杂志的广告工具。故事中有一个寓意是明确的，单纯模仿的艺术只有死路一条。充满矛盾的诗人给这个绝望故事的注脚却偏是"开心故事"。欢乐与悲哀，狂热与颓唐、崇高与放纵、理想与绝望本就是一体的两面。

十九世纪末期，墨西哥诗人萨尔瓦多·迪亚斯·米龙、古铁雷斯·纳赫拉，古巴诗人何塞·马蒂、胡利安·德尔·卡萨尔，哥伦比亚诗人何塞·阿森西翁·西尔瓦和秘鲁诗人曼努埃尔·贡萨莱斯·普拉达，或多或少，都曾在作品中尝试表现出现代主义风格。然而，真正将现代主义诗歌推向高峰、第一位对欧洲诗坛产生重大影响的诗人有且只有一位，那就是在拉美被尊为"诗圣"的鲁文·达里奥。

达里奥的现代主义，在我看来，无疑就是先锋。尤内斯库讲过："所谓先锋，就是自由。"这种自由，也就是一种民主理念。独立战争以后，拉美作家们看不到出路，为排解苦闷，作家们打开了多扇窗户。"我厌恶自己的时代和生活"，达里奥直言不讳，"倘若我们美洲有诗歌，她在古老的事物中：在巴伦克和乌塔特兰，在具有传奇色彩的印第安人和细腻多情的印加人身上，在坐着金交椅的伟大蒙德祖玛身上。其余的则属于你：民主的沃尔特·惠特曼。"

达里奥常被斥为封闭在象牙塔内的逃避主义者，他自认为是无规则美学的不可效法者。我记得，读海明威时，他将自己勇敢乐观、不服输的韧性总结为一生奉行的生存法则——"重压之下的优雅风度"。我觉得，达里奥对陌生化词语的开掘，对韵律的创新，对题材的延宕，乃至他对困境迷茫之下的拉美另类的呐喊，出自更为深刻的判断，达里奥的无规则美学（美学本就无一定之规）表现的正是"重压之下的优雅风度"，而隐藏在想象和幻想中的思维力量，常是另辟蹊径，殊途同归。从某种角度看，逃避的过程即是创造文化的过程，即是一种反叛的自由和民主。

世界文盲率最高的国家之一尼加拉瓜应该感谢达里奥，贫瘠落后的拉美应该感谢达里奥，在飞行的高度上，没有任何一位西班牙语诗人能超过他。毋庸置疑，他在创新的深度和广度上极尽努力，他的延拓更生动、更扎实。他摆脱了现实的障碍、传统的包围、轻蔑的窥视和平庸的境界。千灯万盏不抵一轮月亮。当然，达里奥也应该感谢弗朗西斯科·加维迪亚（萨尔瓦多诗人，作家，教育家）和何塞·马蒂，前者引导达里奥认识了法国文学（在巴黎，达里奥还结交了诗人魏尔兰并深受他的影响），印记留在那些沾染了法国因子的十四音节的亚历山大体诗。后者把《秋之溪水》的作者，更具美国特色的诗人沃尔特·惠特曼介绍给了达里奥，尽管此前达里奥已去过纽约。当然有必要旁涉几句何塞·马蒂，他是拉美人民无比爱戴的"革命信徒"，他的诗风简洁明快，是深受卡斯特罗、萨米恩托、鲁文·达里奥等尊崇的革命诗人。由何塞·马蒂将民主战士惠特曼的"自由体"诗歌介绍给达里奥自是顺理成章。我们不妨再读一遍达里奥的《蓝》，再读一遍这首金色的十四行诗，再读一遍那个"能扼死雄狮，肢解野牛"的"好老头"。除了爱伦·坡诗歌的音乐性带给达里奥的启示，我们更可以寻觅惠特曼带给达里奥的充满活力与文雅的诗风、无处不在的自由气息，以及，民主气味。达里奥饱受法国灿烂文化的浸染，雨果、拉马丁、缪塞、波德莱尔、左拉、福楼拜都是他的研读对象，但他并未模仿任何一个人，你不能将他的诗作粗暴归类为颓废派、象征派或帕尔帕斯派，他并不神经质，他的作品也不是自然主义、古典主义或浪漫主义，他像一个烹饪高手，将所有美味的精华提炼出来，制作成自己独具特色的佳肴。

在伊比利安公司的写字台上，达里奥的目光从有着花式签名的照片里平静地注视着尘世的喧嚣，他用那不拘一格的奇思妙想迎接着一切。我看见达里奥睥睨着我这个无知的人，仿佛在说，我就是一个实验者，我是文体和流派的颠覆者。"从他的作品中，我读完了一所大学。"诺贝尔文学奖获得者、智利作家卡夫列拉·米斯特拉尔点头附和。豁然开朗，如我这般孜孜纠缠于非文学本质因素何其愚蠢，文体或流派本就是个囚笼。谁规定了文体的浓度谁就应该打破它，文字难道不应该像草木一样自由生长，向阳生长吗？非要给文字插上文体或流派的篱笆难道不是另一种作茧自缚吗？

拉美的后继作家们受到的鼓舞不言而喻。我们现在可以幸运地读到科塔萨尔《跳房子》、卡彭铁尔《追击》、鲁尔福《佩德罗·巴拉莫》这类挑战读者对于小说内容和形式稳定欣赏趣味的经典作品，后继者的确应该感谢筚路蓝缕的文学开路者。艺术无尽涯，所谓洞悉往往意味着僵化，所谓规矩常常伴随着狭隘。艺术之美就在于不断地感知，不断地寻找，不断地开拓，不断地冒险。如此，我们读到《关于恐惧形式的说明及示例》《指南手册》类文本才不会惶惶然抬起头，纠结它们为何被收于科塔萨尔的小说集中。丰富的时间感，神话般的隐喻，跌宕起伏的冲突，种种重复自己的立场，并不一定让小说变得强大。

我猜，达里奥自己并没有独创新文体的预设，他也许只是不愿重复别人重复自己罢了，他反对一切模仿，他只想创造新的声音和本属于艺术的自由。他说，谁若亦步亦趋地遵循他的足迹，谁必将失去个人的珍宝。第一条法则：创造。如何创造？一句话便可化繁为简，"当一位缪斯为你生子，其余八位便都怀了孕。"

寒假在家，正赶上新型冠状病毒肺炎肆虐。隔离在家的日子除了看书，便是看电影。前几天看了一部电影叫《杀手的童贞》，改编自哥伦比亚小说家费尔南多·巴列霍的同名代表作。本可以是天堂的哥伦比亚第二大城市麦德林，却变成了仇恨之都，撒旦广袤国度的心脏，人间地狱。当影片中的作家菲纳多拉上了绝望的窗帘，小说中的一句话蓦地从我脑中跳出来，"不是我编造出这现实，是这现实编造出我来。"像杀手的枪声，比雨声有安全感。

2016年，尼加拉瓜国民议会在达里奥去世百年落葬的大教堂里，加冕诗人为"民族英雄"。而我觉得，综观达里奥一生的诗文和经历，他不仅是一位"民族英雄"，更是一位"民主英雄"。

　　我还想起，达里奥那么倾心于法国，倾心于法国的一切，文化以及自由，历史和时间让他的命运变得如此巧合和不可捉摸：1888年，在他出版第一部著名的诗文集《蓝》的前一个月，自由的国际歌由法国诞生。

醒着做梦

从巴黎驶出的火车穿越东西德的时候，正是漆黑的夜晚，三位被邀请到布拉格的"恐机症"患者大聊两国无边的甜菜地、什么都能造的巨型工厂、大战带来的浩劫以及肆意的爱情。同车客并不知晓，高谈阔论的三人将成为照亮拉丁美洲文学天空最耀眼的星辰，他们是哥伦比亚的加西亚·马尔克斯，墨西哥的卡洛斯·富恩特斯和阿根廷的胡里奥·科塔萨尔（可惜缺了秘鲁的马里奥·巴尔加斯·略萨，否则拉美"文学爆炸"四大主将就凑齐了），邀请他们的人是米兰·昆德拉。

临睡前，卡洛斯·富恩特斯随口问科塔萨尔，爵士乐是何时由谁倡议加入钢琴的。本来提问者只想知道一个日期、一个人名，没想到竟引出了一篇精彩的演讲，科塔萨尔字斟句酌，深入浅出，从历史到美学，娓娓道来，一直持续到东方发白，才最终在特洛尼斯·蒙克（美国爵士钢琴家、作曲家）的褒奖中结束。十五年后，科塔萨尔的小迷弟马尔克斯在《人见人爱的阿根廷人》一文中回忆了 1968 年的那次火车之旅，"我们大杯大杯地喝啤酒，大口大口地吃香肠拌凉土豆，那长长的大舌音，管风琴般浑厚的嗓子和瘦骨嶙峋的大手，表现力可说是无与伦比。那个独一无二夜晚所带来的惊愕，卡洛斯·富恩特斯和我永生难忘"。

看到这段，作为死忠"科粉"，当然莫名兴奋，自动在画面中脑补出墨西哥诗人奥克塔维奥·帕斯，在哐当哐当的火车车厢过道上（必须安排他站在过道上）大声朗诵自己《友谊》中的诗句，"这是被等待的时刻 / 灯盏松开的头发 / 漫无止境地 / 飘落在桌子上面 / 夜晚把窗口变成无限空间……"同车人将献上同样激动的掌声。而此刻，晕轮效应发作，虽然一想到爵士乐，我脑海里熟悉的只有小野洋子《La Vie En Rose》里那慵懒洋气的旋律，可屋乌之爱引发的突发式喜欢像火苗一样，至少在晨昏不休迷读科塔萨尔那段时日，临阵磨耳，读小说时，走路时，或是厨房做饭时，"伴乐"无一例外由流行热曲换成了爵士。听得多了，方豁然，艾迪特·皮雅芙（法国香颂天后）才是《La Vie En Rose》的首唱，她填词的版本开头有四秒的小号独奏引导（小野洋子是直接切入），法语原音小河流水般的浪漫，加之皮雅芙颤音滑动，柔情顿生，"愿以海誓白头上，只知心跳为谁漾"，而与皮雅芙同誉的路易斯·阿姆斯特朗（美国著名爵士乐歌手，爵士乐的灵魂人物）演绎的版本使我尤为痴迷，特别是开头一分十秒的一段小号独奏——阿姆斯特朗已被公认为世界上最伟大的小号演奏家之一——简直性感极了，余兴未尽，曲末，一段与开头同时长的短号独奏后，又以高难度的高音小号扫尾，书包嘴大叔沙哑的嗓音将这首歌曲揉进了点点沧桑与丝丝忧愁，这与科塔萨尔作品中一以贯之的文气异途同归。也许小时同样被父亲抛弃的经历使科塔萨尔和阿姆斯特朗内心深处留下了相同的伤疤，而文学和音乐帮他们化解了一部分伤痛与孤独。我还听过单簧管和萨克斯为主旋的版本，另有别味。嗓音圆熟的香朵（加拿大爵士乐歌手），以钢琴为主奏，将这首曲子演绎为慢节奏，极为舒缓温暖，配合香朵的迷人声线，让人沉醉。

　　我好像突然明白，为何这个将漫游气质灌输到文字中的科萨塔尔像热爱生命一样热爱爵士乐。他曾以爵士史上最伟大的萨克斯演奏家查理·帕克为原型创作了小说《追寻者》，主人公乔尼具有超越时代的音乐天赋，他"永远都在明天演奏，他一开始演奏，就毫不费力地越过了今天，其他人不过是从那里开始追随他的足迹"，查理·帕克将纷繁的句法和诚挚的浪漫合二为一，如同科塔萨尔将爆裂的幻想和诡谲的游戏融于一体。在乔尼身上，我们不难看到科塔萨尔的影子。比波普音乐对传统爵士的颠覆，与拉美魔幻现实主义对传统写作的彻底反叛精神上何尝不是同一路径？爵士乐就像一棵树，科塔萨尔如此比喻，不断长出新枝，它包含着巨大的生命力，永远在自我再生。即兴的快感，灵活的节奏，自由的发挥，让听众永远葆有新鲜和期待，"惊奇之声"（爵士乐评论家惠特尼·巴利叶特对爵士乐的描述）那种莫测的变化性——即席创作是其传统；伟大的包容度——它有好的枝条，也有坏的枝条，且能包容一切想象；曲调深处的敏感与温柔——更像是一种自我解放的谦卑的练习。难以模仿又有条不紊的节奏以及对外部世界毫不在意的洒脱感，一定启示了作为作家的科塔萨尔，如同镜子启示了博尔赫斯，摄影启示了鲁尔福，绘画启示了卡夫卡一样。

除了科塔萨尔，众多我们熟知的作家，比如杰克·凯鲁亚克、斯科特·菲茨杰拉德、石黑一雄、菲利普·拉金、村上春树等等，都从爵士乐中获得了各司其用的启发。深受爵士乐影响的作家们，将指尖跳跃的音符化作纸间飞舞的文字，你能在那些作品中感受到爵士乐才有的即兴、停顿、独有的和弦以及复杂的节奏。

众所周知，爆炸的想象力是拉美作家的共有血液，科塔萨尔亦不例外。他的一些小说隐晦曲折，你很难弄清他想表达什么。《指南手册》《克罗诺皮奥与法玛的故事》等作品更是连文体都难以归类。他说，"我只提供描写，不提供解释"，就如同爵士乐音符、节奏、和声高速或缓慢地流过，你听不出那是什么音，你甚至听不出那是法语、日语或西班牙语，可旋律、和声和节奏像春天的风穿过胸膛，你不自觉敞开了心扉。焕然一新的声音给你一种情绪，一个画面，情绪最大化地输出并同化了你。那究竟是什么情绪？仿佛又很模糊和暧昧，但它就是有能力一下子软了你的心。就是这样。听出来是什么音并不一定给你带来听觉享受，就像看懂一个故事并不一定带来阅读享受，反之亦然。

如何向没有读过的人介绍科塔萨尔？这就像复述他的小说一样困难重重。难道有什么限制了你的表达力？堆叠溢美之词变得毫无意义，你说不出阅读时缓缓爬上脊背的凉意，也说不出紧紧裹住心脏的尖锐，还有突如其来的幽默与暖意，误入桃花源或密林深处的些许惊悦与失措。睡意昏沉的晚上，你读《越长越大的手》，恍然间会朝下看去，还好，地面上没有拖着非洲大象耳朵般的大手；毛线球滚到门边，好像有未知的磕门声，你肯定在读《被占的宅子》；又或是将醒未醒的早上，汤罐端上桌，你对揭开罐子生出一种莫名的恐惧，啊，《谜》中的惊慌迎面扑来，"那盖子被慢慢地揭开，罐子里是汤，还有……还有……"。你终于恍然，决定再也不在清晨或晚上读他了，需白日朗朗，需正襟危坐，需绝对清醒，还需一个有清晰木纹的书桌，一杯冒着热气的咖啡。否则，很容易对司空见惯的现实产生怀疑，对永恒稳固的秩序产生动摇，不觉滑入真实与虚幻之间那狭窄的罅隙。你会迷惑，在街巷的拐角，在壁毯的后面，在突然想起的电话铃声里，在充满灰尘的衣襟褶皱里，是否存在更大、更多、更荒诞、更复杂的真实？科塔萨尔《指南手册》里写了哭泣指南、爬楼梯指南、唱歌指南等，唯独没有给热爱他的读者写一篇如何读懂科塔萨尔的指南。这多么好啊！科塔萨尔独特的节奏变换看似随意实则缜细，像拳击手伸出去的拳头，明明是直拳，到脸前猝不及防换成了摆拳。对了，科塔萨尔也酷爱拳击，同好的作家也有，美国作家约翰·欧文在全职写作之前，曾当过二十年摔跤手。美国作家海明威和加拿大作家卡拉汉都是拳击爱好者（两人还曾打过一场，掀起挑战的海明威被打倒在地，计时员是《了不起的盖茨比》作者菲茨杰拉德）。海明威从小开始练习拳击，还加入过拳击班，常被打得头破血流，可每次都满身是血地重新爬起来，他甚至还在家里后院搭建了一个拳击场。"在肉体上可以被打垮，但在精神上永远是个强者"，拳击的哲理也是生活的哲理。海明威最喜欢看的比赛是拳击比赛，最喜欢用的语言也是拳击术语。海明威们从拳击世界找到了观察世界本质、真切看清人类本性的一个窗口——勇敢与懦弱、美丽与丑陋、阴谋与诚实，以及永不服输。拳击还为作家们提供了丰富的创作素材，海明威的短篇《五万美金》《拳击手》和长篇《太阳照常升起》等都与拳击有关。拳击的主题也经常出现在科塔萨尔的作品里，《八面体》中甚至有一篇小说是以卡洛斯·蒙松在巴黎的拳击赛为基础的。科塔萨尔亲临拳击赛场，过了一个愉快的夜晚，然后写了那篇小说。蒙松不仅是阿根廷历史上迄今最伟大的拳王，也是世界拳击史上才华横溢、不可多得的人才，这位颇具叛逆气质的中量级拳王独一无二的精神气脉与科塔萨尔的灵魂走向高度契合。但拳击给海明威和科塔萨尔带来的启示却并不雷同，尽管他们异口同心地认为，拳击不是一项简单的运动（足球等其他体育运动也是。爵士乐也不单是一种古老的音乐类型），它隐含了更多更广泛的隐秘意义。科塔萨尔喜欢拳击、探戈、羽毛球赛这类个人面对面的运动，因之充盈着淋漓尽致的激情和捉摸不定的个性。旁逸一句，阿根廷的文学双峰科塔萨尔和博尔赫斯（科特萨尔的精神之父）都非常讨厌激起阿根廷人热情的足球，博尔赫斯认为足球丑陋、愚蠢，科塔萨尔则认为足球冷漠、无趣。对此有共鸣的作家不乏其人，奥威尔就说过，足球比赛是仇恨、嫉妒、自恋，藐视所有的规则和受虐式地目击暴力，或者说是没有流血的战争；王尔德则认为，足球是粗野女孩的运动，我们精致的男孩子才不玩它。当然，柯南·道尔和阿尔伯特·加缪会坚决摇头：我不同意。

这个秋天的周末，银杏叶在街边罗积，火焰一样。我想找个人聊聊科塔萨尔，聊聊万火归一，聊聊跳房子，哪怕不是书，是真正的火、真正的跳房子也好啊，那些曾在一起跳过房子的玩伴早已淹没在不知何处的人群中，就像如今谈论科塔萨尔似乎也不合时宜不合地宜不合人宜一样。"拉美文学爆炸啊？科塔萨尔啊？不是早就过时了吗？""那么，快去读你的时髦作家吧。"在阅读上，哪有什么"迟到"可言？晚一些与长着小牛式眼睛、最淘气脸的"不死的黑衣少年"科塔萨尔相逢，又有什么关系呢？我始终相信，尽管文字间常游离着一种冷感，科塔萨尔终归是个热情有趣的人。他的一些短篇小说，充满了变奏的趣味，像爵士中偶然插入的变化音，出其不意又自然熨帖，读之难忘。《病人的健康》里，有病的"妈妈"是整个家族的核心，她的小儿子阿莱杭德罗不幸意外离世，全家人都拼命守护这个秘密，他们编出小儿子在异乡的故事，找人冒充小儿子写信，直到"妈妈"即将离世，她说，"你们大家都对我太好了，费了这么大劲不让我难过。现在你们可以休息了，我们不再给你们添麻烦了。"你双眼一热，以为这就是科塔萨尔式的温情，然而，这怎么可能是马尔克斯偶像的文路呢？如果你在科塔萨尔的字句中读到了规矩、稳定和顺滑，那不过意味着科塔萨尔下一秒要打破它。"下葬三天之后，阿莱杭德罗最新的一封信到了，信里像往常一样问起妈妈和克雷莉亚姨妈的健康状况。信是罗莎接到的，她打开信，不假思索地读了起来，突然她抬起头，因为泪水已经模糊了她的眼睛，她意识到自己在读信的同时正在考虑怎样告诉阿莱杭德罗母亲去世的消息。"虚构改变了真实，幻想与现实的边界模糊了，谎言搭建的平衡被打破，你在阅读的过程中越是对这种张力毫无预判和觉察，那么，在强大的阅读惯性突然脱轨之后，那种脱离现实的引力，飞起来的词语意义的联想式震荡带来的心动就越迷人。在与科塔萨尔之间想象力的相持中，你不免疑惑，在文本限定性的空间中，可能性明明已被耗尽，为何科塔萨尔总是能从貌似已穷尽的可能性中变幻出新的可能性来？

我想，从"脑洞大王"喜爱的爵士乐中，或许可以寻得答案的一鳞半爪。在把路易斯·阿姆斯特朗的爵士乐挂在耳边的日子里，最让我心脏颤动的并非强烈的摇摆节奏或盖住所有乐器和他声的迷人声色，也非能轻易奏出别的小号手无法演奏的高音 C 或高音 F，而是他不在意传统音乐对歌手和乐手素质的要求，随兴加入的一些天马行空的流动元素，巧妙插入的变化音，偶尔蹦出的独白、对白或声情各异的笑声，尤其是拖长压低的尾音，流露的是彼时彼刻独一无二的当下情绪，在基本曲调之外增加了无限的诠释空间，每一首曲子都不可复制，阿姆斯特朗随心所欲创造的令人赞赏的惊奇乐音，绝不会给耳朵以旁逸斜出之感。有时，爵士的灵动性之中还充满了戏剧性，你完全可以把《Mack The Knife》演绎成一篇科塔萨尔式悬疑惊悚故事："看那鲨鱼，它有尖牙，那副尖牙，戴在脸上。而那杰克，身上有刀，但他把它藏起来了。当鲨鱼张开血盆大口，一场血雨腥风即将掀起。迈克戴着一副考究的手套，却不在上面留下一丝血迹。周日清晨的人行道上，横躺一具尸体，有人正躲在角落里窥视，那是暗刀迈克吗？从河边的一艘托船上，扔下一个鼓鼓的袋子，亲爱的，这里面可能藏有尸体，我打赌迈克你一定回城里去了，亲爱的，路易·米勒失踪了，还有几个富家子弟，在取出他的钱后，暗刀迈克正像个水手一样花天酒地，我们的孩子没有做出什么冲动的事吧？苏基·陶瑞，珍妮·迪弗，波莉·皮切，露西·布朗，哦，亲爱的，这手边可是有一长溜队伍，而迈克现在已经回城了。"乐曲的节奏，要说的当然是节奏，一缕一缕的东西，一块一块的东西，这一切都要找到一个形式，于是节奏就起了作用。你被爵士乐与科塔萨尔之间奇妙的互文之网罩住了。"我在节奏中写作，我为节奏写作，我受着节奏的推动而写作"，而情景是含混的，科塔萨尔用语言来明确这种含混性。早期的黑人爵士中，你还会感受到诸如科式小说中常见的那种灵怪特异的现象，明明听到的是贝斯，其实是男低音在哼唱；明明听到的是动物的鸣叫，其实是低音大号的呜咽。你分不清是乐器还是人声，是一人复奏还是团队合奏，就像你分不清科塔萨尔文本中那个叙事者的身份，是一个人，是一朵花，还是一把椅子。

是冬夜，我从睡梦中醒来，嗓子干渴得像被胶水粘住了，胡乱中摸到一个苹果，闭着眼睛咬一口，啊，又甜又脆，蒙在眼睛上的睡雾一下子就消失了。"一只法玛（天知道法玛是什么）发现，美德是一种长满脚的圆形微生物。"他立即让岳母喝下一大勺美德，岳母由尖刻的恶妇马上变成了善良的楷模，对比之下，妻子此前从未被察觉的种种缺点暴露无遗，他只得让妻子也喝下一大勺美德，结果，妻子当天晚上即离他而去，她无法忍受丈夫的粗鄙不堪。法玛思考良久，最后自己喝下了一瓶美德。读到此，你以为三口人终于可以幸福地生活在一起了。可科塔萨尔不这么想，那只法玛"依然孤独、凄惨地生活着。当他在街上与岳母或妻子偶遇，双方都彬彬有礼地从远处致以问候，他们甚至不敢出声对话，因为他们都如此完美，又如此害怕遭受污染"。这个小故事叫《一小勺剂量》。唉，我在有勇气复述科塔萨尔作品的刹那，便已经失去了里面最为美妙迷人的东西。博尔赫斯早就说过，没有人能为科塔萨尔的作品做出内容简介。建

议读科塔萨尔之前，先口服一曲低音萨克斯管主奏的爵士曲
《Hit The Road Jack》，毕竟孤独的不是法玛或乐器，孤独的
是人。

几年前，我在广西遇龙河玩竹筏，有个生手在河道中
不断被其他老手故意挤靠，慌乱中在湍急处弄翻了筏子，竹
筏上是来自内蒙古的一家三口，被救上岸后，那家的小男孩
兴高采烈，跟我们手舞足蹈地描述落水后的情景，他是一个
特别的孩子，每天都要吃一勺不知什么药，七岁的年纪只有
三四岁的身高，并且，长了一双与小老鼠一模一样的耳朵。
他说水下非常美，有睁着绿眼睛的水草，还有长着很多只脚
的鱼拉他的手，要带他去看会跳舞的石头。他父亲斥责男孩
道，再胡说八道，就给你加大剂量。毫无疑问，这是一个有
关水底的故事。

此时，花园里的樱桃树在窗口的暗光里画出嶙峋的剪
影，躲在树下的猫发出婴儿一般奶声奶气的尖细声。白天，
它们敏捷地在丁香丛中窜来跑去，不知疲倦的样子，一到天
黑，就躲在角落里沉思未来。耳麦里，云音乐自动跳转到了
另一首我不熟悉的爵士乐，短号领奏，长号在低音区以和弦
以低音呼应，长短号之间负责修饰性演奏的是低音单簧管，
仿佛一个幽怨的女子喁喁独语，给整支曲子带来了若隐若现
的神秘和幽暗，如同主菜半熟，厨师加以"佐料"，独特的
味道便跃然舌尖。科塔萨尔在稳固叙事中撒入的不稳定修饰
"佐料"使他的小说拥有了有别于他人的腔调，即便是科塔

萨尔自己，也会为自己文本的走向或结局吃惊不已。不止如此，科塔萨尔还会让小说人物和故事在流动的变化中，邀请读者也加入"即兴创作"中来，如同一个爵士乐手邀请听众随兴呼应，如同铲屎官抚摸一只猫的猫背，"一摸就逆出火光，一摸它就弓神"。你似乎找回了"十岁孩童式的敏锐"，没准会像大克罗诺皮奥一样选择猫做自己的图腾（科塔萨尔与海明威的另一个同好），"顽皮，灵巧，充满好奇心，有时严肃得有点好笑，还带有一点点神秘。"（范晔《诗人的迟缓》）想加入科塔萨尔的粉丝团，就要做好当他的"合谋读者"的准备，要有马尔克斯打开《动物寓言集》后立即意识到科塔萨尔正是"我未来想成为的那种作家"那样的阅读自觉。来，你竖起耳朵，听听《从夜间归来》里的"佐料"——黑衣女人的歌声。她在"我"记忆里唱着"我知道天主已经把手放在了我身上"，她在深夜里哽咽，"哦，深深的河水呀，夜深人静的时候有你在，我的心已到了约旦河畔。"在似乎已经被忘却的地方，传来了黑女人的歌声，"我的灵魂已经永驻天主身旁"，"我"从一张骇人的床头眼睁睁地看着自己一点点被分解。清晨，小乐队慢慢奏起了悠扬的铜管乐。太阳光照在"我"脸上，原来是噩梦一场，可有什么地方错了位？梦中的情景分明在现实中留下了清晰的印记，是梦？是真？纠缠不清。在《女巫》里，熟悉的世界仍有空洞，常在钢琴上弹奏舒曼，偶尔也弹弹门德尔松的宝拉，嘴边的笑容被一把扯去。边读边一勺一勺加入你的幻想，循着你心最深处那令人战栗的深邃直觉，直抵连你自己也意想不到的终点。审美的尽头是自由，科塔萨尔也不知道他设置的谜面的谜底，属于他的每一秒都是薛定鄂的猫，亲爱的读者，猫是死是活，必要亲自看一看才知道的呀。

我是一个地理盲，每到一个地方，先要买一张当地地图，心里才会略微踏实。看地图才知道，阿根廷是离中国最远的地方，同样遥远的还有文学风格。拉美是一块神秘又神奇的土地，直至二十世纪三十年代，它还是一部没有作家的作品，二十世纪四五十年代开始，仿佛突然之间，群星灿烂，文学"爆炸"的奇迹激起了一长串唏嘘慨叹，其历史、文化、现实的多样开放、纷杂立体、光怪陆离，其作家脑洞的流动跳跃、别出心裁、繁复多层，非一言两语所能阐释。

我第一次了解到小说可以运用"音乐结构"来构思，源于我从旧书网上买到的一本二手书。书很老，一股旧纸张的陈味，可惜书页很干净，一笔读过的划痕也没有。作为范例，书中提到了古巴作家阿莱霍·卡彭铁尔，他在小说《追击》中创造性地采用了音乐结构，以叙述一个古巴学生叛变革命后被人追击死于非命的故事。立即买来读，巴掌大的一本小册子，比我买到的博尔赫斯的《巴比伦的抽签游戏》还要小。太好奇的结果是囫囵吞枣，第一遍竟没有读懂。大片的心理描写与回忆穿插，毫无预兆的人称变换，传统小说的叙事功能被压缩到最低限度，贯穿始终的是一种"隧道"般的流动情绪。拉美作家无一例外，傲娇到从不迁就读者的阅读能力。只好先静下心来认真听了几遍贝多芬《英雄交响曲》，看第二遍时，一边读文本一边听降 E 大调第三交响曲，那种"互文式"读法真是平生第一次，回想起来仍甚觉有趣。

小说共四部分十八节，同《英雄交响曲》的四乐章十八节一一对应。以第一部分前两节为例，小说开篇，主人公逃到哈瓦那剧场，追击者紧随其后，剧场正在演奏《英雄交响曲》（真是绝好的讽刺啊），双方入场，与乐曲开始的两响定音鼓相对应，两个雄伟而果断的和弦构成的超短引子后，是大提琴悠扬颤音伴奏下的圆号曲，笛子和小提琴开始轻轻奏响，激发主人公沉入诱人而暖洋洋的回忆，他"想起了故乡雨后的后院，嗅着飘入前庭的泥土、树叶和腐殖质的气味"，从砖头上的小洞窥视隔壁寡妇充满弹性的雪白皮肤……然后，交响曲从 G 大调转为 E 降号，小说同时进入第二节，主人公在微弱灯光下猛然发现追击者在后排出口处坐下了，顿时"热血在激烈地奔腾，腹中在翻江倒海，停止跳动的心脏高高地悬起，一根冰冷的钢针从我心头穿过"；音乐的节拍像沉重的铁锤，"撞击着太阳穴"，音乐的旋律使"我"恶心、窒息和疼痛，"那些小锅似的东西（定音鼓）每敲一下，就像敲在了我的胸膛；那些大嘴似的东西（圆号），在最后一排伸长脖子吼叫"，提琴吱吱嘎嘎的声音在"我"耳中像拉锯，刺耳声"令人毛骨悚然"，主人公生理和心理的感受同乐曲第二节的"哀乐"复调配合默契，低沉、悲哀、缓慢。"这段哀乐实在太美了!"剧场中那个披雄狐皮的女人对旁边的男人说。

一喉数声的效果达到了,音乐既烘托了小说氛围,又推动了情节发展,本来单调的内容被勾引出一种自然的补充,跌宕起伏的音乐结构引导小说打破正常时空顺序,启发人物心绪突破思维逻辑,主人公不自觉随乐曲旋律或悲或喜,或回忆或联想或反省,人物形象更立体更丰满。小说最后,交响乐趋于尾声,在悠扬的乐曲声中重又出现了死亡的声音,弦乐器和木管乐器开始沉降,铜管乐器演奏出高亢的曲调。灯光渐渐熄灭,坐在倒数第二排上的两个人,穿过空荡荡的池座,来到一个包厢前,拉开垂帘,朝地毯上开了几枪。

我是一个不算伶俐的读者,碰上拉美作家的作品,惯用"反刍式阅读"。科塔萨尔把他的读者分为两种:阳性读者和阴性读者(据说为此遭到了女权主义者的抨击)。阴性读者只知道消极吞食情节,阳性读者积极接受文本的挑战。比如他的小说《掷钱游戏》,阴性读者只读"那里""这里"两个部分即可,阳性读者却可以将第三部分"其他地方"自由插入,随意组合。以此旁推,我觉得小说作者也可以分两类,雌性作者和雄性作者(作家们看到这话也会抨击我吧?)。言归母题,卡彭铁尔《追击者》的音乐结构昭昭在目、显性不晦,而科塔萨尔小说的音乐结构常昏昏暗示、隐性不明(这两个词也真不够贴切),像一首无韵诗歌,遵照的是内在节奏。《魔鬼涎》的节奏像一场伪和声齐奏,所有视角聚焦的是同一场景，可没人知道到底是谁在讲述这个故事，是"我"、摄影师、相机镜头还是云彩、时间、故事本身抑或是偶尔飞过的一只鸽子？科塔萨尔信手拈来，随意变换，可能被物化或无形化的叙述者始终面貌难辨。《克拉小姐》（一译《护士柯娜》）的音乐结构则采取了可伸可缩的变奏曲形式。变奏曲的原则是先奏出完整的主题——少年因病住院，对护士克拉产生朦胧爱意，然后依次演奏主题的各个变奏（变奏必须清晰可辨）——患病少年、病人母亲、护士、大夫的内心独白。不同人物的独白从不同角度观照了少年青春期特有的心理，而不同关系的其他人物有自己的生活面，有鲜明的性格特点和语气语调，变奏历历可辨，使得不可思议的角色置换在第一人称的蒙太奇中完成了无缝衔接。

科塔萨尔跌宕起伏的人生经历是另一首变奏曲。在比利时布鲁塞尔渡过婴儿时期，接着举家到瑞士避难，之后逃到巴塞罗那，四岁时终于回到母国首都布宜诺斯艾利斯，可不久，外交官父亲不告而别，家庭陷入困顿。成年后，科塔萨尔游历过在许多国家，法国（巴黎曾是他的旅居地）、意大利、智利、古巴、波兰……出门在外，堵车是常态。有次我与家人自驾游，行至唐津高速时，道路维修，路面变窄，路很快就堵死了。车龙绵延数里，两三个小时不挪窝，男人们肆无忌惮地在高速路上小便，大约是笃定意外相识的过客此生不会再重逢。那次堵车留下的阴影深刻浓重，很久挥之不去。

科塔萨尔《南方高速》临摹的即是因车流被阻滞在高速公路多日，各色人等的心理群像。音乐结构上，类似爵士乐的接曲混音。开篇便列举了堵在高速上的各类人物——王妃牌汽车里的姑娘、标致 404 里的工程师、双马力里的两位修女、凯乐威里的苍白男子、标致 203 里的夫妇、西姆卡里的两个小年轻、陶奴斯里的两个男人和金发小男孩、雪铁龙 ID 里的老夫妇、DKW 里的推销员、德索托上的华盛顿人、大众里新婚燕尔的夫妻、阿丽亚娜里的农民夫妇……我们读这部分的时候可互文的曲子是伸缩号手 Jagk Teagarden 的一首咆勃爵士乐《I'se A-Muggin Part2》，敲击键盘的声音弱成背景，先是单音从一只耳朵蹿到另一只耳朵，一小节独白（叙述游戏规则），接着，很有意思的摇摆开始了，这首曲子就是个简单的游戏，而游戏是人类文明的特质之一。我们知道，"梦想"和"游戏"正是科塔萨尔抵抗传统、反对专制以及打开未来之门的钥匙。来，跟着节奏数数字就好了，两个数字一拍，像这样，一二，三四，五六，ang ang，八九，wo wo……一直数下去，逢有七或七的倍数的数字，就用 ang ang 来代替，逢有十或十的倍数或尾数是零的数字，就哼 wo wo。耳边传来科塔萨尔的声音，他不厌其烦地给我们一一介绍高速路上渐次出场的人物。我们可以对应的还有高速路上的汽车丛林："眼前的汽车色彩纷呈、款式各异：奔驰、ID，兰西亚、4R，斯柯达、莫里斯·米诺尔，应有尽有。左边的公路上：雷诺、昂格利亚，标致、博驶，沃尔沃……"。

如果说"即兴"是爵士乐的魅力,"节奏"真的是爵士乐的灵魂啊。数数接近尾声,架子鼓、单簧管和小号齐奏,预示高速故事即将上演,架子鼓弱下去,单簧管音弭,昂扬的小号声音渐强又突熄。接续的主曲是《蓝色狂想曲》。巧合的是,乔治·格什温是在去波士顿的旅途中创作本曲的,他事后曾这样描述,"那是在火车上,可以听到铿锵的节奏和隆隆的撞击声……我经常在噪音深处听见音乐。"

我们回到高速公路,突然的堵车打破了一切旧秩序,一种新的临时的堵车秩序快速建立起来。《蓝色狂想曲》开始了,法国号和萨克斯管奏起一个节奏性很强的主题——车主们以开标志404的工程师为核心组建了临时领导小组;加弱音器的小号再次奏出这个主题,将优美的钢琴引来——领导小组派人采购短缺的食物和水,分配毛毯,照顾病人,应付外来入侵者;变奏加入,并引向一个辉煌的、重述各主题的独奏,接着变奏中出现频繁转调,辅以滑音、颤音,加强忧郁悲伤色彩——天气变化无常,时而闷热时而寒冷,有人逃走,有人死亡,标致404的工程师和王妃上的姑娘上演"临时爱情";乐曲中段出现了若隐若现的小鼓——堵车旷日持久,焦躁和不安宁的情绪仍在继续。科塔萨尔以文学的方式让日常生活中的陈词滥调和乏味庸常得到了升华。人类秩序的建立是缘于偶然事件和突发状况,还是在发展中产生的必然?科塔萨尔的答案是,人生中的偶然不过是尚未揭晓的必然。时间不过走了个神,它甫一清醒,高速便畅通无阻,非常态下的井然有序又恢复了常态的喧嚣混乱，车主们回到陌生初态，各奔东西。小说尾声最适合的配乐莫过于艾丽西亚·凯斯在格莱美颁奖典礼开场上同时弹奏两架钢琴演奏的"Maple Leaf Rag"，致敬了"拉格泰姆之王"斯考特·乔普林。连续的切分节奏、时常出现的临时变化音，强烈的跳跃冲击力，暗合了公路畅通时车主们猝然而至的喜悦、轻松又怅然、慌乱的心绪。

漫游者站在树下，一片巨光在他头顶铺展。科塔萨尔是醒着做梦、跳着写作的作家，是从梦中往外跳伞以摆脱令人窒息的漩涡的奇才，他向溢满光线的绿色地带降落，万物燃烧，万火归一。"恕我直言，不读科塔萨尔的人非常可能会一点点掉光所有的头发。""读科塔萨尔的人渐渐会发现，自己变得越来越年轻了呢。"前一句是智利诗人聂鲁达说的，后一句是我说的。

灰烬中的蝴蝶

差点错过萨曼塔·施维伯林。买了她的小说后，随手放在车上，待到想看时，遍寻无着，颇为恼恨，疑与此书无缘。几天后，去银行办事，恍惚想起曾带着书去银行取钱，问了下大堂经理，他笑问，是那本鸟书吧？没错，最初吸引我的正是小说名——《吃鸟的女孩》，那种怪诞而陌生的视觉震撼，很拉美。稍微形而上的理由是，拉美作家对我的诱惑力，犹如塞壬之声。腰封荐语也合我胃口，是大爱的马里奥·巴尔加斯·略萨："萨曼塔·施维伯林是西班牙语文学最有希望的新生力量之一。她会有远大前程，对此我毫不怀疑。"嗯，对略萨的话，我亦毫不怀疑。

在拉美这条被切开的血管里，我个人阅读手册上的每个拉美作家都是造血干细胞，他们自己创造自己未来的读者群体，而不是取悦现有的读者，他们从血液中提取自己需要的红细胞，用自己的方式培养下一个细胞，直至打造成一个完整独特的个体。他们醒着做梦，跳着写作，大脑永不安分，即便是题目也常是踢踏舞式的热烈、多变。略萨《绿房子》

《坏女孩的恶作剧》，科塔萨尔《跳房子》《有人在周围走动》，博尔赫斯《环形废墟》《另一个，同一个》，马尔克斯《第三次辞世》《一桩事先张扬的凶杀案》……蜂拥无尽。尤值得一提的是最近正读的一本拉美经典《拉丁美洲被切开的血管》的作者，被称为"拉美之声"的乌拉圭作家加莱亚诺，单是浏览一下他的"绳子文学"（一种在街边小摊上出售的印有小说、诗歌、歌曲等内容的便宜小册子，因被固定在一条条绳子上出售而得名）小册子《行走的话语》的目录，便足以让畏首缩脚的我辈瞠目：《爱吃妻子的蜥蜴》《小儿从母爱及其他险境里逃生》《想要生孩子的男人》《天生淫魔，他的成就和令人惊骇的结局》《世间之狗的奇遇启示录》《在高空爱上一颗星又被她抛弃的男人》《游弋在河里和夜空的女孩》……而其短小至一两字的题目长的是另一幅让你咋舌的模样。这对自小饕餮孔圣人名言，七十乃敢从心所欲还要加一个"不逾矩"后缀的作家们来说，当是一个"逾矩"的小启示。

《吃鸟的女孩》共十四篇小说，都很短，题目也短，诸如《荒原上》《蝴蝶》《地下》《掘洞人》《伊尔曼》《储存》等，《吃鸟的女孩》应是萨曼塔小说题目中最具拉美血统的一个了。当年读爱丽丝·门罗的《逃离》时因正在写一篇关于小说标题的随笔而刻意留意过《逃离》的题目，八篇小说题目都是单调而决绝的双字结构——《逃离》《机缘》《不久》《沉寂》《激情》《罪债》《播弄》《法力》；克莱尔·吉根的小说题目同样干脆利落——《南极》《姐妹》《礼物》《烧伤》《护照汤》《跳舞课》……有趣的是，在约定思维定式里，男人来自火星，被归于直线思维；女人来自金星，被归于扇形思维。而在作家群体里，在拟题方式上，似乎正好相反，女作家偏于链式因果思维，而男作家（尤其是拉美男作家）偏于跳跃发散思维。《吃鸟的女孩》整本书才一百一十五页。在国内，你很难看到这么薄的小说集，作家和出版社都不会如此任性。我有一本卡彭铁尔的小说《追击》，还有一本博尔赫斯的《巴比伦的抽签游戏》，都只有一个布兜大小，出门随手揣在兜里，坐火车赶飞机，随拿随放，真是方便。

坦白说，我讨厌书籍腰封。公认的腰封发源地是日本，难道是和服的腰带给了书籍设计者最初的灵感？不可考。趋势是，几乎无书不腰。腰封的装饰作用渐渐弱化，最终变成了书的嘴巴，几欲将书的卖点"一腰打尽"，宣传营销语越来越惊人，喧宾夺主的姿态使其由腰封迅速变性为"妖风"。我买过一版腰封肥硕的《岛上书店》，触目即是"现象级全球畅销书""三十国读者含泪推荐"之类向壁虚构的句子。腰封上不可考据之夸张语有时会让一本好书遭到反噬。乔纳森·弗兰岑所著的《自由》本无需多炫，腰封宣传语却明显用力过猛，"那种濒临灭绝的真正好看又伟大的小说""世纪小说""年度选书NO.1""奥巴马总统急不可待抢先阅读，赞叹'太惊人'了"，直让人胃酸上涌。也有热衷名家推荐（名家可是双刃剑，肯定有如我之徒，见到厌恶的名家，会恨屋及乌），有名家极其热衷抢做"腰封帝"，"腰封小王子"终成了油腻的贬义词，遍身污秽。我曾见过一版《山楂树之恋》，腰封上推荐人阵容强大，作家、导演、主持人、影视明星，企业家共二十个名字挨挤在一起，还有一本叫《甲骨碎》的书，腰封上的试读团列至三十位，歇斯底里，令人掩面。对读者而言，横亘的腰封就像正装上的蕾丝，浮夸、招摇、累赘、鸡肋，尤为可怕的是，有些腰封质量差，像提不上的裤子，阅读时一个劲往下掉，严重影响阅读快感，对我这样的处女座来说，无疑是一种惩罚。古人云，敬惜字纸。奈何腰封不惜字纸，弃之不舍，不弃烦心。纠结几次后，终有了办法，每次拆开新书，一剪刀下去，腰封变成书签，世界忽然便安静了，书面即刻干净清爽了。没有腰封会如何？那些为了吊读者胃口却往往让读者倒了胃口的浮词虚语怕是会转移到封面上吧，天哪，想想都会疯掉。

《吃鸟的女孩》封面利索，几无他缀（西语原版封面一言难尽，真的画了一只鸟笼子，囚禁着喷溅成鲜血样的鸟），卖点同样在腰封上——入选《格兰塔》"最佳青年西班牙语小说家"被加粗加黑强调，"简洁有力的文字，令人屏息的想象力，探寻日常生活中的荒诞、残酷与悲伤"，推介语看起来不蔓不枝。略萨的评语被置于最下方，字小到几不可见。出版社并没将萨曼塔所获得的所有奖项打包印在腰封上，也算是明智之举。腰封一角的萨曼塔瘦而不弱，眼神锋利，带着点睥睨不羁的傲气，仿佛在昭示天下，即便在她的同宗前辈博尔赫斯和科塔萨尔面前，她亦可昂首前行。

萨曼塔的眼神混合了胡安·鲁尔福的忧郁和鲁文·达里奥的深邃（值得一提的是 2012 年，萨曼塔短篇小说《不幸的男人》曾获得胡安·鲁尔福国际短篇小说奖），有着高浓度拉美爆炸文学前辈遗风，飒帅之气不输她的阿根廷同袍博尔赫斯、科塔萨尔、塞萨尔·艾拉，我心里蓦然笃定略萨的"胡利娅姨妈"、科塔萨尔的"克拉小姐"、马尔克斯的"费尔明娜"，定然长着一张与萨曼塔高度契合的面孔。

从博尔赫斯到科塔萨尔，再到塞萨尔·艾拉、萨曼塔，阿根廷文学始终在奇异的幻想中成长，吉列尔莫·马丁内斯承袭了博尔赫斯一脉，在幻想中糅合了数学，这个数学系教授还写了一部专著叫《博尔赫斯与数学》；艾拉在令人屏息的想象力方面，自是与博尔赫斯同有奇趣，但他终归不以思辨力取胜，他的文字多半与科塔萨尔一脉同枝，关键词有二：即兴与游戏。2013 年 10 月，萨曼塔曾在上海塞万提斯图书馆举行过《吃鸟的女孩》新书推介会，在谈到自己的创作历程时，萨曼塔提到，在阿根廷有许许多多人想成为作家，甚至比读者的数量还要多，因此，阿根廷有很多写作培训班，她自己也参加过这类培训班并从中受益。萨曼塔认为与博尔赫斯、科塔萨尔、卡萨雷斯构成的拉普拉塔地区的魔幻现实主义相联系的多是不可能发生的事情，读者不会觉得生活中有这种危险。（我脑中浮现长出猪尾巴的马孔多布恩迪亚家族或越长越大拖到地上的手），这和那些看起来奇怪但有可能发生的事情（可接近的幻想）是有差别的，而她从魔幻现实主义的传统中继承下来的正是可接近的幻想。

　　记得网上买书时，看作品简介里充斥着"吃活鸟""尖叫""杀狗""变蝴蝶""口里吐出小孩"等惊人词语，"荒诞"两字呼之欲出，一眼瞥过，不以为然。而豆瓣的书下短评问号多多，许多人大呼，没太懂呀。很好，这才是拉美作家的吸引力。可读完开篇《荒原上》的那个午后，其实弥漫着隐隐不安与失望。在一位年轻作家的作品中，读到了他人他作的痕迹，总不是一件令人愉悦的事。萨曼塔名不副实？出版商惯常炒作？抑或略萨只是义务性鼓掌？窗外阴沉沉的，雨前的沉寂正适合跌落于回忆的陷阱，在昏黄的老铜小吊灯下，一些似曾相识的要素在我脑中打乱、交叉、重组。不育的夫妻，诡异的夜晚，陌生而突兀的拜访，交流的障碍，尴尬、隔阂，戛然的结尾；海明威的冰山、卡佛的极简、克莱尔·吉根对词语令人毛骨悚然的直觉，以及，字里行间渗透出的熟悉的文绪——压抑、焦虑、紧张、敏感、孤独、不适、恐惧……没错，卡佛的《羽毛》、门罗的《逃离》、科塔萨尔《被占的宅子》突然一股脑涌入我脑海里。卡佛笔下一次危险的社交活动被萨曼塔升级为一次恐怖的社交逃离，《羽毛》中的夫妻飞跃加勒比海和南美的大部分国土之后，在阿根廷一个无名荒原上遭遇了另一场生育袭击，丑孩子蜕化成了野兽，紧张变成了恐怖。我还看到了与《逃离》近乎雷同的背景——荒原，加拿大的荒僻小镇与阿根廷鲜有人烟的荒原恰分踞于美洲的两角，无论裹上什么样的故事内核，居于荒原上的人终是难以逃离，无论是身体还是内心。《被占的宅子》里，两兄妹住在祖传豪宅里，而宅子被无法描述的东西一点点侵占，兄妹被迫弃屋逃至街上。隐藏在房间里的东西到底是什么？《荒原上》和《被占的宅子》都没有答案。

我想起读《卡佛传》时，曾对雷蒙德·卡佛半生在各地写作培训机构颠沛流离的境遇唏嘘不止，即便是天才的写手，也并非天赋异禀。将庸常生活转化为奇境，将超现实因素融于现实世界而非与现实世界决然抵牾并貌似成为现实世界的一部分，是科塔萨尔的拿手好戏，从这一点来说，萨曼塔、艾拉无疑是科塔萨尔的接力者。可做互文的一例是萨曼塔的《储存》和科塔萨尔的《给巴黎一位小姐的信》，后者主人公常会吐出一只兔子，兔子意味着什么呢？作品、孤独、压力还是秩序的破坏者？阐释不是最重要的。而前者，女主的抑郁症因怀孕加重，最后将孩子从喉咙里轻柔地吐了出来。再往前回溯，早在十九世纪，莱奥波尔多·卢贡内斯等作家已将神秘、幻想、恐怖等种子埋在日常创作的土壤里。我喜欢萨曼塔的《蝴蝶》，只有千字却余味无穷。一群家长在学校门口等待孩子放学，一位家长在另一位家长的怂恿下踩死了一只蝴蝶，然后，校门打开了，成百上千只色彩各异、大小各异的蝴蝶朝着等待中的家长飞扑而来，此时，想起《吃鸟的女孩》腰封上"简洁有力"几个字，这几个字本是萨曼塔评价门罗的，她认为门罗语言精准，是真正的大师，能把一个词语用到极致。她举例说，比如以关键词"音乐家"创作作品，自己会写，"某一天，我和爸爸来到一所音乐学校，那里有一名音乐家"之类，而换作门罗，她根本不必出现"音乐家"这个词就已表达了这个意思。萨曼塔的文字虽与门罗、海明威和克莱尔·吉根不能同频，但嶙峋瘦劲而不失其肉，一直在向"简洁有力"的风格靠拢，可圈可点。《蝴蝶》最妙的是结尾，一字千钧，"他不敢从他刚踩死的蝴蝶身上抬起脚，他生怕也许，在那只死去的蝴蝶的翅膀上，会看见自家女儿身上衣服的颜色"。这其实是一个哲学问题，《变形记》早有涉及，人如何认识幻想与真实？梦幻是否也是真实的一部分？蝴蝶、孩子，都只是一种现象，一种形态。小说隐喻的仍是人类最沉重的疑问，人性与生死。

在萨曼塔的《蝴蝶》中，我们可以轻易找到通往卢贡内斯的开关。在短篇小说《一只蝴蝶》里，卢贡内斯讲了一个伤感的爱情故事，一对相爱的表兄妹被迫分离，女孩去了法国念书，男孩尽管思念女孩，但新的爱好宽释了他的心情，他喜欢上了张网捕蝶，用大头针固定在玻璃板上，完美展示它们的翅膀，很快，他不再为女孩哭泣，他忘记了女孩的话，"如果你把我忘了，我会用某种方式提醒你。"某天，他费尽心机捉到了一只总在他面前徘徊的陌生品种——蓝斑白蝴蝶，可被大头钉订了六天的白蝴蝶苦苦挣扎，鳞粉尽脱仍不肯死去，男孩失望地放了它，任它艰难地消失在风里。而在遥远的他乡，女孩陷入抑郁，寡言苍白，一天清晨，在白色的小床上没了气息，神秘的是，胸口与背部有与白蝴蝶同样的刺痕。在文学作品中，蝴蝶意象引发的效应，不胜枚举，那是另一个母题。尽管萨曼塔强调年轻一代的拉美作家大量阅读欧美作家的作品并从中汲取营养，但她同时也承认自己最初的文学启蒙来自母国作家，尤其受拉美"文学爆炸"一代大师影响颇深。

读完接下去的几篇《我的兄弟瓦尔特》《以头撞地》《吃鸟的女孩》《愤怒如瘟疫蔓延》……，短暂困扰我的熟悉气息渐次消散，萨曼塔独有的文气扑面而来，我终于看到了只属于她的血液——新鲜、陌生、有力。

如何描述萨曼塔带给我的震撼呢？拉普拉塔河流域的魔幻现实主义作家有一种奇妙的辨识度，你一旦想要转述他们的故事，就会立即感到恐慌和无措。更重要的是，复述的过程即是消灭故事精华的过程。就像萨曼塔那个精妙的比喻，"将某人脚下的地毯突然抽走的可能性"，这是她对文学感兴趣的地方，而被抽走的地毯下的无形无色无味的陌生之物或许才是生活的真相和本质。这么说吧，就像我第一次看到西班牙超现实主义画家萨尔瓦多·达利的油画《记忆的永恒》时那种心脏被击中的感觉。在达利的海滩上，几只钟表软塌塌的，正在融化，或挂在树枝上，或耷拉在平台上，或披在莫名其妙的怪东西上，而唯一的硬表被倒扣在桌上，见不到时间，爬满蚂蚁。生活的真相大概就是那只被反扣的手表，人们害怕知晓，就像害怕被抽走脚下的地毯。在艺术家眼里，那隐藏在光滑表面背后的扭曲和变形，才是其别具匠心的思考维度，也才具有超越时空的普遍意义，也许唯有精神病人式的潜意识表述或以噩梦中的意象为观照，才能达成对现实秩序的解脱。

认真一点的读者不难发现，荒诞、暴力或恐怖并不是萨曼塔的写作预设，尽管谜语一般怪诞的意象如露珠置于弱叶上，给读者一种令人不安的美。在现实和魔幻之间，写作者如何与阅读者达成一种小心翼翼的冒险？山遥路远，身受有碍，感同亦难。在上海那场读书会上，萨曼塔看到了由《杀死一条狗》改编而成的一个短片，"竟然真的有人重现了小说的场景，在短片里杀死了一只狗！"她非常不快，说自己绝对无法喜欢这个短片，更不认同这种自以为是的误读。想必主办方压根没想到这一点。遭遇这种尴尬剧情的，萨曼塔当然不是第一个，也不会是最后一个。我想起了美洲的另一个作家塞林格，他的短篇小说《威格利大叔在康涅狄格州》曾被电影业巨子塞缪尔·戈德温搬上大荧幕，改名为《我愚蠢的心》，塞林格在成年人的破碎爱情和孩子的自闭世界缝隙中隐现的精美骨架被拆卸得七零八落，烂俗的三流剧情彻底伤了塞林格那颗爱慕大屏幕的心，此后，无论希区柯克、斯皮尔伯格，还是库布里克、艾利亚·卡赞，谁也无法从塞林格手里获得他小说的影视版权。

我知道，《杀死一条狗》要传递的东西其实与狗无关，就像《蝴蝶》与蝴蝶无关，《吃鸟的女孩》与鸟无关一样，萨曼塔要表达的终极目的绝不是恐怖和暴力，而是难以言状的恐惧与担忧。最恐怖的事情其实发生在故事结束后，是反注在读者身上的恐惧。萨曼塔用非常个人化、内在化的马赛克式手法做了象征性表达，而她的象征性意象像达利绘画中扭曲的手表一样，具有丰富的延展性。萨曼塔一直特别感兴趣的是幻想和生活的界限，她认为这个界限本身是极具文化的，在不同的文化中，界限会产生不同的变化，这是由教育产生的。萨曼塔认可《杀死一条狗》其中一方面象征的可能性，即政治性的解读，虽然萨曼塔的作品并不明确指涉政治。在阿根廷独裁时期、军政府时期，很多行为方式与毫无理由地棒杀一条狗、捏死一只蝴蝶十分相近，而任何人一不小心，就会成为那条被随机杀死的狗和蝴蝶。《杀死一条狗》是萨曼塔十八岁时的作品，可见，在唤醒读者想象力与讽喻现实方面，阿根廷作家一直高频在线，后继有人。

二十世纪以来，阿根廷与其他拉美国家一样，始终辗转在独裁统治、军人政权的泥淖里，所有人身上都溅满了泥浆。萨曼塔十几岁时，家人一直鼓励她去参加文学比赛得奖金，她为了证明自己拿不了奖就去比赛，却意外在阿根廷最重要的两个写作比赛中都得了第一名。《吃鸟的女孩》是萨曼塔的第二部小说集，收录的是她十八岁至二十二岁间的创作。她的第一部短篇小说集是《骚动的心》，出版于2001年，正逢阿根廷经济大崩溃，布宜诺斯艾利斯大学电影系毕业的萨曼塔曾工作过的数家电影公司全部倒闭，二十三岁的萨曼塔贫困到连公交车也坐不起，靠写作维持生计并不现实，她苦学了半年编程，成为行业翘楚，才熬过那场经济危机。萨曼塔小时患过自闭症，十二岁那年甚至一整年不与别人说话（成名后的萨曼塔仍然惧怕与人沟通），校长需要她提供心理医生鉴定，证明自己是正常人才可以继续上学。当她成为作家，少时的经历引渡了她的写作视点，写作成了她表达自己、与别人沟通的出口，也成了她给读者提供的出口，她只提供出口。

　　大概十四五年前，我有个关系不错的同事，女儿长到三岁时，她突然发现之前聪明劲远超同龄孩子的女儿不对劲，背熟的诗词飞快忘却，语言功能逐日衰退，及至发展到大声呼喊，她也毫无应答。辗转多地医院治疗，丝毫不见好转，那是我第一次听到自闭症这种病。那时，流行一种"海豚疗法"，据说通过海豚发出的高频超声波可以刺激自闭症儿童的脑细胞。同事辞去了工作，带孩子去青岛治疗了两年多，无功而返。后来，有专家称，"海豚疗法"没有科学依据，自闭症几乎是不可能被治愈的。同事说，自闭症是一种精神发育障碍，学名叫孤独症谱系障碍，他们意识不到身边人的互动和存在，很少说话。病因目前尚未完全清楚，可能与遗传基因有关，但也有人认为环境因素也可能引发自闭症。瑞典专家通过数据分析，还公布了一项重大发现，说剖宫产的孩子患自闭症的可能性要比自然分娩的孩子高出三分之一。自闭症是一个尚未被全社会关注、理解的群体，缺乏社会普遍关爱。据美国疾控中心公布的数据显示，美国每45名儿童中就有1名自闭症患者，欧洲的比例是1:147，韩国的比例是1:38，而中国自闭症患者已超千万，儿童患者超两百万，迄今无完全治愈的先例，且患病率逐年上升，未被诊断发现和有自闭症倾向的则可能更多。美国心理学家罗伯特·纳瑟夫的儿子泰瑞克一岁半被确诊为自闭症，那以后许多年，他都拒绝接受现实，四十年过去了，泰瑞克并未开口与父亲说过一句话。在尝试过另类疗法、大剂量维生素疗法、无麦饮食疗法等五花八门的干预疗法后，罗伯特才终于有了醍醐灌顶的感悟，创作了《为爱重生》一书，袒露自己从困惑、自责、痛苦到接纳、坦然的历程。

2007年，联合国大会通过决议，自2008年起，将每年四月二日定为"世界自闭症关注日"（艾略特说，四月是最残忍的季节）。现在，我们都知道自闭症儿童被称为"来自星星的孩子"（过于浪漫化和情感化的称呼在病理学框架中并不恰当）。可这些孩子长大以后是什么样子？他们能否融入社会？我搜索了下，我国第一批确诊的自闭症患者已渐入而立之年，可来自成年自闭症患者的信息并不多。近十年来，上海只有一位成功就业的自闭症患者，他是图书馆的一名图书管理志愿者，工作是，将读者归还的书刊按照颜色、数字编码分类后放回书架。如此简单的工作，对自闭症患者来说，也并不容易。萨曼塔《物品的尺寸》中塑造了一个只对颜色和玩具敏感的自闭症患者恩里克，他寄居在邻居的玩具店，将商店里的货品按色调重新摆放，最初竟使商店生意兴隆，可最终，他无法从他母亲伸出的魔爪中逃离。即便在残障保障体系比较成熟的发达国家，自闭症患者的就业率亦不足一成。想起几年前看过的一部讲述自闭症患者的电影《海洋天堂》，里面有句台词过耳不忘，"养老院嫌他小，孤儿院嫌他大，放精神病院孩子害怕。"

我们只有了解了萨曼塔的自闭经历，才能解码萨曼塔小说中某些人物的极端特性，才能领悟在她文本中得到更多强调的恐怖、惊怵、悬疑、暴力，不是凌空蹈虚的荒诞，而是日常的残酷，是以前发生、正在发生或将要发生的悲伤，在她眼里，恐惧、荒诞、孤独，以一种暴力对抗另一种暴力，都不过是生活常态。《我的兄弟瓦尔特》第一句便是，"我的兄弟瓦格特得了忧郁症"，他只会重复特定行为，说单调词语，他无法复述电话内容，对什么都不感兴趣，对身边人视而不见，任何时候任何地点都从头到尾呆坐着，社交互动有严重的缺损。可，这真的是忧郁症么？显然不是，抛一句便可定音——"人们像对白痴那样对他说话"。亲人们表面对他无微不至，几乎所有人都需要他，实则只是以他的存在来确证自己无比幸福，他越消沉，家里人的情况就越好。我觉得译者译成"忧郁症"若不是一次看似微小的车祸翻译现场，那就是萨曼塔有意为之的写作策略。众所周知，忧郁症与自闭症异轴迥径，有本质区别。忧郁症是心境障碍，属于精神心理问题，而自闭症要严重得多，它的主要特征是社交功能迟钝以及全面的发育落后。

　　萨曼塔的语言富于弹性，尽管有些作品罩上了恐怖和荒诞的外衣，但卡夫卡式荒诞和拉美魔幻生成的 N 种解读维度实际上逼近的是必然的指向，可不管"自闭症"三个字是多么呼之欲出，萨曼塔却总能绕路而行，她固执地选择性屏蔽了这三个字，颇为耐人寻味。而在《圣诞老人上门来》和《储存》两篇中却对"抑郁症"开门见山。《圣诞老人上门来》中，出轨"我"父亲的邻居玛塞拉对"我"解释说，"你妈妈对什么事情都失去兴趣，这叫'忧郁症'"；《储存》中意外怀孕的女子，"感到抑郁更加严重了"。

　　在这部一共十四篇的小说集里，我发现，至少有五篇的主人公明确指向自闭症而非抑郁症，尽管自闭症和抑郁症在外在表现上会有模糊和交叉。除了上文提到的《我的兄弟瓦尔特》，《以头撞地》《吃鸟的女孩》《物品的尺寸》《伊尔曼》都以饱满的细节暗示了"自闭"二字。《以头撞地》是最具自传色彩的一篇，涉及了萨曼塔生活的一部分。患有自闭症的天才画家，不正是另一个维度中的萨曼塔吗？自闭症患者兴趣单一、专注，因而可能在某个领域才能超常——这当然是个别现象。有写作天赋的自闭症患者极少，因自闭症最主要的病症是语言沟通障碍。比较有影响的是日本作家东田直树，他是个重度自闭症患者，很难说出完整的句子，与人沟通的方式是随身携带"小键盘"，慢慢拼凑心中所想。他的书畅销全球三十多个国家，但他仍无法控制自己的行为，需要母亲的陪伴和照顾。

　　近两年有个非常活跃的自闭症画家，是获得过英国勋章的斯蒂芬·威尔夏，他三岁时被诊断出自闭症，焦虑与尖叫是他的常态，现年四十多岁的他，只说过有限的几句话。只有绘画能让他安静下来，也只有绘画成为他与世界沟通的桥梁。他有惊人的"清晰记忆"和"图像记忆"能力，仅凭记忆画下了纽约、香港、东京、伦敦等八座城市的精准全景图。《以头撞地》中患自闭症的"我"同样被称为绘画天才，但"我"只画头被撞碎的画。自闭症患者是单线思维，"我"无法同时做两件事情，比如边吃边讲。"我"没有朋友也没有敌人，当"我"试图拥有一个朋友时，坏事情发生了。"我"分不清韩国人、日本人、中国人，只要看到他们中的随便哪一个，都要揪住他们的头发，按住他们的头往地上撞，用毁灭来毁灭没有爱的世界。"我"被官司缠身，律师替"我"辩护的理由是，"我"有精神病，"我"是个疯子。如果读者不了解萨曼塔的自闭背景，不了解自闭症，很有可能将文本狭隘解读为暴力美学和种族偏见（也许已经有这样的解读）。文本的灰色质地，折射出时代的混沌，你只要与别人发出的声音不一样，便可能被粗暴对待，被判为疯子、精神病。即便那些在某个领域取得成就的自闭症患者，仍旧是众人眼里的异类。就像"我"妈妈说的，这个世界严重缺乏爱，对敏感的人来说，如今真不是一个好时代。

　　《吃鸟的女孩》中有个经典对话：

"你吃鸟，萨拉。"

"是的，爸爸。"

"你吃活的鸟，萨拉。"

"是的，爸爸。"

父母离异或别的因素使女孩性情大变，只说重复简单的句子，"你好，爸爸。""很好，爸爸。"，从早到晚直挺挺坐在椅子上并保持一个姿势。行为刻板、单调、仪式化。我觉得女孩只吃活鸟不过是萨曼塔对自闭症患者的一个荒诞式夸张强调。我还注意到有个极容易被女孩遮蔽、被读者忽略的人物——女孩的父亲，文本中有多处暗示：他的表现像个白痴，恐惧应门铃（瓦尔特是恐惧接电话），无法在超市货架前站上十分钟，一直重复脑中印象深刻的词语，"她吃鸟，她吃鸟，她吃鸟。"显然，他也是一个自闭症患者，也许这正是他离婚的原因。

而自闭症极易被忽视的另一个重要缘由是他们与唐氏综合征类精神疾病患者不同，自闭症患者在外貌上与正常人无异，这加剧了他们的孤独感和脆弱感，加重了他们在努力突围后的重力回落。基于此，萨曼塔将自闭症患者还原到普通人群体中，在动态和夸大的表达中反衬他们处境的艰难。被当作恐怖悬疑故事的《伊尔曼》本质上是一个自闭症患者的突围悲剧。意外闯进酒馆的两个男人以冷漠以暴力对待在主宰一切的妻子猝死后，不会处理尸体，够不着冰箱取食物

（酒吧里有不下五十把椅子）的怪异店主。没错，在闯入者
眼里，店主只是怪异而已，但萨曼塔在字里行间分明留下了
抛梭马迹：

> "什么叫你够不着冰箱？那你平时到底是怎么
> 招待客人的？"
>
> "因为……"男人用那块抹布擦擦额头。这家
> 伙真是无可救药。"平时我妻子会从冰箱取东西。"
>
> "所以呢？"我有想揍他的冲动。
>
> "她在地上，她摔了一跤，现在……"
>
> "什么叫她在地上？"奥利佛打断他问。
>
> "唉，我不知道。我不知道。"男人说着耸耸
> 肩，双手向空中乱摆一气。
>
> ……

一问一答，将急需饮食的闯入者和因孤独而发生语言变
形的男人逼入冲突的语言囚笼，男人只执着于重复自己惯有
的动作，听不懂别人的言外之意。闯入者内认男人是蠢货、
混蛋、傻瓜，他们戏弄他，取笑他，甚至怀疑是他杀死了妻
子。而害怕孤独的男人在用金钱祈求闯入者帮助而未遂时，
暴力的牺牲品以暴力传递了另一种暴力。缺爱的灵魂与认知
上的狭隘杂糅，使闯入者完全意识不到男人可能是自闭症患
者，窗户纸虽薄，偏一直糊在闯入者和读者眼前，荒诞情节

如瘟疫蔓延——临时起意的抢劫、具化为双筒猎枪的愤怒、"伊尔曼"名字开头的信、神秘的盒子、塑料奖牌……未打通的内心世界隐秘运行。

萨曼塔设置了欲擒故纵的语言陷阱，落入陷阱的是闯入者，也是读者。为了凸显自闭症患者在现实中的困境，萨曼塔有意放纵鸿沟的扩大，模糊现实与幻想的界限，她牵引读者不因可视性而忽略可能性，但她不给读者提供语言和情节上的廉价信号，任由这种不稳定因素和紧张因素引发叙事进程，反使读者保持了高昂的阅读兴趣，这是萨曼塔的秘籍。"伊尔曼"到底是谁？谜底并不在文本中。

极少有萨曼塔这样对自闭症特别敏感的小说家，且高频率地将自闭症患者作为故事的主角，她努力表现来自自闭症患者内心的无助、焦虑、孤独、愤怒、悲伤，自闭症患者的一次内心震荡也许远远超过一次火山大爆发，而社会对精神类患者的隐形嫌弃根深蒂固，从这个角度说，每个人都被幽禁在自己的意识里。也许，萨曼塔用尽笔墨"矫枉过正"般描写了自闭症群体却刻意绕开"自闭症"三个字，恰是一种更加有力的张扬吧，毕竟被地毯遮住的真相以及对真相的好奇、猜测、推理和讨论更具关注度。萨曼塔的故事，的确一半写在纸上，一半写在读者的脑海里。我不怀疑她将独创阿根廷的"萨曼塔一支"，在萨曼塔奇崛的想象力表象下，固然潜滋暗藏着爱伦·坡式元素，而这些元素并非完全杜撰，它们就来自不甚安全的日常，更来自萨曼塔自身。当然，萨曼塔的想象有别于科塔萨尔的"便携式"想象，也有别于艾拉的"坎普式"想象，萨曼塔只转换对自己创作有价值的日常生活，释放潜藏在平滑无隙的声部之下的一种碎裂之响。

"我只是与众不同，并不是低人一等。"这是美国电影《自闭历程》中的一句著名台词，人物原型是自幼患有自闭症的美国动物科学家天宝·葛兰汀。艺术必须是一面镜子，能看清我们的每一张脸，而我看见萨曼塔挥舞着很细很轻的带子，描绘噼啪的响声与少许灰烬，在残疾处吻上她人间的姓名，于灰烬中涅槃成蝴蝶。不枉此生。

羁风之逆

我从未在别处与他相逢。

传记电影《心之全蚀》中，扮演他的演员是颜值巅峰时的莱昂纳多·迪卡普里奥，不羁的金黄色卷发裹挟着小城夏尔维勒多梦的野风，蓬勃的眼神桀骜中混杂着童真，瞬间点燃了"诗人之王"保罗·魏尔伦那颗驿动的心。

"兰波，你最怕的是什么？"

"我最怕的是别人认为我跟他们一样平庸。"

缺失父爱又被专断母亲管控的少年受够了日复一日的黄昏与白昼、平庸与恶意，他疯狂地迷恋着"自由的自由"。隔着屏幕，我仍能清晰感受到他梦想拥有改变生活秘诀的庞然决心。

1871年9月，魏尔伦收到了来自外省的八首精彩绝伦的诗，署名皆为一人——阿尔蒂尔·兰波。他立刻回信写道：我亲爱的伟大灵魂啊，到我们身边来吧，我们呼唤你，期盼你。

如白日之火，少年兰波乘醉舟而来。"当我顺着无情河水只有流淌／我感到纤夫已不再控制我的航向"（《醉舟》）。此前，羁风之人（魏尔伦对兰波的称呼）已三次离家出走。在边陲小镇，舅舅库房中古旧书籍间的冒险，激生了兰波想象中的最初意象，虚拟中的旅行与幻想中漂泊的幸福加速了语言的"炼金术"。"坐在路旁／我凝神谛听／九月的静夜／露珠滴湿我的额头／浓如美酒"（《流浪（幻想）》）露珠刹那而危险的美，正互文了未来艺术史上独一无二的奇迹。

1871年2月，兰波曾流浪至巴黎。三月，巴黎公社运动爆发，兰波加入了自由射手队，写下了许多同情巴黎公社的诗作，彼时，兰波衣衫褴褛、酗酒、吸食大麻……肆意特立独行的放荡之欢何其淋漓！即便兰波本人，也未料到，日后在法国乃至世界诗歌史上掀起巨浪的名字正是不朽的阿尔蒂尔·兰波。

离家冒险时最快乐，怎么走都走不够。兰波，这位发狂，聪明得发狂的履风者，不由让我想起困围自己人生的无数小黑洞，以及穿梭其中的逍遥自在的风。小时候看过一部印度电影《大篷车》，欢愉的流浪者之歌鼓舞了我膨胀的流浪之心——"到处流浪，到处流浪，命运唤我奔向远方，奔向远方"。既心有所向，何惧素履以往！有谁没梦想过仗剑走天涯？可醒来后忙碌的依然是柴米油盐酱醋茶。奔向远方的心最终被细密的世俗之网扯回，我们迷途知返，便也泯然如故。

每时每刻，兰波都想重新上路，追逐大海，触碰太阳——"拳头揣在破衣兜里 / 我走了 / 外套看起来相当神气 / 我在天空下行走……"（《流浪》）出发，到新的爱与新的喧闹中去，虽然他不知道该去哪儿，只是漫无目的地走，去体验从未体验过的丰富多彩的时光。"我将远去，到很远的地方，就像波希米亚人，"（《感觉》）走，一直走，到非洲，到沙漠，到不确定的远方，成为一个不知疲倦的旅行者。萦绕兰波梦境的是荒漠驼铃与火车的轰鸣，水面下的气泡已缓缓升起，穿过冷漠成了一个新的体系。即便是梦中呓语，煽动唇舌的也只有一个词语：go。

评论家说兰波是朋克和垮掉派先驱，我倒觉得有点一厢情愿了。兰波可能无意为之，虽然骄狂傲岸，放荡不羁，把流浪当作专业的追随者不乏其人。手持成名魔法棒的兰波早已成为无数人心中闪闪发光的偶像，他传奇的一生为后来者确立了一种生存和反叛的范式。一串后来在文学史上闪闪发光的名字成了兰波异界表达的接力者——艾伦·金斯堡、威廉·博罗斯、杰克·凯鲁亚克……你看，杰克·凯鲁亚克将破破烂烂的手提箱，又一次堆放在人行道上，"道路就是生活，真正的人都是疯疯癫癫的。"是的。你不妨读一读那名叫詹姆斯·鲍文的流浪歌手与一只叫鲍勃的流浪猫的故事，或者在毛姆的小说《月亮与六便士》中追随远遁到与世隔绝的塔希提岛的法国印象派画家高更，他认定最勇敢的行为是去新的地方做新梦，而不是在旧梦上缝补编织；曾当过报童、水手、码头小工、纺织厂工人的杰克·伦敦，十六岁时便已在美国、加拿大等地流浪，更曾因"无业游荡罪"被捕入狱；诺贝尔文学奖获得者、被誉为"德国浪漫派的最后一个骑士"的诗人赫尔曼·黑塞为找到自我，踏遍欧亚，创作了著名的流浪体小说《漂泊的灵魂》，主人公克努尔普一生流浪，居无定所，尽管他魅力无穷，所到之处充满欢乐，最终却孤独离世。"我感觉我虚度了一生。"他对上帝说。"你来这个世界的意义在于唤起芸芸众生对自由的一点思念之情。"上帝回他。

兰波不信上帝。这位幼时便写下"上帝去死"的渎神者却想拥有诗人的第三只眼，他如此竭力地想要离经叛道，像文森特·梵高画笔下野蛮生长的鸢尾花，在黑白颠倒的花园里显得格格不入。而离经叛道不过是表层的载体，暗波汹涌的是他咆哮的天赋和高超的写作技巧。

择乐之道，莫大乎与浪子同游。1872 年，魏尔伦抛妻弃子，与兰波私奔，两人流浪到比利时，从比利时的奥斯当德上船，坐游轮去往伦敦，这是兰波第一次看见梦想中的海。为继续写作或苦于无法继续写作的迷失状态，于是纵酒，醉舟载着两人浪迹天涯。被酒神亲吻的地狱伴侣纵享天堂般的快乐。兰波从不像其他诗人那样，当众朗诵自己的诗歌。

"晚餐后你也许会为我们念一首诗？"

"不，我不念。"

"别的诗人都会念。"

"别人怎么做与我何干？"

他不允许任何人对他诗歌的任何侵入，包括他自己，这无疑印证了兰波最初的孤独。也许，只有通过流浪，不停地流浪才能体验这种美妙的孤独。他对没有出发的生活感到害怕，对无效而漫长的人生充满恐惧，仿佛复制粘贴的生活是无底的陷阱。

"从骨子里看，我是畜生。"兰波自诩。这话不必当真。半个多世纪后，一位名叫格雷戈里·柯索的街头流浪儿、少年犯，几乎复制了兰波爆炸式的反叛、尖锐的天赋与起伏的人生，后被誉为"诗人中的诗人"。"我的灵魂里面有一个阴影。"柯索大笑着呼应兰波。我仰头，看见天才站在针尖上，拥抱最具煽动性的良知。

在魏尔伦的书房，兰波对着镜子模拟狗吠（他也曾爬在山坡上学过羊叫），偷走魏尔伦岳父的十字架；在公寓楼上，他裸体站在阳台，将脱下的衣服扔到大街上目瞪口呆的人群中（格雷戈里·柯索的同版动作是在旅馆门口掀起大衣扒掉长裤）；在诗人聚会上，他打架撒尿，狂言不逊，认为所谓诗歌聚会是对法国诗歌的屠杀……他为放浪形骸而放浪形骸，而兰波反主流的尖锐放浪不过是孤独的另一种声音，是另类的哑默，是无声的喊叫。"我已将泪水流尽，全新黎明"，身为个人已然不够。兰波决定成为所有人，成为诗界的盗火者。而天才少年文思泉涌，绝不想在挣钱上浪费时间，也不在乎作品出版与否，他只在乎写作本身。

　　"我资助你，你比我超前太多了，我永远也不明白你作品中的深意，我就像是个老古董，而你将重新铸造我铁锈般的陈旧灵感。你的作品一旦问世，读者便会对我魏尔伦不屑一顾。"

　　"写作改变了我，而我身边是一个奴才——丑陋、谢顶、年老的酗酒抒情诗人，陷于自以为是的忧虑。别指望我忠诚于你。"

　　像黎明睁开蓝鸟般的眼睛，轻翅无声地飞起。兰波彷徨痛苦，神魂颠倒，单纯又狂躁，睿智又愚钝，他葱茏的天赋异禀被妄图震撼他人的幼稚渴望抵消了。他狂乱地寻找自我，为保存自己的精华而饮尽毒药，他觉得必须经历各种感觉的长期的广泛的有意识的错轨，各种形式的情爱痛苦和疯狂，才有可能成为词语的通灵者，这个将成为伟大的病夫、伟大的罪犯、伟大的诅咒者的至高无上的智者，一心想界定未知。未知的创造呼唤着新的形式，当他陷入迷狂，终至失去视觉时，却看见视觉本身，他培育了比别人更加丰富的灵魂。（参读兰波书信 1871 年 5 月 15 日）在《地狱一季》中，情绪跌宕的兰波饮尽疯狂。而过早沉入玄思冥游，竭尽天赋，终究不过遁入反"常"、反宿命的深渊。

若从艺术观，我觉得兰波的散文诗尤为卓荦通灵，《兰波作品全集》里最让我视如珠玉的便是《彩图集》（另一个中文译名《灵光篇》更贴切）。兰波率性的、完全个人化的性格特征与散文诗的特征不谋而合，散文诗更宽阔的自由度，更丰富的可能性，使兰波在以革新句法、紧凑节奏以及搅乱意识来快意思想、营造新感觉新境界的极端尝试中获得了另一种"和谐的不连贯"（瓦雷里语）。"神奇的花朵嗡嗡作响，斜坡摇晃"，这种语言来自灵魂并为了灵魂，芳香、色彩和音调，通过思想的碰撞放射出闪电般的光芒。他的目光喷火，血液放歌，骨骼膨胀，泪水如红色溪流，他独自掌管着这"野性剧场"的钥匙。"我大概还有一段路程要跋涉，我需要把聚集在我头脑中的魔狂驱散。我爱那大海，仿佛它可以把我一身污秽洗净，我看见给人带来慰藉的十字架从海上升起。"兰波说，"我是被天上的彩虹罚下地狱的"，他将夏日的炎热付与喑哑的飞鸟，凭借死去的爱情和芳香下沉的小海湾上航行的悲悼的小舟来抵御辗转异乡附加的慵倦怠惰。跳跃意象、错位幻想，或至有步骤地打乱自己的感觉系统，让"全部感官按部就班地失常"，以求看到、听到、感到凡人所看不到、听不到、感觉不到的东西。

与魏尔伦同气同忧的王尔德说，爱始于自我欺骗。1873年7月，在布鲁塞尔，魏尔伦枪击了兰波，被判入狱（此前兰波用刀刺穿过魏尔伦的手掌）。对兰波来说，现实委实太棘手。暮色四沉，世界淹没于黑色的泡沫，梦幻的生路塌陷，虚幻的激情消弭，本以为写作与众不同，可改变世界，非凡无比，可世界太老，万物都已言尽。怀抱绝望写作的他，亦怀抱绝望停止写作。1874 年，写完最后的诗篇《彩图集》后，十九岁的兰波去往伦敦，从此远离文学。此后十七年，兰波在马不停蹄的放射性流浪中度过。

他终于成了另一个“我”，一个回归到真实尘世的人，一个与文学割断了血脉的人，同时也成了自己曾最为鄙视和厌弃的人——为了金钱而不断求索。在荷兰、斯堪的纳维亚半岛、意大利、塞浦路斯、埃塞俄比亚、亚丁……他做过雇佣军、监工、翻译、武器贩子、咖啡出口商、摄影记者、勘探队员……他与非洲女人同居，心在双性的腹中跳跃，在最世俗的生活中奋力冲向生命而非文学的未知。他生命中的危险因子在微妙的冒险精神提供的弹性中葳蕤生长，又潜萎暗落。这个一心想通过流浪摆脱孤独的人很快成为世界上最孤独的人。这矛盾不安的灵魂践行着自己悖论中的和谐，在身疲心裂的矛盾中探求存在与超越。“我愿成为任何人”“要么一切，要么全无！”

神明不佑护流浪者。自入苦圃的兰波不复倜傥，朋友形容他神色冷峻、面貌憔悴。我看过兰波妹妹伊莎贝尔·兰波所画的兰波临终肖像，他蓄着胡须，倔强的蓝眼睛乌青浮肿，似闭非闭，星光熄灭，如落日倾泻下蔷薇花忧郁的阴影。所谓穷途必然末路，而兰波之所以成为兰波，正在于他迷途而不知返。木心评价兰波的天才模式是贴地横飞的伊卡洛斯，以蜡封的假羽搏风直上，逼近太阳，以致灼融羽蜡，失翅陨灭。1891 年 2 月，因非洲的瘴疬潴热和关节炎感染，三十七岁的兰波腿染恶疾，日益严重，11 月 10 日，做了截肢手术后的兰波悲惨去世。临终之言是对邮船公司的经理说的，"告诉我，什么时候才能把我送到码头？"

在哈勒尔的香蕉园里，兰波拍下了自己双手交叉的照片，"这些相片只是为了记录我的疲惫"。荒谬而累人的工作使兰波想逃离到更远的远方。1880—1881 年，位于红海之滨的亚丁港，成为兰波流浪的栖居地。当时的亚丁是个不可思议的熔炉，其中包含了阿拉伯人、印度人、犹太人、埃塞俄比亚人、中国人、索马里人等。十九岁前，兰波热心政治，远离家庭，为发明新的语言付出混乱的代价；十九岁后，兰波几年不碰一张报纸，甚至不再阅读，后悔没有结婚成家，决然放弃他认为"不道德"的文学。这一切的冲突在兰波看来，既不可思议又自然而然。

尽管贫穷病痛如影随形，但他在给家人的书信中写道，"在任何情况下都别指望我性情中的流浪气质会有所减损，恰恰相反，如果我有办法旅行，而不必在一个地方住下来工作，以维持生计，人们不会看见我在同一处住住上超过两个月。世界很大，充满了神奇的地域，人就是有一千次生命也来不及一一寻访。"但同时，他又说，"我的生活是一场真实的噩梦，我已无力再在这个世界上徒劳奔波……精神上的搏斗和人间的战争一样暴烈。"妙就妙在（不妙就不妙在），兰波是一个说服自己按照自恰法则生存的理想主义者，也是一个超现实主义者，他将人生的每个阶段都过得顺理成章，并在对自己的否定中完成了对自己的肯定。

　　"把自己交给上帝请求他的宽恕吧，希望你能
　找到生命中的方向。"
　　"可我不需要方向。"

天才不需要经验上的引渡。而今，兰波已成为沉默的大师，没有人能撬开他。

"我死于疲惫。"兰波曾说。可他却以天使般的疲惫启迪了我们。读过兰波，我将重新看待世界与人生，我将焕然一新。

在文学的天空，兰波是"横空出世的一颗流星，毫无目的地照亮自身的存在，转瞬即逝"（马拉美）。他一边毁灭，一边照亮夜空。如果你寂寥落寞、悲观失意，需要重新点燃胸膛，需要一束光击碎潜藏在看似光滑无隙的表象下的恐惧时，我郑重建议你，毫不犹豫吞下兰波酿造的"这一口毒药"。

唯有火焰会扑灭一场火的幻觉

　　那是一次无聊的培训会，我坐在最后一排，挨着会议室后墙有一排简易书架，象征性插了两排书，多是励志书、佛教书、按摩书，甚至还有菜谱，文学类书籍寥寥，《略萨传》像个不和谐的音符，蜷缩在书架的角落。白色封面上，略萨一头茂盛的银发弯曲着好看的弧度，平视的目光中透着难以琢磨的浅笑。那天剩余的时间，我一直沉浸在这本传记里，我被略萨迷住了——十五岁就做了记者，学会了酗酒抽烟，寻花问柳，十六岁就写了剧本并在全国巡回演出，参加秘密政治团体，未成年就与大自己十多岁的舅妈的妹妹结婚，几年后离婚，又与舅舅家的表妹结婚，而立之年已蜚声文坛，与密友加西亚·马尔克斯反目，却对失和缘由三缄其口。参与总统大选，差点成为秘鲁总统，后经历了三年死亡威胁，转入西班牙国籍。二○一○年获诺贝尔文学奖。二○一六年，八十岁的略萨与表妹离婚，求婚名媛。

　　我常在一家网店购书，它售卖的都是出版社的库存书，绝对正版，价格又极其低廉，即便有的书因年久有些自然旧，也并不影响阅读和收藏。很多拉美作家的作品都可搜罗得到。漓江出版社二〇一四年出版的定价二十八元的《纳博科夫评传》只需不到八元，漓江出版社二〇一三年出版的定价三十八元的《鲁文·达里奥短篇小说选》也只花了我十块六毛四。许多"过时"的诺贝尔文学奖得主的作品折扣更低，四折甚至三折就可以到手。

我手头这套人民文学出版社出版的马里奥·巴尔加斯·略萨的书——《绿房子》《胡利娅姨妈与作家》《潘达雷昂上尉与劳军女郎》《坏女孩的恶作剧》《酒吧长谈》《世界末日之战》——自然也在打折之列（半折）。这套略萨作品二〇〇九年十一月第一版印刷（我买的是二版），印数只有区区一千册，彼时距略萨获得诺贝尔文学奖尚有十一个月。

对我个人而言，略萨成名半个世纪了，他的作品大面积翻译到中国也已三十多年，至此，我才系统拜读他的作品，不可谓不晚。但是，我真正从事文学创作的时间也很晚，这无意中正应了一句话，阅读和写作一样，都是不能赶时髦的，时间正可以试炼一部小说的生命力。

略萨年少成名，作品很早就被引进国内，是当代拉美作家中作品被译为中文最多的作家之一。一九七九年北京大学西语系教授赵德明首次撰文介绍略萨，并自二十世纪八十年代初开始组织翻译略萨作品，全部都从西班牙语原文直接译出。略萨第一部翻译成中文的作品即是他的成名作《城市与狗》（外国文学出版社，1981年，赵德明译）。

　　我觉得阅读的路径探寻与一个人的阅读史和精神发育史密切相关。阅读需要机缘，这机缘也许是朋友的推荐，也许是无意的邂逅，更也许是阅读深入的勾连效应。读中文系时，只读老师列的书单，接受老师灌输的观点，信任腰封上信口开河的推介语，以及，那些随意或刻意加诸作家身上的标签。后来知道，书籍之外的招摇不过是香水，闻一闻就好了，喝到肚子里肯定是会中毒的。我现在享受的阅读选择是在此本书中寻找下一本，根据书中涉及的言论或书籍按图索骥，这样的勾连式阅读可以把相关的作家作品打捞出来，避免碎片化阅读造成的视野狭隘，以及由此做出愚蠢的阅读判断。

　　去外省开会，临行前将《绿房子》（略萨的第二部长篇小说，也是其代表作）放在包里，心想，两个小时的动车，三个半小时的飞机，看完一部四百页的小说，应是绰绰有余。万一像 J.M. 库切（马尔克斯最喜欢的作家）或马尔克斯那样让人爱不释手的话，返程还可以再读一遍。动车到站时，我从睡眼蒙眬中站起身来，《绿房子》从我的膝上劈着叉滑到地面，封面上那一双耷拉在绿床下的裸露的女人大腿，结实而轻蔑地踢了我一眼，无头的上半身，黑色蕾丝若隐若现，像是那张隐藏起来的嘲弄的脸。哼，没有百分之百的灌注力，休想读懂它。我仿佛看到略萨挑起唇角，睥睨着我。

　　《绿房子》折磨了我一个多星期。开始是一种猝不及防的慌乱和讶异，读到第十五页时，竟然都没有自然段的划分，人物语言和情境描写混乱交错，令我完全摸不着头脑，葫芦搅茄子似的结构完全颠覆了我的阅读认知。我甚至疑心自己买到了盗版，可接下来，文字仿佛变成了魔镜，而我经不住诱惑，身不由己陷了进去。上班，回家，这本书与我寸步不离。我鼻子里嗅到的都是亚马孙流域粘湿的空气，胳膊上刮过的都是沙漠地区干燥的橘黄色尘土。玉米酒、甘蔗酒、泡沫酒、皮斯科酒……每一种酒的辣味我都想亲尝；阿瓜鲁纳、加依纳塞纳、汪毕萨、乌腊库萨、厄瓜多尔、沙普腊、琼丘、姆腊托、阿丘阿尔、契柯拉约……单是部落的名字就让我眼花缭乱。

首次接触略萨作品的读者，也许会如我一样，第一页就遇到了阅读阻遏，我不得不拿出手机，在备忘录上列出渐次出现的人物，再标注上自己能看懂的备注。尽管小说开篇前如剧本一样贴心地列了主要人物表和故事发生地点示意图，我还是动辄就要对照一下人物表，地图上也被我密密麻麻做了标记。我记得上一次借助备忘录还是读缪塞的《鼠疫》。可很快我就发现，让我晕头转向的，岂止是人物、地点。每翻一页，都在更新我对小说叙事方式和叙事结构的认知，啊，还可以这样叙事，啊，还可以这样结构，啊，小说还可以这样写。及至后来读卡彭铁尔《追击》、鲁尔福《佩德罗·巴拉莫》、科塔萨尔《跳房子》……，才惊觉只读博尔赫斯、马尔克斯、聂鲁达的我有多么孤陋寡闻，拉美作家群简直是一个神奇的存在。

《绿房子》甫一发表，便立即获得秘鲁全国小说奖、西班牙文学评论奖，并获得委内瑞拉罗慕洛·加列戈斯国际文学奖，这是西班牙语小说的最高奖，是当时世界上仅次于诺贝尔文学奖的第二大奖。《绿房子》比较早的译本是外国文学出版社一九八三年版的孙家孟译本（此后各出版社发行的都是孙家孟译本）。封面背景色是墨绿和沙黄，呼应的是小说故事的两处主要发生地——沿海沙漠地区与亚马孙河流域的森林地区，纯底色渲染。中间靠右的是一座绿色塔顶建筑，紧扣了小说题目，设计基调朴实传统不逾矩。一九九六年云南人民出版社译本封面与外文出版社一脉相承，深蓝背景上是一分为二的菱形，一半土黄，一半蛋黄，用黑色勾勒了"绿房子"的框架，大约隐喻着它的肮脏和堕落。我想，黑色，无疑是很多人心里的地狱色。同年，时代文艺出版社也出了一套略萨作品，包含了《绿房子》在内的九部小说，这套书系的封面尤为简单，直接选了一帧略萨的帅照印上封面。

获诺贝尔文学奖的西班牙语作家里，帅的居多。南非的库切是帅的，库切帅得平和，冷静，带着点拒人于外的冷淡和漠然。我接触最早的西语作家即是库切，为了库切，还一度想学西班牙语。时隔多年，我还记得小说《耻》带给我的那种陌生化的震撼。土耳其的帕慕克帅得腼腆又张扬，他的帅如他对嗜好的奢华梳妆台的细节刻画，一丝不苟，精益求精；墨西哥诗人帕斯眼神冷峻，嘴角刚毅，颇有硬汉风骨，令人情不自禁就想吟诵他的诗句，"我的前额本是洞穴，其中居住着一束闪电……""在你身上我找船，它迷失在黑夜中央"；智利诗人和小说家波拉尼奥有迷人的卷发，叼着烟卷若有所思的他，简直是其小说《荒野侦探》里活脱脱的马德罗真人版；阿根廷老帅哥博尔赫斯即便是双目失明，也不失其帅，他以文学为眼，带领无数黑暗中的人望见了天堂——那图书馆的模样。

　　而拉美文学爆炸四大主将则各司其帅。马尔克斯帅得略带调皮促狭，自带满不在乎的机灵劲，与他宝藏般的文字极为匹配；卡洛斯·富恩特斯属于老而弥帅型，沉稳敦厚；科塔萨尔简直是万千文艺女青年的男神，他选择猫作为自己的图腾，正合其人，我觉得他本身即是一只孤独而迷人的猫——陷阱般深邃幽亮的目光，配以高仓健式剑眉，足以令人沉迷；略萨的帅则非一言可蔽，他有沙漠般的热情，森林般的沉郁，也有流水般的谦逊，秋月般的冷傲，巨大的颜值张力使得他的眼神如火焰，所及之处，一片灰烬。豆瓣有个喜欢略萨的朋友甚至惊叹道，"上天之所以有略萨这种设置，完全是为了当某人说，'虽然我写作不太行，但我长得帅'时，让略萨站出来，给他狠狠地来一记耳光。"哈哈！这评价真是又干脆又响亮。我不知道，以作家帅照做封面，会捕获多少"颜控"读者，可知的是，二十多年过去了，时代文艺出版社这套每本印数仅五千册的书仍未售罄。

　　人民文学出版社的这套略萨作品，封面真是一言难尽。《潘达雷昂上尉与劳军女郎》的封面是一个女人的裸背，而《绿房子》的封面更为妖艳，浓重的黑红底色下交叉一双逼近人眼的写实派女人大腿，似乎有意以情色小说暧昧和误导读者，使我一下子想起了另一本书——法国作家帕特里克·拉佩尔的小说《人生苦短欲望长》，封面与《绿房子》不谋而合，同样是垂着两条女人大腿，当时遭到一片吐槽的还有其过于俗气与汉语化的译名。实际上，书名看起来像一部三流网络通俗小说的《人生苦短欲望长》，却是一部窥探人性，探讨无望之爱的严肃文学，拉佩尔花了五年时间创作的这部小说获得过法国最负盛名的费米娜文学奖，而据作者介绍，原书名出自日本一位诗人的诗句。

　　《绿房子》读到尾声时，我突然心血来潮，想看看它的西班牙语原版封面是什么模样，大费周章之下，总算找到了。书封仿佛中世纪西方宗教画风格，弥漫着浓重的异域风情。上半部以沙漠黄为主色，勾勒了风沙弥漫的天空和天空下隐隐约约的山脉轮廓，那无疑是小说的背景山脉安第斯山，偏于一隅的一座小小的暗绿色房子连接了封面的下半部分——小说正是通过亚马孙妓院"绿房子"的兴衰史折射现代化进程与原始落后状态的冲突及悲剧。下半部分仍旧是黄色主调，色彩转淡，土黄色分割线下，是一个半倚在沙发上的女人背影，确切说，是一名浅黄色房头人身（绿房子为头）的女子，身段温润丰满，她挣脱了禁锢身体的一切束缚，一缕棕黄色长卷发从左肩散垂至腰，左臂搭在沙发背上，右臂自然下垂，呈现一种完全放松自如的体态，一只同色系大蝴蝶——那必定是来自亚马孙森林地区——贴在女人背部，画面色彩柔和，有一种变形的和谐和匀称，一种打破常规的视觉之美扑面而来，画境很像意大利文艺复兴后期威尼斯画派的代表画家提香的传世名作《乌尔比诺的维纳斯》，更像是意大利象征主义艺术家莫迪格利阿尼的油画作品《软垫上的裸女》。我不自由自主联想到《绿房子》中人物们的双面灵魂，绿房子里的妓女塞尔瓦蒂卡曾经是纯洁的修女鲍妮法西娅，带头烧毁安塞尔莫绿房子的加西亚神父最终却为安塞尔莫做了临终祷告。其实，第一眼，我并没有看出封面上的女人影像，我把蝴蝶的两只翅膀误以为是某一种我不熟悉的沙漠动物的头部——骆驼、鸵鸟、狮子，或别的什么。

读者虽不会依据封面判定一本书的内容，就像陌生人不会依据外表推测一个人的心灵，但书封如同人脸的道理出版社比谁都清楚，书封不是形式，它是书最重要的内容之一。演员姚晨曾在微博晒了一本"企鹅手绣经典系列"中的《爱玛》（此系列包括《爱玛》《黑骏马》《秘密花园》《柳林风声》《小妇人》《绿野仙踪》六部经典作品），封面凹凸细致，绣纹逼真，晨迷惊呼，美到头皮炸裂，九宫格都不够体现它的美，认为是书封中的颜值担当，称为封面界"教科书级案例"亦不为过。偏于小众的封面和独具特色的设计常会带来这种不虞之喜。比如，若你没有读过理查德·布劳提根的诗歌，我建议你去买一瓶《避孕药与春山矿难》，"做一个闪闪发光的神经病"。我第一眼看见它的时候，绝对是大吃一惊。药瓶和胶囊的设计足够逼真、细致，如果把它放在超市的货架上，你绝对想不到它是一本书，粉、橙、绿、蓝四色精神避孕药，分装了《避孕药与春山矿难》里最经典的四十首诗，每瓶十首，而被放置在胶囊里的诗歌，也许真的能成为读者的灵魂解药，治愈泛滥的诗歌垃圾覆盖下如珍珠般稀缺的好诗饥渴症。药封上的几句诗，我可以倒背如流，"当你吃了你的避孕药 / 就像发生了一场矿难 / 我想着所有 / 在你体内失踪的人"。有一次在豆瓣查书，无意中发现有人把这首诗译为"每当你吞下你的避孕药 / 就像一场矿难 / 我想到所有的生命 / 在你体内丧失了"，题目译为《避孕药与斯普林希尔矿难》。天呀，我觉得这种翻译才真正是一场矿难。

事实上，更早一点，一九八二年，云南人民出版社发行过一版韦平、韦拓的译本（据说译者用了笔名，并且自己也不大提曾译过此书），书名译为《青楼》。封面上起伏的蓝色占了五分之四，与其说像一座"青楼"，不如说更像一只命运的手掌。我不喜欢这种一目了然想象力匮乏的封面，看似覆盖得很满，实则能解读和延伸的东西不多。

其实，关于这个版本，不唯封面设计，连同它的书名翻译，我倒可以在此探赜索隐钩深致远一番。有很多读者和评论家觉得"青楼"的译法比"绿房子"更贴切，更能体现"信达雅"的翻译原则。从小说内容上看，"绿房子"的确是一所妓院，而"青楼"正是风月场所的代名词，翻译成"青楼"似乎更吻合本族化阅读风俗和读者的审美情趣，有着"入乡随俗"的熟悉感和亲切感。纳博科夫的《Lolita》（《洛丽塔》）曾有一个中文译名《一树梨花压海棠》，我觉得译得就很恰切，既有典故渊源，文字又有美感。福克纳的《the sound and the Fury》（声音与愤怒）翻译成《喧哗与骚动》也是题目重生的典例。上周看过一部英国音乐传记片《Hilary and Jackie》（《希拉莉与杰奎琳》），讲述英国著名大提琴家杰奎琳·杜普雷与她姐姐之间的故事，中文名译为《她比烟花寂寞》，又深邃又有古意，颇对国人口味，只是，译名将两个人的故事变成了一个人的传记，至于译成《狂恋大提琴》《无情荒地有琴天》，就更是表层化得自以为是，与电影试图表达的复杂人性相去甚远。大仲马长篇《三个火枪手》旧译《三剑客》，狄更斯名著《大卫·科波菲尔》旧译《块肉余生记》，皆同此类。但，熟悉的未必是恰切的，实用的未必是艺术的。"青楼"本义是用青漆粉饰之楼，指的是豪华精致的雅舍，也是豪门高户的代称。"青楼"二字使我们联想到的是裙裾飘飘环佩铃铛的艳丽女子，典雅的雕梁画栋，廊院重门，以及腐靡奢华的生活。三国曹植在《美女篇》里便有，"借问女安居？乃在城南端。青楼临大路，高门结重关"之句，"青楼"在诗词歌赋中的出场率并不低。"君爱龙城征战功，妾愿青楼欢乐同""南开朱门，北望青楼""青楼富家女，才生便有主""青楼当大道，高入浮云端"，后来，"青楼"渐渐与娼妓有了关联，偏指之意渐渐居上，成了烟花之地的专指。即便如此，"青楼"与平康、北里、行院、章台等词语相比，还是多了一些风雅之气。至于酒楼、瓦舍、寮、舫、窑子等，在建造规模和妓女等级上，更无法与"青楼"相提并论。我们在古典书籍和影视剧中看到的青楼女子，多是色艺俱佳的艺妓，琴棋书画无所不通。"青楼"上来来往往的也多是王孙贵胄。

而略萨笔下的"绿房子"里的妓女并非杨柳细腰的美人，也不懂吟诗作赋，她们是如鲍妮法西娅一样一无所有长相普通的土著女人，没有改变自己命运的任何机会，她们被社会抛弃、被家庭抛弃、被男人抛弃，也被自己抛弃。"绿房子"不过是"一座大茅舍，比住宅简陋"，是来自森林地区的异乡人安塞尔莫在沙漠小镇皮乌拉城建造的房子，"绿房子"不同于利马妓院，利马妓院只有淫秽和打架，"绿房子"还保持着聚会和聊天的传统，皮乌拉社会各阶层的人都喜欢去那里玩耍，听音乐，吃地方风味饭菜，去跳舞，当然也去幽会和谈情说爱。略萨回忆他去皮乌拉妓院时，"让我大吃一惊的是，我遇见了省长，他为曼卡切舞曲感动得热泪盈眶"……北京人民艺术剧院曾将略萨小说《坏女孩的恶作剧》搬上话剧舞台，导演巧妙地以一段曼波舞开场，热烈的氛围带动了观众，极易产生共情。色彩在感觉上的妙处与音乐同工，"绿房子"被安塞尔莫全部刷上了绿色，它不断向周围和高处扩展，就像一个有生命的有机体一样不断在生长、成熟。"后来添上去的每一块石头，每一片瓦片，每一根木料，也都刷上了绿色。到头来，安塞尔莫先生所选择的这种颜色给周围的景色增添了一种清凉的感觉，既像草木，又像流水。旅行者们老远就能望见这座围有绿墙的房子，仿佛一半溶解在沙尘所反射的黄色强光之中。他们感到正在走进一片绿洲，那里长着殷勤好客的棕榈，淌着潺潺不绝的流水。这遥远的景色仿佛在许下诺言，使他们疲惫的身体会得到报偿，这种报偿对于那些被炙热的荒漠搞得情绪低落的人们，有无穷的诱惑力。"

"青楼"与"绿房子"并非同典同宗，"青楼"虚弱柔软的体质与亚马孙流域的水土严重不服，与沙漠的燥热环境格格不入，并且，它的象征意义和隐喻意义早已僵硬固化，它被岁月发酵出的高浓度的中国传统文化符号感，与神识超迈不可羁勒的拉美爆炸文学主将略萨无法达成精神共振，也与略萨要表达的地域的荒陬谲诡、新旧观念的剧烈冲撞、人性的佶屈复杂等内容完全背道而驰，把"绿房子"翻译成"青楼"，虽避免了直译可能造成的简单或晦涩，但"绿房子"一词所带来的视觉上的陌生化冲撞和盎然的想象力化为乌有，"绿房子"在文本中所衍射出的轻松、冒险、新鲜、诱惑等象征因素亦消失殆尽，它所承载的发达与落后、贫穷与富有、荒蛮与文明的冲突荡然无存，只剩下了词语那干瘪瘪的表层躯壳。难怪韦平、韦拓版本的《青楼》版本受关注度极低，反响寥寥，大概只剩下那些具有顽强考据癖的人们才认为它仍旧有收藏价值吧。

　　我发现，一厢情愿式的翻译不仅体现在书名上，在《青楼》版本里，译者还颇为好心地将原文未分段部分给分了自然段，在四个警察的外号上加了引号，给没有引号的对话补上了引号。如果时间倒退百年，译者没准能得到专家的表扬，但以战战兢兢的态度翻译略萨这么一个天马行空的奇男子的作品实在是不搭。念书时，给我们讲授现当代文学史的教授特别推崇近代翻译家林纾，林本人不懂外语，却竟然能与魏翰、陈家麟等曾留学海外的才子们合作翻译了一百八十余部外国小说，令我们目瞪口呆。据说他翻译外国作品时，先是让合作者将原作大意口述出来，他再用中文迅速将原作译出。钱钟书曾赞美林纾，宁可读林的译文，也不乐意读原文。林的译文全部是古文，有文采有美感，文笔比原作高明，毫无欧化语言痕迹。可在我看来，林纾是用自己的语言把作品重新写了一遍，是把外国故事移植到本国土壤，正如晏子所言，"橘生淮南则为橘，生于淮北则为枳，叶徒相似，其实味不同"。"余在此一部书中，是否为主人翁者，诸君但逐节下观，当自得之。余欲自述余之生事，不能不溯源而笔诸吾书。余诞时在礼拜五夜半十二点钟，闻人言，钟声丁丁时，正吾开口作呱呱之声"，你能想象这是《大卫·科波菲尔》中的句子吗？在林纾的译文中，想找到原作的原句或原章节几乎是不可能的，那么，林纾把莎士比亚和易卜生的剧本译成小说，把易卜生的国籍误译成德国也就不足为奇了。更早前，明代有个翻译界达人徐光启，他和意大利人利马窦合作，翻译了欧几里得的《几何原理》《测量法义》等书，令人难以置信的是，徐光启也是个外文盲。更有创意的近代翻译家还有一位，叫作周桂笙，他也是改变原文本结构的行家里手。他为免译自西文的小说有"佶曲聱牙之病"，将不同风格的原作打包译成了当时国内流行的章回体小说。我们试想一下，如果把《绿房子》译成林纾版半文半白版本，开头便是"军曹素蔑帕特罗西纽嬷嬷，瞥硕蝇犹立其额……"，或者译成周桂笙版，给每一部分拟个标题，诸如"鲍小姐委曲承欢，四地痞乘人之危"，或"加神父不计前嫌，老乐队曲终人散"，再在每一回结尾处加上"未知后事如何，且待下回分说"，听起来是不是如天方夜谭，不可理喻？但这些将个人风格凌驾于原作之上的译法，在外国文学初被引入时，对普通大众快速吸收外来文化的确起到举足轻重的积极作用。

但，时移世易，今时今日，在很多读者可以无障碍阅读外文原版的阅读语境下，歪曲或肢解外文原作的翻译版本是不可想象的，翻译不是可以让人任意打扮的小姑娘，译文的任意蔓延和自作聪明，既是对读者的伤害，更是对原作的伤害。米兰·昆德拉就对自己的小说译本评价很低，认为离原作相去甚远。有评论说，他的成名作《玩笑》在最早的法译本里被改成了巴洛克式风格，英译本更糟糕，章节的书目改变了，章节的顺序也改变了，许多段落不见踪影。大吃一惊的昆德拉还在英国的《泰晤士报文学副刊上》发表了抗议信，要求读者抵制这部英译本，不要把它看成是他的小说。如果把《百年孤独》中的魔幻成分抹掉，把《绿房子》中的原结构消融殆尽，那是多么不可原谅不可想象的大型翻译灾难现场啊。

略萨虽早在几十年前就已闻名世界，可国内骨灰级粉丝并不多。虽然略萨和他之前获诺奖的几位作家不同，中国很多出版社都有他作品的版权，但前文提过，人民文学出版社二〇〇九年出版的《绿房子》起印只有一千册。二〇一〇年十月略萨爆冷获诺贝尔文学奖，在当年竞逐中，他未被博彩公司看中，也未进入媒体预测的"最热门人选"名单。获奖时，他的德文版小说正在法兰克福书展上亮相。那些恰好拥有略萨作品的出版社都有点像中了彩票般，忙不迭付它这措手不及的喜悦，略萨的每种图书都被紧急加印几万册。十一月，人民出版社略萨书的第二版喜洋洋摆上各大书店。我注意到，二版的版权页并没有标明印数，打听一位在出版社工作的编辑朋友，他发了后台监控数据截图给我，说，根据推算，保守估计，卖了三万册左右。

看起来似乎是机缘巧合，可遇不可求，实则多半是出版社运筹帷幄的结果。前车之喜即是榜样，二〇〇二年译林出版社最先引进了库切的小说《耻》，那时他还没有得诺贝尔文学奖，很多读者也不知道库切为何人。二〇〇三年库切得了诺奖后，译林出版社几个月就卖出了近七万册《耻》。

二十世纪七十年代，略萨即是媒体炒作的诺贝尔文学奖热门人选。拉美地区获得诺贝尔文学奖的作家不少，智利诗人米斯特拉尔和聂鲁达，危地马拉诗人阿斯图里亚斯、墨西哥诗人帕斯、圣卢西亚诗人沃尔科特、哥伦比亚作家马尔克斯，二十世纪八九十年代，国内那些最早读过略萨、马尔克斯、博尔赫斯等拉美作家作品的作家们早已笃定略萨早晚必将诺奖收入囊中。可在略萨创作力最旺盛时，诺奖顽固地躲避了这个受之无愧的人。作为在博彩公司诺奖赔率榜单上反复出现的陪跑人物，略萨并不孤单，菲利普·罗斯、米兰·昆德拉、村上春树、阿西娅·杰巴尔、阿多尼斯、梅嫩德斯·皮达尔等人都是他的盟友。在拉美魔幻现实主义"四大主将"里，略萨虽最年轻，文学资历却很老，他于一九六二年即获得拉美文学最高奖，那时候他的老友兼老冤家马尔克斯还穷困潦倒，五年后才写出《百年孤独》，但马尔克斯一九八二年即获得了诺奖，而略萨却又等待了二十八年。得知略萨获诺奖的消息，马尔克斯第一时间发出了祝贺，"如今我们扯平了"。一九九四年七月，略萨一家曾访问中国，略萨的译者尹承东就西方报刊说略萨可能在近一两年里获诺奖的传言求证略萨，略萨回答，"没有这种可能，因为我太有政治倾向了。瑞典评奖委员会在政治问题上是很谨慎的。一般地说，有政治倾向的作家不易得奖。……反正我觉得我这个总统候选人的身份是得奖的障碍。说真的，我不大想这件事，想得太多了也就当不成作家了。"略萨获奖后，美国有媒体指责瑞典文学院"又一次让政治介入了文学"。译者赵德明得知略萨获奖并不觉意外，他说，"（略萨）过去没有得这个奖，人们并不会因此而忽略他的重要；得了这个奖，也不会抬高了他的地位。"他的观点我非常认同，从一九〇一年诺贝尔文学奖设立以来，确实有一些伟大作家缺席，易卜生、托尔斯泰、普鲁斯特、卡夫卡都没有获得这个奖项，而获奖作家的作品也并非都令人钦佩。然而，文学史上，像上述这种有实无"名"（诺奖之名）、甚至实压其"名"的作家又有多少呢？更多的作家不还是借助获诺奖声誉日隆么？我们单从获奖前后作品销量对比即可知，略萨之前在中国并不算真正红过，是诺贝尔文学奖让他红得发紫。

当炙烤着读者视线的诺奖快感烟花般消散，罩在略萨身上的诺奖热度渐渐冷却时，时间再度替略萨筛选出他真正的读者。《巴黎评论》曾问略萨为什么写作，略萨回答，"我写作，因为我不快乐。我写作，因为它是一种对抗不快乐的方法。"我觉得阅读也是。

后 记

散文写作，对我来说是一个新的起点。2017年以前，贴在我身上的标签是"诗人"。当然，我是一个业余诗人。那时，我还是一所高中的语文老师。2016年底，我在期刊发表的第一篇散文《说给月亮听》被《散文选刊》（2016年11期）转载，同时被收入漓江出版社《2016中国年度精短散文》一书。小幸运总是最怂恿胆量，记得当时手头上正巧在读英国作家蕾秋·乔伊斯的《一个人的朝圣》，在主人公哈罗德身上我仿佛找到了自己的影子。

就像从不同的镜子里看到的都是自己，我们一方面希望远离所有麻烦，接受反复、平淡、无趣但风平浪静的生活，另一方面却又默默羡慕那些敢于尝试、敢于失去，有勇气经历大风大浪的人。文学之路何尝不是一条朝圣之路？即使是最寻常不过的物体，最轻微琐碎的细节，也能够引发一次顿悟，这并非说写作仅仅瞄准"一次实现妙不可言的灵魂净化的高潮时刻"。笔端终止处或许并不是寻一个结果，而是对自我人生的救赎和对生命本真的探寻。散文对我而言，便是这样的一个出口。

　　散文是一种自由随性的文体，它的精神实质是自由，这与我的写作追求不谋而合。即便是从文体来说，自入苦圃、作茧自缚式狭义的概念樊笼已被打破，长期以来固化的散文外延不断被扩充和拓延。对传统观念的有趣冒犯，对散文观念拓展的共识无疑使散文获得了更多弹性。

　　第一辑收录的8篇散文，我期待能够像月亮一样轻轻抚过人们心灵深处那个白天无暇顾及、夜晚不敢触碰的最柔软的角落。叙述上偏直觉，偏感性，偏诗意。它们源自我不同时期的不同经历，既有对生死类大命题的追问，也有对内心深处个人生活的披露与反省。

　　第二辑收录的10篇散文，全部源自我多年教学工作中积累的素材。新的教育生态下，不断涌现出新的教育问题——非正常交往、校园暴力、自残、抑郁、早孕、自杀……时时刺痛着全社会的神经。每每看到此类新闻，我都心痛不已。我们在反思学生缺乏挫折教育的同时，还需要反思什么？

　　第三辑收录的9篇文章是文化类大散文。有2篇是关于国外电影的随笔，其余是读书类随笔。我认为好的文化随笔必然对美有潜意识的倾向判断，要评判美，就要有一个有修养的心灵。作者的认知理性和实践理性来源于多行、多看、多读、多思，而多读尤为重要，读书之于浸润文章，正所谓"道心惟微，圣谟卓绝，墙宇重峻，而吐纳自深。譬万钧之洪钟，无铮铮之细响矣"。

当我意识到人类经验的繁复性以及记忆随忘的危险性，散文也就与我如影随形。我心目中好散文的面貌是这样的：它不是简单粗暴的生活琐记或杂感，更非众声喧哗式的隔靴抒情或趋之若鹜式的跟风描写，它也不仅仅体现你对现实具有的超敏感表达，或勾连你人生经验之东鳞西爪，甚至也不仅仅阐述你对真理的不尽思索，说出你所发现所洞见的有价值的东西，在世俗与自我之间寻求包容与平衡，它更应体现你对人类普遍命运的忧虑与关切，对复杂多变的真实而残酷的人性的宽容与接纳。唯如此，散文才会具有一种哲学的超验与生命的体验相结合的微妙而令人颤悸的黏合力，以及让心灵发生扭转力的功能。

尼采认为，摆脱人生烦恼有两条路可走，一条是逃往艺术之乡，把这个奇异的世界看成是一种美学现象。一条是逃往认识之乡，这样，世界于你就是一间最合适的实验室。我们可能无法像梭罗一样逃往认识之乡，也无法像特朗斯特罗姆那样逃往艺术之乡，但"真"读书，"真"写作，同样可以让我们摆脱庸常的焦虑，经得起每个一闪即逝的诱惑，并对拥有的一切充满敬畏。就如勒内·夏尔所言，"知道得越多，就越撕裂。但是，他有着同痛苦相对称的清澈，与绝望相均衡的坚韧。"